KB231136

나의 생각
나의 아이디어

나의 생각 나의 아이디어

초판 1쇄 인쇄   2010년 06월 10일
초판 1쇄 발행   2010년 06월 15일

펴낸이 | 윤재학
펴낸이 | 손형국
펴낸곳 | (주)에세이퍼블리싱
출판등록 | 2004. 12. 1(제315-2008-022호)
주소 | 157-857 서울특별시 강서구 방화3동 316-3
한국계량계측조합회관 102호
홈페이지 | www.book.co.kr
전화번호 | (02)3159-9638~40
팩스 | (02)3159-9637

ISBN 978-89-6023-379-9 03810

대한민국을,
세상을 바꿀 수 있는

나의 생각
나의 아이디어

윤재학 지음

막상 책 제목을 "나의 생각, 나의 아이디어"로 결심을 하고 나니 막연하게만 알고 있었던 "생각"과 "아이디어"라는 말의 뜻을 보다 구체적이고 정확하게 알아보고, 적합한 어휘의 선택이었는지를 검증해봐야 할 필요를 느꼈다.

60여년 살아오면서 수도 없이 써왔던 말이지만 책에, 그것도 책의 제목으로 그 말을 써먹으려 하니 그냥 은연중 막연하게 알고 있던 것만 가지고는 왠지 자신이 없었고, 혹시 잘못 알고 있는 말을 그대로 책 제목에 갖다 붙인다면 어찌 되겠는가?

그래서 인터넷에서 국어사전을 검색해 보았더니 이렇게 나와 있다.

생각: 1. 사람이 머리를 써서 사물을 헤아리고 판단하는 작용
2. 어떤 사람이나 일 따위에 대한 기억
3. 어떤 일을 하고 싶어 하거나 관심을 가짐, 또는 그런 일

아이디어: 어떤 일에 대한 구상, 고안, 생각, 착상, 착안으로 순화

여기서 다시 "순화"라는 맨 끝의 단어가 이빨 사이에 낀 이쑤시개 부스러기 같이 영 거북스러워 다시 "순화"를 검색해 보았더니

순화: 1. 불순한 것을 제거하여 순수하게 함.
2. 복잡한 것을 단순하게 함. 이란다.

　이렇게 사전만 검색을 해 나가다 보면 끝이 없을 것 같아 사전검색은 이쯤에서 마치고 책을 펴내려고 하는 의도와 책제목을 그렇게 붙인 이유를 요렇게 정리해 보았다.

　내가 지금까지 살아오면서 보고 느끼고 경험했던 일이나 사안에 대하여 내 나름대로 보다 나은 방안이나 방책이라고 생각되는 것을 체계적으로 다듬어 글로 정리하여 내가 다니던 직장이나 그것과 관련된 국가기관에 제안을 했던 것들을 한데 묶어 책으로 펴내고자 함이다.

　어찌 사람에게만 생각과 아이디어가 있겠는가?

　동식물과 눈에 잘 보이지도 않는 미물에 이르기까지 살아 생명이 있는 것이라면 설령 그게 주제넘게 스스로를 만물의 영장이라 일컫는 인간들에게는 보잘 것 없는 "본능"으로 불릴지라도 모름지기 나름대로의 생각과 아이디어는 있을 것이다.

　다만 인간의 잔재주인 "과학"이라는 것이 아직 거기까지 알아내는 데에는 미치지를 못하고 있을 뿐일 것이다.

　쇠똥구리에게도 쇠똥을 경단 만들어 물구나무서서 굴려가는 재주가 있고, 개미귀신에게는 모래함정을 파놓고 개미를 낚아채는 재주가 있지 않은가?

　인간이라는 존재가 어쭙잖은 머리를 굴려 짜낸 과학이라는 것을 가지고 기고만장해서 지구라는 땅덩어리를 오로지 홀로 차지해서 통째로 삶아 먹으려 들고 있지만 하늘에서 '신'이라는 존재가 있어 내려다본다면 사람이 하찮게 여기는 버러지나 미물들의 꼼지락거림을 바라보는 것과 무엇이 다르랴?

이 책에 실린 5편의 제안서는 1996년부터 2005년까지 내가 다녔던 직장(한전)이나 또는 정부부처나 관계기관에 제의했던 것으로 지금 생각하면 제안 당시와는 상황이 많이 바뀌었거나, 부분적으로 틀리거나 잘못 표현된 내용도 있고, 내용을 보다 충실히 다듬을 필요가 있는 부분도 있다.

하지만 이미 관계기관에 제출되어 있는 서류이므로 오탈자 수정과 한자표기를 우리글(한글)로 바꾼 것 이외에는 고치지를 않았다.

독자들과 함께 생각해서 더 좋은 방안을 찾아보자는 의미에서 이 책을 발간하는 것이다.

모든 제안서를 씀에 항상 우리민족 지고의 염원인 통일로의 나아감, 에너지 최빈국으로서 필연의 덕목이자 선택인 에너지의 절약과 합리적인 이용, 비좁은 우리 국토의 여건에 부합하는 개발과 개발에 따르는 환경변화의 생각, 더러는 소수 상류층의 편리를 유보하는 한이 있더라도 다중의 평균적인 삶의 질 향상을 염두에 두고 썼음을 밝혀 둔다.

나와 같이 서류로 만들어서 우편으로 보내는 것은 시대에 뒤떨어진 방법이고 인터넷이라는 것이 발달하여 손쉽게 제안을 할 수 있는 길이 활짝 열려있다.

좋은 생각이나 아이디어가 있으신 분들은 주저하지 말고 제안을 하시라!

그 제안이 채택되어 국가나 직장 또는 내 고장의 살림살이에 보탬이 되면 더할 나위 없이 좋고, 설사 그러지 못했다 해도 나름대로 보람 있는 일이 아닌가.

"도둑질도 하면 는다."는 속담이 있듯이 생각이나 아이디어도 짜내고 다듬다 보면 언젠가는 반드시 좋을 결과가 있을 것이다.

각 장(章))간에는 서로 앞뒤로 연결되는 얘기가 아니니 취향에 맞지 않거나 생소한 부분은 건너뛰거나 순서를 바꿔서 읽어도 전체적인 내용을 이해하는 데는 지장이 없다.

논문이나 제안서 중간에 글자체가 다른 서체(고딕체)로 쓴 내용들은 원문에는 없었던 것으로 전기와 관련이 없거나 다른 방면의 삶을 살아온 독자들의 이해를 돕기 위해 책으로 발간하기에 앞서 덧붙인 주석(해설)이다.

2010년 5월
윤재학

목 차

책머리에 __ 4

첫째 장   전기자동차 실용화에 대비한 전력사업자로서의 대응 __ 9

둘째 장   대북 전력지원과 평화의 댐 __ 67

셋째 장   국가 치수정책에 대한 의견 제안서 __ 101

넷째 장   쉬어가는 장 __ 137

다섯째 장 서울 – 한강 – 대중교통(지하철과 연계한 한강 수상버스) __ 151

여섯째 장   서울 서부고속터미널 __ 201

일곱째 장   하늘로 날아간 제안 __ 221

여덟째 장   산문 한 편 __ 241

독자들에게 드리는 글 __ 250

전기자동차 실용화에 대비한 전력사업자로서의 대응

내가 다녔던 직장 한전에서는 1990년대에 들어와서부터 매년 1회 정기적으로 전 직원을 상대로 일정한 주제를 주고 거기에 대한 논문을 공모했다. 말이 논문이었지 수많은 직원을 대상으로 하는 사내공모 논문이다 보니 저명한 학자나 대학교수들이 발표하는 학술연구 논문이나 학위논문과는 차원도 한참 다르고, 논문의 전반적인 수준 또한 감히 그런 부류의 논문과는 비교할 바가 못 된다고 생각되며, 회사의 업무나 제도의 개선을 위한 제안이나 건의를 좀 고급스럽고 멋지게 표현하고자 그렇게 불렀던 것으로 여겨진다.

이 글을 전개해 나감에 있어 내가 쓴 "논문"이라는 글을 내 스스로 "논문"이라 부르기가 좀 주저되어 "글"이나 "제안"으로 바꿔서 표기해 보려고 했으나 이미 "논문"이라는 단어에 맞춰 써진 글이어서 "글"이나 "제안"으로 바꿔서 표기하면 문맥이 부자연스럽거나 글맛이 개운치 않은 데가 많아 민망함을 무릅쓰고 그냥 "논문"으로 표기하였다.

한전에서는 그것을 "2001대화 논문공모"라 불렀다.

새로운 천년을 눈앞에 두고 직원들에게 창의력을 배양케 하는 동기도 부여할 겸 회사가 당면한 사안에 대하여 직원들의 참신한 아이디어나 총의를 모으기 위한 아주 좋은 제도였다고 생각된다. 우수 논문으로 선정되면 얼마간의 상금과 상장도 받고, 사보와 논문집에 실려 비록 회사 내에서일망정 조그만 영예도 얻고, 그것이 직장인들의 가장 큰 소망인 승진에 상당한 뒷심이 되어 주기도 했다.

승진을 하기 위한 은밀한 노하우를 모르는 직원들 중에는 외골수로 거기에 머리를 싸매고 매달리는 직원도 꽤 많았으며, 별다른 노하우도 없이 그것을 지렛대로 승진의 꿈을 이룬 사람도 아주 드물게는 있었다.

나도 승진을 하기 위한 그 은밀하고도 요지경 속을 들여다보는 것 같은 노하우라는 것을 전혀 아는 게 없었고 내세울 간판 이래봐야 쭉정이 겉보리 한 됫박 거리도 안 되는 보잘것없는 것이었으니 해마다 거르지 않고 응모는 하여 보았지만 항상 뒷맛이 씁쓸한 결과만 받아들었을 뿐이고, 공모에 응모한 기념으로 고급 볼펜 한 자루나 나무토막 후벼 파서 다듬어 만든 연필통 하나 던져주는 것을 받아드는 것으로 만족해야 했다. 지금 생각해 보니 볼펜이나 연필통을 던져준 게 다음에 논문공모가 있으면 또 들러리를 서보라는 미끼였던 것 같기도 하다.

참고로 한전의 승진제도는 평직원에서 과장으로 승진할 때에는 엄격하고도 공정한 공개경쟁시험을 통하여 이루어진다. 물론 시험이라는 것이 개개인의 능력이나 자질, 소양을 평가하는 최선의 방법이냐 하는 것은 별개로 하고 시험이 투명하고 공정하게 이루어지니 한전직원 누구도 시험 자체에 대하여 시비를 거는 사람은 없었다.

　과장이 된 다음, 그 다음 단계부터가 문제다. 과장이 된 다음 그 다음 단계의 승진부터는 눈에 보이지 않는 각자의 수완과 요령에 따라 하느님도 예측하기 힘든 승진이 이루어지니 그때부터 그 '노하우'라는 것이 필요하고, 경우에 따라서는 노하우가 도깨비방망이보다도 더 신통한 괴력을 발휘하게 되는 것이다.

　이게 어디 한전뿐이겠나? 우리사회 전반에 널리 퍼져 있는 독버섯과 같은 것이며, 때로는 그것이 들통 나 언론의 집중조명을 받기도 하는 것이 우리의 부끄러운 자화상이다.

　여담이지만 논문을 공모한다는 공고문에 한자(漢字)로 쓰라는 문구는 없지만 응모하는 사람 간에는 한자로 표기하는 것이 불문율화되어 있었다.

　그래서 책머리에 한자를 우리글인 한글로 바꿨음을 실토한 것이다.

　퇴직하기 1년 전인 1996년에는 "2001대화 논문"과는 별개로 "전력경제 분야"에 대한 부정기 특별 논문공모가 있었고, 과장계급장만 17년째 달고 있었으니 물에 빠진 사람 지푸라기라도 잡는 절박한 심정으로 기꺼이 거기에 또 응모를 하였다.

　그 당시는 20~30년 지속된 경제성장의 결과로 산간벽지 농어촌 지역까지도 가구마다 웬만한 가전기기는 거의 다 보급이 되어 있었던 시절이고 가전기기의 최상위급이자 막바지 보급단계로 단위 가전기기 중 전력소비가 가장 큰 냉방기기(에어컨)가 가정용과 업소용 위주로 폭발적으로 늘어나던 시기였으며, 한전에서는 해마다 하절기 냉방전력수요 폭증에 맞춰 발전소를 건설하다 보니 냉방전력 수요가 없는 여름철을 제외한 다른 절기에는 과도한 전력예비율이 문제가 되었고 특히 심야잉여전력이 회사경영을 크게 압박하고 있었다.

그래서 신규 심야전력수요를 적극적으로 개발하여 심야잉여전력의 판로를 개척해보고자 금융기관에서 은행원들에게 예금유치 목표치를 할당하듯이 강제성을 띠지는 않았지만 한전직원 개개인에게 심야수요 개발목표치를 할당하고 신규개발을 적극 독려하던 시점이었다.

회사에서 특별 공모하는 논문의 주제인 '전력경제'와 내가 생각하고 있었던 '전기자동차'가 맞아 떨어졌던 것이다. 한전 전체 약 35,000명의 직원 중 나와 다른 한 사람, 단 두 명만이 응모를 하였다. 결과는 역시 참패였다.

2001대화논문 공모에서는 괴발개발 끼적여 내밀었어도 볼펜 한 자루나 목각필통 하나라도 던져 주더니 이번에는 그것도 없이 입을 싹 씻고 만다. 분수도 모르고 주제넘게 논문이랍시고 쓴다고 들어간 볼펜과 종이 값도 못 건진 것이다. 하기야 회사의 볼펜과 회사의 용지를 사용했으니 크게 손해를 본 것은 없었다.

그냥 마음만이 아팠을 뿐이다.

1997년 김영삼의 문민정부 막바지시기에 접어들자 IMF의 예비파고가 서서히 밀려와 피부로 느껴지기 시작했다. IMF환란위기는 1997년 12월에 발생했지만 1년여 전부터 나라경제가 나락으로 굴러 떨어지는 징조가 이미 곳곳에서 나타나기 시작했던 것이다. 사기업도 기업경영이 어려워지면 기업주가 제일 먼저 생각하는 게 가장 손쉬운 방법인 종업원 감축과 감봉이다.

국가경제가 어려워지면 정부부처에서 가장 먼저 생각하는 게 공기업의 인원감축과 급여의 동결 내지는 후퇴이다. 공기업의 대표적인 기업이 한전이었으니 그 살벌한 분위기는 그대로 피부에 와 닿았다.

이미 지나간 17년을 포함하여 정년퇴직까지 남은 9년을 더하면 26년 동안 과장계급장만 달고 있을 일을 생각하니 앞길이 까마득했고, 회사에서는 '마지막 명예퇴직 기회'라는 미끼를 집어던지고 엄포를 놓으며 어떻게 하던 추려내려 하고, 집에서 하던 일이 잘못되어 여러 가지 복잡한 사정이 겹치는 바람에 1997년 6월에 소위 '철 밥통'이나 '신이 내린 직장'이라 일컫는 한전을 홍수에 썩은 나무토막 떠밀려 내려가듯 거센 물결에 휩쓸려 때려치웠다. 아니 밀려났다.

무엇이 그렇게 명예스러운 것인지는 모르겠지만 명예퇴직이라 했다. 명예는 고사하고 큰 오산이었고 착각이었다. 죽는 날까지 과장계급장만 달고, 아니 평직원으로 강등을 당하는 참담한 꼴을 당하더라도 '나 죽었습니다!' 하고 그냥 다녔어야 했다.

퇴직하고 난 뒤 반년 여 만에 IMF라는 경제 쓰나미가 덮쳐 한국사회를 속속들이 할퀴고 훑어대었으니 그 뒤의 끔찍한 세월이야 전 국민이 한숨 토해내고 눈물 흘리며 다 같이 겪은 바이니 구구한 설명이 필요치 않을 것이다.

앞의 긴 제목의 논문을 두어 줄로 요약하면 당시(1996년)시점에서 보아 10~20년 후에는 전기자동차가 실용화될 것이며, 전력사업자인 한전은 그때를 대비하여 이러저러한 것을 미리미리 준비하고 대비를 해야 된다는 것을 나름대로 설파하고 일깨워주는 내용이었다.

2000년대를 맞으며 지구온난화와 환경오염문제가 심각한 범지구적 이슈로 부각되었고 점점 고갈되어가는 석유에 대한 불안감이 겹치면서 그 연장선상에서 2009년 말이 되자 2010년 3월(혹은 4월)부터는 일부 제한된 도로에서 적은 수이기는 하나 전기자동차가 시범적으로 운행이 될 것이라는 언론보도가 연일 쏟아져 나왔다. 전기자동차 시대가 도래 하더라도 내가 그 당시 논문에서 예시했던 대로 그런 대비를 꼭 해야 하는 것인지는 현재로서는 판단키가 어렵지만 다시 한 번 한전에 그것을 또 들이밀어 보기로 했다.

2010년 1월 1일 한전 사장께 그 당시의 논문과 심사결과 발표내용을 사본을 떠서 편지로 띄웠다. 15년 전에, 그것도 평직원에서 겨우 한 단계 올라간 전직 과장이라는 하찮은 존재가 한전사장께 편지를 보내봐야 비서실에서조차 거들떠보지도 않을 것 같은 생각이 들었다.

그래서 아까운 돈이 좀 더 들더라도 내용증명 편지로 보내기로 했다. 편지는 1월 1일에 썼으되 우체국이 1월 3일까지 휴무였으므로 1월 4일 우체국 문을 열자마자 달려가서 편지를 보냈다. 편지를 보내고 나서 한 2주 정도 지난 어느 날인가 오후 서너 시쯤 되어서 전화기를 통하여 들려오는 음성으로 보아 젊은 남자 직원일 것 같은 새까만 후배직원한테서 전화가 왔다.

"한전인데 보내주신 편지는 잘 받아보았으며 선배님께서는 어떻게 15년 전에 그런 생각을 하시었느냐?"며 논문내용에 공감을 하지 않을 수가 없고 지금 한전의 고민이 거기에 있으며 지식경제부와도 그 점을 활발히 논의하고 있다는 내용과 "다시 한 번 감사드리며 건강하시라!"는 말로 통화를 끝냈다.

소파에 누워 TV를 보다 비몽사몽간에 전화를 받아 내용도 잘 기억이 안 나고 제대로 내 주장을 펴지는 못했지만 꽤 오랜 시간 동안 통화를 했었다. 엉겁결에 통화를 끝내고 나니 15년 전에 그 논문을 제출하고 나서 받아들었던 결과통지서를 다시 한 번 받는 것과 같은 쓸쓸함이 엄습해 왔다. 도저히 이렇게 끝낼 수는 없다고 생각하였다.

다음날 서류 일체를 챙겨들고 강남구 역삼역 근처에 있는 특허청 서울지청을 찾아갔다. 막상 특허청을 찾아가기는 했지만 어느 부서의 누구를 만나 상의를 해야 될 내용인지 내가 생각해 보아도 막연했다. 몇 개 층을 오르락내리락 거리며 묻고 물어 안내를 받아 찾아간 곳이 18층에 있는 "한국발명진흥회 특허거래 팀"이라는 곳이었다.

전문위원이자 변리사인 30대 전후로 보이는 주부 초년생일 것 같은 얌전해 보이는 여성이 공손히 내미는 따끈한 차를 한잔 얻어 마시며 상담을 시작했다. 관공서도 아니고 공무원 신분도 아닌 것 같았다. 내가 갖고 간 서류를 내보여주며 그간의 경과를 쭉 얘기했다. 조금은 흥분된 어조로 내 얘기를 했고 진지한 자세로 다 듣고 나더니 난감한 표정을 짓는다.

예상했던 대로다. 그렇다고 관공서를 찾아갔다 성의 없는 공무원을 만나 '귀찮은 민원인이 빨리 꺼져주었으면!' 하는 그런 표정과 태도는 절대로 아니었다.

자기와 자기가 소속한 부서가 맡고 있는 업무가 특허와 직접 관련이 되거나 지적재산권과 유사한 것의 거래를 기술적, 법률적으로 검토하고 처리하여 주는 곳인데 내가 꺼낸 사안은 그런데 해당되지도 않고 그렇다고 어디 딴 데 가서도 마땅히 법률적으로나 다른 방법으로 권리를 주장해 볼만한 그런 사안이 아니라는 얘기다.

다만 거대 기업인 한전에서 선생님(필자)의 논문을 다시 재평가하고 비록 늦었지만 자발적으로 그에 상응한 보상을 하여 준다면 모를까, 다른 방법으로는 도리가 없을 것 같다는 설명을 친절하고 차근하게 잘해 주었다.

앞에 앉은 민원인의 애로를 속 시원히 해결해 주지 못해 못내 미안해하고 안타까워하는 표정이 역력했다. 별 소득이 없이 발걸음을 돌려야 했다.

　그렇지만 1996년도에 한전의 논문공모에 응모를 하고 나서 애매모호한 심사결과를 통지받았을 때와, 후배직원에게서 "감사하다. 건강하시라!"는 인사치레 전화로 논문에 대한 평가와 보상을 받고 난 뒤와 같이 야속하거나 씁쓸한 기분은 들지 않았다.

　힘없이 그 건물을 빠져나와 뒤편을 바라보니 OOO변리사사무실이라는 간판이 보였다. 볼 것도 없이 곧장 그 건물 4층으로 올라가 변리사 사무실로 들어가서 찾아온 용건을 말하였더니 변리사와 직접 상담을 해야 될 내용이라며 변리사의 독방 사무실로 안내하였다. 60대 중반을 갓 넘긴 것 같은 온화해 보이는 경제학 박사인 변리사에게 한국발명진흥회에서 했던 얘기를 다시 되풀이 했다.

　다 듣고 난 변리사가 조금 애매하기는 하지만 한 번 검토해볼 만하니 서류일체를 복사하여 달라고 하기에 그 사무실 여직원한테 맡겨 복사를 하여 변리사에게 건네고 집으로 발걸음을 돌렸다. 정확히 이틀이 지나자 변리사가 전화를 걸어와 발명진흥회 여성 변리사에게서 들었던 것과 비슷한 얘기를 또다시 들어야 했다. 아쉽게도 내가 바라던 대로는 아니었지만 상당히 깊게 검토한 것 같았고 성의 있는 답변이었다.

　전화를 끝내고 나서 인터넷에 무조건 "지적재산권"이라고 쳐 넣고 검색을 해 보았더니 수많은 변호사나 변리사 사무실이 나와 있었다.

　그 중 한군데를 골라 전화를 했더니 자동 녹음된 인사말이 끝나고 "삑" 소리가 나며 전화가 연결되고 나서부터는 30초마다 천 원인지 2천 원씩 하는 상담료가 부과된단다.

　지적재산권 전문의 변호사와 전화로 상담을 하였고 내 얘기를 다 듣고 나더니 앞의 변리사 두 분과 비슷한 답변을 들려주며, 내가 찾고자 하는 방식으로는 안 될 것 같고 지금 국민권익위원회라는 곳이

힘을 쓰고 있고, 거기 새로 취임한 위원장이 큰 야망을 갖고 전국 곳곳을 누비며 웬만한 민원은 다 해결을 해주고 있으니 그곳으로 민원이나 진정으로 신청을 해보라는 조언을 받았다.

변호사로부터 조언을 받지 않았더라도 나도 은연중에 비슷한 생각은 하고 있었던 방법이다. 변호사와 통화를 하는 중에도 계속해서 "삐……" 소리가 수도 없이 흘러나왔으니 다음 달 전화요금 청구서에 상당한 상담료가 덧붙여질 것 같다. 어렴풋이 알고 있는 방법을 다시 한 번 확인하느라고 꽤 많은 상담료만 지불하게 되었다.

그래서 다시 국민권익위원장 앞으로 편지를 한 장 써서 한전사장께 보냈던 편지부터 서류일체 복사물을 첨부하여 등기우편으로 보냈다. 국민권익위원장 앞으로 보낸 편지, 한전사장 앞으로 보낸 편지와 함께 논문 전문을 싣는다.

존경하는 위원장님!

저는 서울시 양천구 신정동에 살고 있는 금년 63세 된 시민입니다.
국민의 권익증진과 소외된 계층의 가려운 곳을 긁어주기 위해 애쓰시는 위원장님의 활동은 언론보도를 통하여 잘 알고 있습니다.
소시민의 한 사람으로서 감사를 드립니다.

저는 1972년 2월부터 1997년 6월까지 한국전력공사(한전)에 근무했었습니다. 제가 한전에 근무할 당시 한전에서는 매년 1회 정기적으로 전 직원을 대상으로 하는 논문 공모가 있었고, 1996에는 전력경제 분야에 관한 부정기 특별 논문공모가 있었습니다.
그 당시 한전 35,000명의 직원 중 저와 다른 한 사람이 공모를 하였고 저는 "전기자동차 실용화에 대비한 전력사업자로서의 대응"이라는 주제로 논문공모에 응하였습니다.
제 논문의 요지는 앞으로 10~20년 내에 전기자동차 실용화가 이루어 질 것이며, 전기자동차 실용화 시대를 대비해서 한전과 전기자동차 소유자인 일반 국민들이 전기자동차를 불편 없이 경제적으로 이용하려면 미리미리 대비를 해야 될 것이며, 핵심은 새로 짓는 건축물은 전기자동차 실용화시를 대비해서 대비설비를 갖추도록 건축법에 반영을 하자는 내용과 전기에너지는 우리가 사용하고 있는 에너지 중 가장 고급 에너지이므로 이를 법과 제도, 그리고 가격구조를 통하여 낭비적인 수요발생이 안 되도록 유도하자는 것과 그에 수반되는 부수적인 내용을 기술한 것입니다.
당시 한전에서는 제 논문의 발제취지는 훌륭하나 더더욱 연구검토가 필요하다는 다소 애매모호한 답변을 했습니다.

그리고 1997년도에 제가 한전을 명예 퇴직하였고 근래에 이르러 전 지구적 재앙으로 다고오고 있는 지구온난화와 환경문제와 결부되어 전기자동차 실용화가 눈앞에 와 있으며, 언론보도 등을 통하여 볼 때 금년 3월부터는 제한된 일부도로에서 전기자동차 운행이 시작될 것 같습니다.

그래서 저는 금년 1월 1일 부로 한전 사장님께 비록 늦었지만 다시 한 번 제 논문의 심도 있는 검토를 바란다는 편지를 올렸습니다.

한전 사장님께 편지를 올리고 나서 한 10여 일 후 젊은 남자직원에게서 전화가 와서 "어떻게 선배님께서는 15년 전에 그런 생각을 하였고, 지금 한전의 고민이 거기에 있으며, 꼭 그대로는 아니더라도 선배님께서 논문에서 제시하였던 것과 비슷한 방향으로 정부 부처(지식경제부)와 협의를 진행하고 있으며, 좋은 논문을 제출하여 주셔서 감사하다."라는 전화를 받았습니다.

이해를 돕기 위해 간단한 예를 들자면 서울을 비롯한 대도시에 1960~1970년대에 주택단지를 개발하면서 당시로서는 마이카(자가용)라는 것을 생각할 수 없었던 시절이었으므로 단지 내의 도로도 차량이 교행할 수 없는 좁은 도로로 개설되었고 주차장을 구비하지 않아 오늘날 1가구 1대 이상의 자가용이 보급되면서 주차문제로 겪는 숫한 사회문제와 혼란을 생각하시면 쉽게 이해가 되실 것입니다.

제 논문의 요지는 전기자동차 보급이 대대적으로 되었을 때를 대비해서 미리미리 대비설비를 해 놓아 오늘날 겪는 주차문제와 같은 사회혼란을 예방하고 국가적으로도 막대한 자원과 예산 인력의 낭비를 없게 하자는 것이었으며, 에너지 중 가장 고급의 에너지인 전기의 가격과 수요관리를 잘못해서 오늘날 겨울철에 무분별한 전기

난방이 성행함으로써 전력예비율에 비상이 걸리는 것과 같은 문제에 대한 선견적인 지적이었습니다.

위원장님께 간청하는 것은 다음 두 가지입니다.

첫째로 비록 늦기는 했지만 지금이라도 정부 관련부처, 한전, 자동차 제조회사 등이 본 주제를 가지고 토론을 하여 가장 합리적인 방안을 모색하여 법제화하자는 것이고, 두 번째로는 국내 최대 공기업인 한전에서 전 직원을 상대로 한 공모논문을 당시에는 거들떠보지도 않고, 또 15년이 지난 뒤에 이를 재차 일깨워 주었음에도 담당 직원이 "좋은 의견 보내주셔서 감사하다."는 전화 한 통화로서 갈음될 사안인지를 묻는 것입니다.

바꾸어 말하면 사회적인 대혼란과 막대한 공사비의 낭비를 막을 수도 있는 아이디어(일종의 지적재산권)를 최대 공기업이 이런 방식으로 활용(아이디어의 도용에 가까움)해도 되는지를 묻는 것입니다.

이렇게 하면서 어떻게 공무원이나 기업이 직원들에게 창의성의 발휘를 요구할 수가 있겠습니까?

위원장님의 깊으신 헤아림이 있으시기를 바랍니다.

제가 당시 제출하였던 논문, 지난 1월 1일 한전 사장께 올렸던 편지, 일간지의 보도내용의 복사본을 함께 동봉합니다. 감사합니다.

2010. 1. 22.

서울 양천구 신정동 000-0

윤재학 올림

발신: 서울시 양천구 신정동 000-0 윤재학

수신: 서울시 강남구 영동대로411(삼성동167) 한국전력공사 사장

존경하옵는 사장님!

안녕하십니까?

저는 1972년 2월부터 1997년 6월까지 한전에 근무하다 97년 6월에 명예퇴직을 한 전직 직원(전우 회원) 윤재학입니다.

사장님께 직접 편지를 올림을 용서하여 주시기 바랍니다.

내용증명으로 해야 사장님께 편지내용이라도 요약, 보고가 될 것이라 생각되어 내용증명 우편으로 하였음을 헤아려 주시기 바랍니다.

퇴직 직원 모두 한전을 꿈에도 그리는 친정과 같이 생각하고 있으며, 비록 정년이나 다른 사정으로 회사를 떠났다 해도 항상 한전에 대하여 감사한 마음을 갖고 있으며 길거리를 지나가다 우연히 붉은색 색상의 한전 차와 마주치기만 해도 가슴이 설레고 혹시 아는 후배 직원이라도 타고 있지 않은지 유심히 살펴보는 것이 전직 직원 모두의 습관입니다.

특히 IMF 전후로 자의반타의반으로 회사를 그만두어야 했던 사람들은 회사를 떠난 후 혹독한 세파에 부대끼면서 한전이 얼마나 좋은 직장이었는지 더더욱 뼈저리게 느끼고 있으며, 한전에 근무했었다는 것에 대한 크나큰 위안과 자긍심을 갖고 있습니다.

지난 년 말에 아랍에미리트 공화국에 우리 한전이 주축이 되어 원자력발전소 4기의 공사수주를 따냈고, 사장님이 저쪽의 상대와 계

약서에 서명을 하는 뉴스를 접했을 때는 가슴이 터지는 것과 같은 희열을 느끼며 눈시울을 붉혔습니다.

　참으로 사장님과 후배들이 이끄는 한전이 비약적인 발전을 하고 있다는 사실을 실감하며 이번 일을 계기로 한전이 세계 원자력발전, 나아가 전력사업을 선도하고 견인을 하는 초일류 기업으로 우뚝 서기를 간절히 빌어봅니다.

　지금은 어떤지 모르겠지만 제가 근무할 당시에는 매년 "2001대화"라는 전 직원을 상대로 주어진 주제에 따른 논문공모가 있었으며 저도 매번 빠지지 않고 응모는 하여 보았지만 결과는 신통치 못했습니다.

　1996년 6월에는 당시 전력경제처(경제조사부)에서 "2001대화"와는 별개로 "전력경제분야"에 관한 논문을 공모한 바 있으며, 당시 전 직원 중 저와 다른 한 명(당시 00지사 00지점 000 과장)이 논문을 제출하였으며 저는 "전력수요 관리 분야"에 "전기자동차 실용화에 대비한 전력사업자로서의 대응"이라는 주제로 논문을 제출한 바 있습니다. 논문을 제출하고 나서 관련부서로부터 애매모호하고 조금은 납득하기 어려운 뒷맛이 씁쓸한 답변만을 받았을 뿐입니다.

　제가 당시 논문에서 예상했던 것보다는 조금 더디기는 해도 2010년도를 맞으며 전 인류적 재앙으로 다가오고 있는 지구온난화, 선후진국을 가리지 않고 심각한 사회문제로 대두되고 있는 환경문제와 결부되어 전기자동차가 주목을 받고 있으며 우리나라에서도 이르면 올해(2010년도)에는 도로에서 운행되는 전기자동차를 목격하게 될 상황이 도래할 것 같습니다.

　모든 첨단제품이 그러하듯이 전기자동차도 일단 초기의 출시만 이루어지면 그 기술발전 속도와 보급은 비약적으로 늘어날 가능성을 배제할 수 없습니다.

　전기자동차가 대대적으로 보급되는 상황이 도래했을 때를 대비해서 전력사업자로서는 무엇을 어떻게 해야 하는지를 나름대로 적시한 것이 제가 제출한 논문의 요지입니다. 제 배움과 알고 있는 지식이 보잘것없고 당시만 해도 전기자동차는 관련 전문가 이외에는 관심을 갖는 이가 적어 논문이라기보다는 일반 제안서에 가까웠지만 전기자동차가 대대적으로 보급이 예상된다면 전력사업자로서도 이에 대한 대비는 필요하다고 생각됩니다.

　그 대비는 전기자동차 실용화가 되었을 때는 이미 늦는 것이며 훨씬 앞서 대비를 해야 된다는 것을 역설한 것입니다. 그것은 단지 제가 청춘을 바쳤던 한전의 이익만을 위한 것이 아니고 전기자동차라는 대규모 신규전력부하 출현이 국민의 대표적 공기업인 전력사업의 경영여건을 획기적으로 개선시킬 수 있는 기회가 되게끔 유도하고, 일반 국민들은 전기자동차 사용이 현실의 문제로 닥쳤을 때 큰 불편 없이 전기자동차를 가장 안전하고 저렴한 비용으로 사용케 하고자 하는 합목적 취지였습니다. 국가 에너지 이용효율의 극대화를 위한 제언이었습니다.

　제가 제출한 논문의 핵심은 전기자동차는 어차피 전력부하가 될 수밖에 없고, 국가전체 에너지수급과 이용효율의 극대화라는 측면에서 보거나, 국가전력사업을 이끌어 가는 한전의 입장에서 보거나, 전기자동차 소유자의 입장에서도 심야잉여전력을 활용하는 것이 가장 경제적이므로 1가구 1대 이상의 전기자동차 보급을 염두에 두고 그때를 대비하여 새로 신축되는 건물은 즉시 심야전력을 공급 받을 수 있는 대비설비를 미리 갖추어 놓도록 법제화하자는 내용과 그에 수반하여 전력사업자가 준비해야 될 사항들을 열거한 것이었 습니다.

당시 사내논문 공모가 게재된 사보의 관련 쪽, 심사결과 내용 통 지서, 일간지의 전기자동차 관련기사, 응모하였던 논문의 필사본을 동봉하오니 이제라도 관련부서로 하여금 심도 있는 검토가 이루어 졌으면 하는 바람입니다.

o 사보 1147호(1996. 6. 10) 35쪽: 전력경제분야 논문 사내공모
o 논문 사내공모 결과 알림(전력경제처 경제조사부)(1996. 10. 23) 공문
o 관련 일간지 기사: 한겨레신문 2009년 12월 31일자 22면(자동차)

다시 한 번 원전 수주를 축하드리오며 사장님의 경영에 힘입어 우 리 한전이 세계의 전력사업을 선도하는 세계의 한전으로 거듭나기 를 기대합니다.

2010년이 사장님과 사장님께서 이끄시는 한전에 더더욱 보람된 한 해가 되기를 빕니다. 감사합니다.

2010년 1월 1일
전직 직원 윤재학 올림

전력경제분야 논문 사내공모

☐ 논문내용
- 전력사업과 관련된 경제. 경영분야 연구 논문
- 전기요금, 전력수요 등 전력판매 분야 연구 논문
- 북한관련 연구, 조사 논문
- 순수기술 분야, 인사, 노무 분야 제외

☐ 제출대상: 한전 직원 개인 또는 그룹

☐ 공모기간: '96. 6. 1~'96. 8. 30

☐ 작성요령
- A4 용지 15매 내외(200자 원고지 60매 내외)
- 한글 2.0 이상 사용을 권장함
- 제출부수: 논문원본 2매, 디스켓 1매

☐ 응모방법
- 응모 시 소속, 성명, 사번 및 전화번호를 반드시 기재
- 제출논문은 타지에 발표되지 않은 것이어야 함
- 보낼 곳: 전력경제처 경제조사부(서울특별시 강남구 삼성동 167 우 135-791)

☐ 논문우수작 발표: '96. 월 중순(사보게재 및 개별통보)

☐ 기타
- 선정된 우수논문은 '96 전력경제지 제5논문집에 게재 및 원고료 지급
- 기타 자세한 사항은 전력경제처 경제조사부(021-6241~5)로 문의바람

(당시 사내논문을 공모하는 한전사보의 관련 쪽 필사본)

<table>
<tr><td>알
림</td><td>발신: 전력경제처 경제조사부(021- 6241 담당 최OO 1996. 12. 23)
수신: 강서지점 배전운영부
제목: 전력경제 분야 논문 사내공모 결과</td></tr>
</table>

1. 저희 전력경제처 업무에 평소 관심을 기울여 주심을 감사드립니다.

2. 저희 처에서 전력경제지 관련 전력경제 분야 논문 사내공모에 응모 결과를
   아래와 같이 알리오니 계속적인 관심을 기울여 주시기 바랍니다.

O 총 응모편수: 2편

① 전기자동차 실용화에 대비한 전력사업자로서의 대응: 강서지점 윤재학 과장

② 농사용 전력공급에 다른 신규 공사비 및 전기 판매수악: OO 지점 OOO 과장

O 심사결과: 전력경제지 편집위원회 심의 및 실무부서에 의뢰하여 검토한 결과 본 논문은 발제한 취지는 훌륭하며, 전기 자동차는 전력연구원 배전연구실에서 많은 연구개발비를 투입하여 프랑스에서 전기자동차를 구입 연구하여 왔으나 실용성, 경제성, 기술부족 등으로 중단한 바 있음.

 따라서 이 분야에 대한 심층연구 결과 실용화와 병행하여 관련분야 실무대안을 제시하는 것이 타당하므로 전기자동차 관련 수요관리를 위한 연구가 더욱 필요함. 끝.

1996/10/24 11:29:16 No. 1009

(논문 심사결과발표 공문 필사본)

[전력 수요관리 분야]

전기자동차 실용화에 대비한 전력사업자로서의 대응

소 속: 서울지역본부 강서지점 배전운영부 배전기술과

성 명: 윤 재 학

사 번: 7212XXXX

전화번호: 사선 0289-XXX

국선 640-XXXX

차 례

Ⅰ. 머리말

Ⅱ. 전력수요관리를 위한 제도의 분석

Ⅲ. 전기자동차 개발 전망

Ⅳ. 전기자동차의 실용화에 대비한 전력사업자로서의 대응

Ⅴ. 맺는말

전기자동차 실용화에 대비한 전력사업자로서의 대응

I. 머리말

1. 전기에너지의 특성

오늘날 인류가 개발, 사용하고 있는 에너지 중 전기에너지만이 거의 유일하게 수요와 공급(생산)이 동시에 이루어져야 하는 특이한 특성을 지니고 있다.

전기에너지의 이러한 특성은 전력사업자에게 일정한 수요주기(1일, 1년)안에서 상정할 수 있는 순간최대수요와 여기에 적정한 예비공급능력을 더한 공급설비를 최대수요발생에 선행해서 확보해야 하는 과도한 설비투자의 부담[1, 2]을 안겨준다.

1계통으로 병입운전[3]되는 전력공급설비는 1년 주기로는 계절적인 수요변동에 따라 설비의 이용률에 기복이 발생하며, 1일 부하(負荷)[4]주기 내에서는 주, 야간별 극심한 부하편차가 전력사업의 수요관리실태를 나타내는 지표인 부하율*5)을 향상시키는데 극히 불리한 조건으로 작용한다. 따라서 전력사업의 경제성제고를 위해서는 계절적으로 부하의 편차를 줄여 설비의 이용률을 높이고 1일 부하주기 내에서는 주, 야간별 부하의 편차를 줄여 1일 평균부하에 근접토록 수요를 유도함으로써 부하율, 나아가서 열효율*6)을 끌어 올리는 것이 주요 현안으로 대두되는 것이다.

주석

*1) 전력사업과 설비투자

이해를 돕기 위해 대표적 공공재인 수도와 전기를 대비시켜 예를 들어보기로 한다.

어느 소규모 도시에서 1일 수돗물 사용량이 낮 Peak시간대에는 시간당 2~3천 톤 이상을 사용하고 심야에는 시간당 300톤 미만을 사용하여 시간당 평균 1천 톤인 1일 총 24,000톤의 수돗물을 사용한다고 가정해 보자.

이 도시에서는 시간당 평균 사용량인 1천 톤에 적정 예비율을 감안 1,000~1,200톤의 수돗물을 생산할 수 있는 정수장(전기의 발전소에 해당)을 건설 운영하고 생산된 수돗물은 물의 저장탱크인 배수지(전기에서는 배수지에 해당하는 설비가 없음)를 1일 사용량 이상으로 갖추어 놓고 24시간 수돗물을 균등하게 지속적으로 생산하여 배수지에 저장하여 놓으면 생산과 공급에 차질이 발생하지 않는다. 1일중 peak시간 대에 시간당 최대사용량이 3,000톤 이상이 되어도 1,000~1,200톤의 정수시설만 갖추면 되는 것이다.

배수지 용량을 5일간 사용량 이상으로 확보하면 특수한 사정으로 정수장이 5일간 가동을 못해도 수돗물 공급에는 차질이 발생하지 않는 것이다.

전기로서는 상상도 할 수 없는 방법인 것이다.

즉, 생산과 소비가 동시에 이루어지는 것이 아니며 대부분의 공산품도 이와 같다.

반면에 전기만이 유일하게 그 특성상 생산과 소비가 동시에 이루어진다.

배터리와 같은 극소규모의 충전방법(수돗물의 경우 배수지)이 있기는 하나 대규모 전력계통에는 적용할 수가 없다.

전기는 발전소에서 먼저 생산을 하고 그 범위 내에서 수요자가 사용을 하는 것이 아니고, 발전소에서는 예상되는 사용량에 적정 예비공급량까지를 감안 충분한 양을 발전할 준비(발전기 가동)를 갖추고 전력수요자가 사용을 하면 그에 따라 자동적으로 발전량이 따라가는 형태로 운전이 되는 것이다.

수돗물이나 다른 공산품과 달리 생산과 소비가 동시에 이루어지는 것이다.

그래서 전기는 년 중 최대부하가 예상되는 양에 적정 예비율을 감안 평균수요가 아닌 최대수요에 맞춰 발전설비(생산시설)를 사전에 건설해 놓아야 하는 것이다.

즉, 규모의 경제를 도모해볼 수단이 마땅치가 않은 것이다.

*2) 발전소 건설비용과 전력사업의 투자비 고찰

2009년 말 한국이 UAE공화국에서 수주한 원전은 130만kw x 4기에 200억 달러로 보도 되었다.

개략적으로 계산해 보면 원자력발전설비 1kw당 건설단가가 약 4,000달러이며, 이를 1달러를 1,000원으로 환산해보면 1kw의 발전설비를 건설하는데 약 4백만 원이 소요된다.

여름철 냉방부하, 겨울철 난방부하가 100만kw만 추가로 발생해도 그것을 공급하기 위한 100만kw의 발전소를 짓는데 4조원이 필요하다는 얘기다.

이 냉방부하와 난방부하는 여름철과 겨울철 2~3개월만 필요하고 그 시기에도 날씨에 따라 변화가 심하고 심야에는 거의 발생치 않는 부하이다.

계절적으로 또는 경부하시간대에는 발전을 멈춰야 하니 고가의 발전설비가 가동률(전기에서는 이용률로 표시함)이 극도로 떨어지는 것이다.

또한 발전소 건설입지 확보도 간단한 문제가 아니다.

그래서 전력사업자는 어떻게 하던 부하의 Peak치는 낮추고 평균치는 끌어 올려 부하율을 높이는 방법을 다각도로 강구하게 되는 것이다.

위와 같은 막대한 건설비용을 들여 발전소만 건설했다고 해서 수요자에게 전력이 공급되는 것이 아니다.

발전소에서 생산된 전력을 수요자의 공장, 건물, 가정까지 배달을 하기 위해서는 수많은 송전선로, 1~2차 변전설비, 배전선로를 발전설비 건설비 이상으로 들여 또다시 건설해야 되는 것이다.

전력사업은 일반인들이 상상할 수도 없는 막대한 선투자비가 필요한 사업이다 보니 대부분의 국가가 국영이나 공기업 형태로 운영을 하는 것이다 .

***3) 병입운전**

병렬운전, 일부 극소수도서지방을 제외한 전국의 모든 발전소는 단일 전력계통에 연결되어 병렬로 운전된다.

***4) 부하(負荷-Load)**

전원(발전기 또는 변압기)에서 그 시점에 실제 공급되고(공급하고) 있는 전력을 말함
또는 전력을 사용하는 전기기기(가전기기 등)를 지칭하기도 함

***5) 부하율**

일정주기(1일, 1월, 1년)내에서 평균전력/최대전력 x 100%를 말함

***6)열효율**

발전에 투입된 에너지(석탄, 석유)가 전기에너지로 변환되는 비율(%)
국내발전소의 평균 열효율은 35% 내외임

2. 자동차 산업의 전망

자동차는 20세기 과학문명이 만들어낸 인류의 최대 이기(利器)이자 기초 원자재산업부터 첨단 전자산업에 이르기까지 모든 산업이 복합적으로 어우러져 이루어내는 종합산업의 생산품이다.

구미선진국에서도 자동차산업이 국가경제에서 차지하는 비중은 매우 크며 한국에 있어서도 반도체산업과 더불어 국가경제를 이끌어가는 대표적인 산업으로 자리 매김 된 지 오래이다. 1995년 말 현재 한국의 자동차 보유대수는 약 850만대이며 인구의 포화종점을 5

천~6천만으로 상정할 때 약 2천만 대까지는 보유대수가 지속적으로 늘어날 것이며 해외시장의 확대, 대체수요, 통일 후 북한지역의 수요 등을 감안하면 성장잠재력은 무한하다 하겠다.

자동차가 20세기 전반기까지는 선진국의 전유물이었으나 전 세계적으로 생활필수품이 된 오늘날에 이르러서는 편리성 못지않게 역기능적인 문제점이 폭발적으로 나타나고 있다. 그 중 대표적인 것이 자동차가 내뿜는 배기가스로 인한 환경문제이다.

'95년 1월 WTO출범과 함께 국제교역에 있어 환경문제를 연계시키려는 그린라운드(GR)의 태동을 눈앞에 두고 있으며 그린라운드는 자동차산업이 극복해야할 당면의 과제이다. 현재와 같이 자동차가 화석연료를 에너지로 사용하는 한 배기가스 문제는 근원적으로 해결할 수 없다. 따라서 세계 유수의 자동차 제작회사와 관련전문가 등은 자동차에 있어 배기가스 문제를 근본적으로 해결하고 무공해 자동차로 전환하기 위한 대안으로 전기자동차를 제시하고 있으며, 현재의 기술수준 및 기술개발 속도, 국제환경기구와 각국정부의 환경규제 강화의지, 타 에너지자동차와의 경쟁력 등을 감안할 때 그 실용화 시기는 대략 2010~2020년 정도로 예상하고 있다.

II. 전력 수요관리를 위한 제도의 분석

우리나라의 년 간 최대부하 발생은 냉방부하의 증가에 따라 1981년부터 선진국형태인 하절기 Peak를 나타내고 있다. 우리나라와 소득수준이 비슷한 대만, 기후조건이 비슷한 일본 등과 비교하여 냉방기기 보급률이 낮은 수준이므로 앞으로도 가정용 냉방부하의 급증이 예상되며, 심야부하의 주종인 산업용전력의 심야시간대 부하도 소득수준이 올라감에 따라 야간작업을 기피하게 되고, 야간조업 시에는 상대적으로 인건비가 상승하여 낮은 전력요금을 적용받는 효과가 상쇄되어 산업용전력의 심야부하 수요증가도 현 수준에서 더 이상은 기대하기 힘들며, 이러한 여건들은 전력수요관리를 더욱 어렵게 하는 요인이 되고 있다. 부하율이 전 세계 전력사중 최상위 그룹에 속해 있으면서도 주, 야간 수요편차의 절대치가 점점 더 커져 심야시간대의 잉여전력*7, 8) 활용문제가 전력사업 경영개선의 주요과제로 떠오르는 것이다.

<표1> <주요국가의 부하율> 단위: %

국가 / 연도	한국	일본	대만	프랑스	미국	비고
1991	70.8	56.8	66.8	63.2	60.9	
1992	72.9	56.0	64.0	68.2	61.1	
1993	74.6	59.2	65.8	62.8	61.0	
1994	70.6	55.0	67.6	–	–	

*7) 심야잉여전력

심야시간대(20:00-08:00)에 발전을 할 수 있는 양 (연소시키는 에너지양) 보다 소비되는 전력량이 적어 공급과잉상태가 되어 남아도는 전력

*8) 심야에 잉여전력이 발생하는 이유

2008년 전력사업자가 생산한 전력은 총 422,355Gwh이며, 이중 80%인 35,342Gwh가 원자력(150,958)과 기력(184,384)이다. (1Gwh = 10^6kwh)

원자력발전소는 일단 가동이 시작되면 핵연료의 조절이 거의 안 되고, 기력 (화력 = 석탄, 석유) 발전소도 과도하게 투입에너지를 증감시키면 전체적인 효율이 떨어지고 기기의 수명에도 악영향을 미치기 때문에 심야에 부하가 적게 걸려도 일정수준의 에너지(석탄, 석유)는 계속 연소시켜야 한다. 따라서 사람이 쉬는 심야에는 부하가 적게 걸리게 되다보니 투입되는 에너지가 생산할 수 있는 전력에 비해 소비되는 전력이 훨씬 적게 되어 잉여전력이 발생하는 것이다.

심야에 전력수요를 끌어올려 이 잉여전력을 줄이기 위해 심야에는 요금을 대폭 할인 해주는 심야전력요금 제도를 채택하고 있고, 그래도 남는 잉여전력을 활용하기 위해 양수발전을 하는 것이다.

반면에 밸브를 조절함에 따라 수돗물의 양이 즉시 변하듯이 수력발전은 즉각적으로 발전출력변환이 가능하다.

1. 수요관리를 위한 투자설비와 제도

전력수요자와 한전이 특정한 협약을 통하여 전력계통의 최대수요를 낮추기 위하여 채택하고 있는 제도나, 한전 자체의 투자설비를 요약하면 다음과 같다.

〈표2〉〈수요관리를 위한 투자설비 및 제도〉

구 분	유 형	제 도
수요관리를 위한 설비	양수발전[*9]	한전 자체로서의 전력수요관리(주, 야간 부하 평준화)를 위한 특수목적용 발전
전력수용가 부하관리	최대수요 억제	o 기본요금 12개월 피크 연동제 o 계절별 차등요금 제도 o 하계휴가 보수기간 조정 요금제도 o 자율절전 요금제도
	최대수요 분산	o 시간대별 차등요금 제도 o 심야전력(을) 요금제도 o 빙축열냉방설비[*10] 보급 지원제도
	기저(基底) 부하증대[*11]	o 심야전력(갑) 요금제도
	가변부하 조성	o 부하이전 요금할인 제도

*9) 양수발전

심야에 잉여전력을 활용 하부저수지의 물을 상부저수지로 양수하였다가 낮에 부하가 많이 걸리는 시간대에 다시 하부저수지로 방류하여 수력발전을 하는 방식. 대표적으로 청평댐과 그 옆의 호명산 정상의 호명호 간에 건설된 청평 양수발전소가 있음.

양수발전소의 종합효율은 대략85%정도임.

즉, 심야에 100kwh의 전력을 사용하여 물을 양수하였다가 낮에 발전을 하면 약 85kwh 정도의 전력이 생산됨.

주석

***10) 빙축열 냉방설비**

심야에 저렴한 심야전력을 활용 물을 얼려놓았다가 낮에 그 냉 에너지를 순환시켜 냉방을 하는 방식(대형빌딩에서 채택하고 있음)

***11) 기저부하**

전체부하 가운데 24시간 거의 변동이 없이 걸리는 부하

2. 수요관리를 위한 설비와 제도가 전력사업에 미치는 영향

가. 빙축열(축냉식)냉방 부하

전력사업자에게 있어 하절기 냉방부하는 적정(경제적)전원설비의 확보라는 측면에서 보아 제1의 악성 부하이다. 부하의 지속기간도 하절기 1~2개월에 국한되고 1일중에는 오후 2~5시대에 집중적으로 몰리는 동시발생적인 돌출성 부하이다.

따라서 냉방부하를 효과적인 방법으로 억제하거나 타시간대로 이전시키는 것은 경제적인 전원설비를 갖추기 위한 제1의 조건이 된다. 이러한 목적 하에서 1992년도부터 채택한 빙축열 냉방설비 요금제도는 설비자금의 일부지원 및 장기저리 융자, 세제상의 특전, 파격적인 낮은 전력요금(평균발전원가 대비 65.0~73.5% 수준)에도 불구하고 '95년 말 현재 전체 계약전력에서 차지하는 비중은 0.1%

이하로서 수요개발이 미미한 실정이다.(표3, 4참조) 이는 축냉설비에 대한 수용가의 이해부족, 한전의 홍보미흡 등과 함께 수용가 입장에서는 직접냉방(낮 시간대에 직접 가동하는 냉방설비) 방식에 비하여 초기투자비가 많이 들고 타 에너지(가스 냉방 등)와의 경쟁에서도 절대적인 우위에 있지 않아 신규개발에 한계가 있기 때문이다.

특히 기존수용에 있어서는 당장 시급하지도 않은 직접냉방설비를 별도 자금을 들여가면서까지 빙축열냉방 방식으로 전환을 절감하지 않기 때문이다.

<표 3> <수요관리용 부하(축열, 축냉)개발 현황> '95년 말 현재

구 분	수용호수	계약용량(kw)	비 고
전국 총 수용가	12,771,338	103,133,349	
축열식 (난방, 온수)	139,000	1,858,000	총계약전력의 1.8%
축냉식(빙축냉방)	208	54,000	0.05%

<표 4> <경부하 시간대(심야) 판매단가> 원/kwh

일반용(을)	산업용(을)	산업용(병)	심야(갑) 축열, 축냉	심야(을) 축냉	종합 판매 단가
34.30~ 38.80	24.40~ 27.10	24.40~ 27.10	21.80	24.60	61.28

나. 축열식 부하

축열식 부하의 주종인 전기온수기, 전기난방설비 등은 부하의 발생시점이 동절기 6~7개월이라는 점을 제외하고는 수요관리에 미치는 영향은 축냉식 부하와 비슷하다. 현재까지 보급된 심야 축열식 기기는 잦은 고장으로 신뢰성이 낮고 난방에 있어서는 정전 시 대체수단이 없는 약점이 있으며 타 에너지에 비하여 가격경쟁에 있어서도 절대적인 우위에 있지 않다.

온수기는 온수통 설치에 필요한 별도의 공간이 있어야 하는 제약이 따르고 타 에너지는 필요시 필요한 만큼 조절하여 사용할 수 있는 이점이 있는 반면, 심야전기는 필요에 즉응할 수 없는 구조적인 취약점이 있다.

따라서 축열식 부하도 수요개발에는 한계가 있으며 폭발적인 수요개발은 기대하기 힘들다.

〈표 5〉〈심야전력과 타 에너지와의 가격경쟁력 비교〉 단위: %

심야전기	석 탄	유 류	LNG (도시가스)	LPG	비고
100	109	110	115	167	

다. 양수발전

전력의 생산(발전)원가 대비 판매단가에 있어 양수발전방식은 현재 시행되고 있는 심야전력(축열, 축냉, 산업용전력의 심야시간대 단가)에 비하여 전력사업자 입장에서 경제성은 훨씬 앞선다.(표 7참조) 또한 수용가의 부하에 의존하는 수요관리가 아니고 전력사업자 자신의 설비운전에 의한 수요관리 방식이므로 운용의 융통성도 뛰어나다. 그러나 양수발전은 건설기간에 집중적으로 막대한 투자재원이 소요되고 건설기간이 오래 걸리며 건설입지 확보에 따르는 문제가 많아 심야잉여전력의 큰 비중을 양수발전으로 해결하는 방법에는 문제가 있다. 또한 앞으로 획기적이고 효율 높은 축전방식의 개발이나 신규심야부하(전기자동차 등)가 출현 하였을 때를 대비하여 전체 발전설비 중 양수발전설비의 비중은 일정치 이내로 제한하는 것이 바람직하다고 본다.

3. 심야요금제도와 양수발전의 경제성 분석

주간 피크시간대의 부하를 심야 경부하 시간대로 이전시키거나, 순수한 심야부하의 신규개발을 위하여 채택하고 있는 심야요금제도나, 같은 취지로 건설하여 운전하는 양수발전은 심야의 순수한 잉여전력(에너지)의 일부라도 회수, 이용한다는 절대적인 측면에서는 전력사업자에게 유리한 방법이 되겠으나 그 내실을 엄밀히 고찰하여 보면 심야전력은 평균발전원가는 물론 발전원가 중 가장 낮은 원자력발전의 발전원가에도 미달하는 가격으로 판매함으로써 양수발전 방식에 비하여 전력사업의 경제성 제고에 획기적인 기여를 한다고는 볼 수 없다. 한편 현재의 심야전력 요금단가를 평균발전원가 이상으로 인상하는 방법은 수요자와의 협정을 파기하는 것이 되며, 빙축냉방 방식에 있어서는 직접냉방 방식에 비하여, 축열식에 있어서는 타 에너지(가스, 유류, 석탄)와의 가격경쟁에서 뒤지기 때문에 판매단가를 인상시키는 것도 현실적으로 어렵다. 이런 관점에서 살펴볼 때 전력사업자는 수요자에게 는 큰 불편을 주지 않는 방법으로 1일간의 부하를 시간대별로 평준화 시키는 기법의 개발과 최소한 평균발전원가 이상으로 판매하여도 타 에너지와의 가격경쟁에서 우위에 설 수 있는 심야부하의 창출이 절실하며 이 방면의 연구와 투자에 관심을 가질 때가 되었다고 본다.

〈표 6〉 〈발전원별 발전원가 비교〉[*12] '95년 실적: 원/kwh

발전원별	기 력	원자력	수력(일반)	수력(양수)	내연력	구입전력	종합
원가(원)	32.6	25.57	51.45	37.14	57.86	36.83	33.49

〈표 7〉 〈양수발전과 심야부하의 원가회수율 비교〉 '95년 실적: 원/kwh

방 식		발전원가(A)	판매단가(B)	원가회수율%(B/A x100%)	비 고
양 수 발 전		37.14	61.28	165	양수발전전력은 주간 중부하 시간대에 판매되는 전력이므로 종합 판매단가를 적용
축냉(빙축)냉방		33.49	21.80~24.60	65.10~73.50	
축열식	심야(갑)	33.49	21.80	65.10	
	심야(을)	33.49	21.80	65.10	
산업용	심야시간대 요금	33.49	24.40~27.10	72.85~80.92	

***12)** 글을 꼼꼼히 살피며 읽은 독자들은 위의 〈표6〉 발전원별 발전원가 표에서 이런 의문이 들 것이다.

일반 수력발전소(양수발전소를 제외한 소양, 충주, 화천, 청평 등 순수한 수력발전 소)의 발전원가가 어떻게 원자력이나 기력 (汽力: 석탄이나 석유를 연소시켜 그 열로 증기를 발생시켜 터빈을 돌려 발전을 하는 발전소를 말함, 원자력 발전소도 이용하는 에너지만 다를 뿐 발전원리는 기력발전과 같음)발전소의 발전원가보다 더 비싼가?

당연한 의문이다.

원자력 발전은 핵연료가 필요 하고 기력발전은 석탄이나 석유라는 연료가 소요되는 반면, 수력발전은 저수지(댐)에 저수된 물의 위치에너지(물이 자유낙하할 때 발생 하는 힘)를 이용함으로 에너지(연료)원가가 전혀 안 들어가기 때문에 원자력이나 기력발전 원가보다 훨씬 낮은 것이 정상일 것이다.

그렇지만 국내의 수력발전소중 다목적댐에 시설된 중대형 수력발전소(소양, 충주, 대청, 안동, 임하, 합천댐 발전소 등)는 한전 소유가 아닌 수자원공사소유의 발전소이다. 수자원공사에서 수력발전으로 생산한 전력을 한전과 수자원공사 간에 맺은 계약 조건에 따라 한전이 일괄구입을 해서 전력계통에 투입 전력수요자에게 공급을 하는 것이다.

즉, 한전이 수자원공사에서 구입하는 전력의 단가가 원자력이나 기력발전소의 발전 원가보다 높아 그런 통계수치가 나오는 것이다.

한전 소유의 발전소는 다목적댐이 아닌 발전전용 댐에 건설된 발전소(화천, 춘천, 의암, 청평, 팔당발전소 등)로 규모가 소양, 충주, 대청댐 등에 건설된 발전소에 비하여 발전용량이 훨씬 적음.

Ⅲ. 전기자동차 개발전망

　필자 자신이 단지 자동차의 이용자일 뿐, 자동차에 대하여 아는 바가 거의 없고 세계적으로도 전기자동차의 개발은 초기의 연구단계 수준에 머물러 있기 때문에 전기자동차 개발전망을 전문적으로 예측할 수는 없다. 다만 관련서적이나 언론보도자료 등을 종합하여 예측하건대 ①전기자동차의 실용화 시기는 앞으로 10~20년 내에 가능할 것이며 ②초기에는 소형승용차 위주로 실용화가 진행되고 점진적으로 중대형승용차로 발전하여 나아갈 것이며 ③상당기간 동안 타 에너지(유류, 알코올 등)와 전기를 혼용하는 형태의 반(半)전기자동차와 100% 전기로만 움직이는 전(全) 전기자동차가 공존할 것이며 ④대형차(버스, 트럭 등)는 특수목적용의 극소수를 제외하고는 전기자동차의 실용화는 비관적이라는 견해가 주류를 이루고 있다.

　전기자동차의 충전방식은 ①현재 주유소 기능과 같은 충전설비를 갖춘 충전소에서 충전을 받는 방식 ②충전시간의 절약을 위해 배터리를 교환하는 방식 ③자동차 소유자의 자가 충전방식 등을 생각할 수 있으나 ①의 방식에 있어서는 충전을 받는 자동차의 주차 공간 제약*13), 운전자의 대기문제 ②의 방식에 있어서는 빈번한 배터리의 교체로 불편(배터리 교체는 현재 유류자동차가 1~2분 사이에 주유를 받는 것과 같이 간단히 이루어 질 수 없음)하기 때문에 기술발전에 따라 궁극적으로는 ③의 방식인 자가 충전방식으로 발전하여 나아갈 것이다.

한편 1일 운행거리를 주행(대략 200~300km)하는데 필요한 충전시간은 2~10시간 정도가 될 것이며 충전시간을 짧게 하면 충전전원설비가 커져야 하고 충전시간이 길어지면 운행에 불편하기 때문에 충전시간은 2~6시간 정도에서 시작하여 기술발전에 따라 점진적으로 짧아질 것이다.

주석

*13) 유류자동차는 1~2분 사이에 주유가 완료되므로 1대의 주차공간으로 시간당 2~30대의 주유를 소화할 수가 있어 주차공간을 넓게 확보할 필요가 없지만, 전기자동차는 충전시간을 1시간으로 계상하고 시간당 30대를 소화하려면 최소한 30대의 주차 공간을 확보해야 되고, 시간당 충전해야하는 대수가 늘어날수록 비례하여 주차공간도 늘어나야 된다.

충전시간이 더 길어지게 되면 시간에 비례하여 이런 문제가 확대된다.

또한 장시간 운전자가 대기하여야 하는 문제도 있다.

이런 문제를 해결하고자 급속충전 방식을 생각할 수 있으나 기술개발이 가능할지도 의문이고, 충전시간에 반비례하여 충전전원설비(종국에는 발전설비)가 커져야 하는 문제가 발생한다.

Ⅳ. 전기자동차의 개발,
　실용화에 대비한 전력사업자의 대응

　전기자동차의 실용화는 전력사업자에게 상당한 경영여건의 변화를 가져다 주는 동시에 기회를 제공하게 될 것이다. 현행 축냉식, 축열식 심야전력부하가 타 에너지와의 가격경쟁력, 각종지원제도 등에 따른 이점 때문에 수요자가 심야전력을 에너지원으로 선택적으로 선택한 반면, 전기자동차는 어떠한 충전방식으로 개발되던 간에 선택의 여지가 없이 전력부하로 귀결될 수밖에 없다. 현대의 기술발전 속도 및 소비성향의 패턴으로 보아 전기자동차의 초기실용화만 이루어지면 개량, 보급 속도는 매우 빠르게 진전될 것이다.

　전기자동차 보급이 10만 대만 상회하여도 ’95년 말까지 개발한 수요조절용 심야부하(축냉, 축열) 190만kw를 웃돌게 될 것이며 심야부하가 계절성 부하인데 비하여 전기자동차는 4계절 지속성부하로 부하의 계절특성도 전력사업자에게는 상당히 유리한 조건이 되는 것이다.

　전기자동차의 출현은 현재까지 개발, 보급된 전력기기부하와는 전혀 다른 별개의 새로운 부하의 창출을 의미한다. 전력사업자는 전기자동차 실용화에 앞서 관계법령, 제도, 공업규격, 규정 등을 면밀히 검토하고 대비함으로써 전기자동차로 인한 신규전력수요가 전력사업에 긍정적으로 작용하도록 유도해야 한다. 전기자동차 실용화 초기에 당장의 심야전력 수요개발에 급급하여 현재의 심야전력과 같이 평균발전원가 이하의 낮은 수준으로 요율을 결정한다면 전기자동차가 전력사업의 경영개선에 기여하는 효과는 반감될 수밖

에 없다. 사전에 관계법규, 규정, 등을 완비하지 않은 상태에서 전기
자동차가 1일 24시간 개방(Open)형의 부하형태로 나아갈 경우 발
전설비의 순증가 요인이 되어 오히려 국가경제(전력사업자의 투자
재원 조달)에 부담만을 주게 된다. 전기자동차의 부하시간대를 적절
히 심야시간대로 유도하고 전력요금단가는 전력사업이 갖는 공익
성과 시장경제원리가 훼손되지 않는 범위 내에서 최소한 평균발전
원가 이상으로 결정되도록 해야 한다.
　전기자동차 실용화에 앞서 전력사업자로서의 대비할 사항을 주요
부문별로 살펴보자.

1. 전기자동차 연구, 개발에 투자와 참여

　현재의 자동차산업과 생산품은 그 생산 공장이 전력의 대규모 소
비처라는 점 이외에는 전력사업과 특별한 연관성은 없다. 앞으로 나
타날 전기자동차는 그 자체가 전력부하기기이므로 전기자동차산업
과 전력사업과는 상호 보완적이고 유기적인 관계가 자연스럽게 형
성된다.
　한전은 전력분야에 관한한 국내의 최고권위를 자랑하는 전력연구
원을 직접 운영하고 있으며 관련단체로 한국전기연구소(경남 창원
소재)를 거느리고 있다. 양대 연구기관의 고급두뇌자원과 실험연구
설비는 전력분야에 있어 국내의 어느 기업보다도 우월한 위치에 있
다. 한전으로서도 관련 자동차업계와 합동으로 전기자동차의 개발,
실용화를 앞당기기 위해서 연구와 투자에 관심을 가질 때가 되었다
고 본다.

2. 관련 건축법의 보완 검토

현재 신축되고 있는 주거용(단독주택, 연립주택, 아파트 등)건물과 업무용건물은 건물 내용연수를 50~100년 정도로 볼 때 그 건물 수명의 1/2이상은 전기자동차가 실용화된 후에도 계속 사용될 건물이다. 전기자동차 실용화시에도 탄력적으로 대응이 가능한 건물이 되도록 건축할 필요가 있다.

전기자동차 소유자의 자가 충전에 대비하여 심야전력을 별도로 계량하기 위한 계량장치 설치공간과 계량장치(또는 고압수전을 받는 공동주택은 수전설비)로부터 주차위치까지 전선을 포설할 수 있는 관로의 확보가 필요하며 관련 건축법에 반영되도록 노력을 기울여야 한다. 단, 계량장치는 현재의 전력량계가 부설된 공간만 갖고도 심야전력을 별도로 계량할 수 있는 신형전력량계를 개발할 여지는 있다.

특히 아파트 등과 같은 대단위 공동주택에 있어서는 현재의 계량장치~주차장, 또는 수전실~주차장 간에 전기자동차에 전력을 충전키 위한 관로가 확보되어 있지 않을 경우 전기자동차 이용 시 대규모 관로공사가 필요하게 되고, 공사과정에서 건물의 훼손이 불가피하며, 완전하지 않은 전기설비를 시설해야 하므로 전기자동차 이용에 상당한 곤란을 겪게 되고 나아가 전기자동차의 보급을 더디게 하는 결과를 가져올 것이다.

우리나라의 도시지역과 같이 단위 면적당 건물의 건폐, 용적밀도가 높고 단위 건물 당 인원 수용밀도가 높을 수밖에 없는 여건에서 대비설비를 해놓지 않을 경우, 사후에는 설비의 추가시설 자체가 불가능하거나 대비설비를 하는 것보다 수십 배의 공사비 증가를 가져오게 된다는 사실을 깊이 인식해야 한다.

이해를 돕기 위해 위 내용을 간략히 도시하면 다음과 같다.

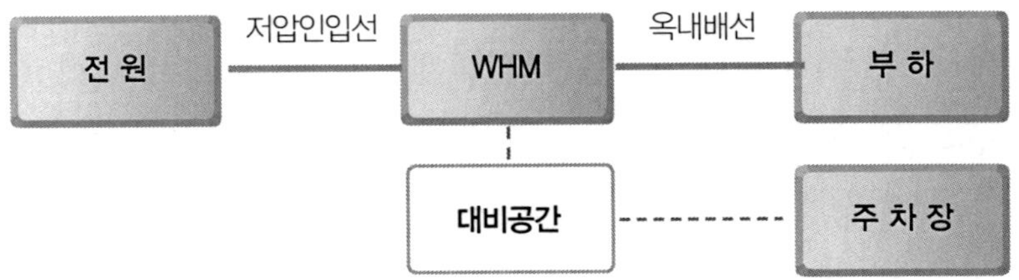
〈저압수용(단독, 연립주택)의 대비 관로 예시도〉

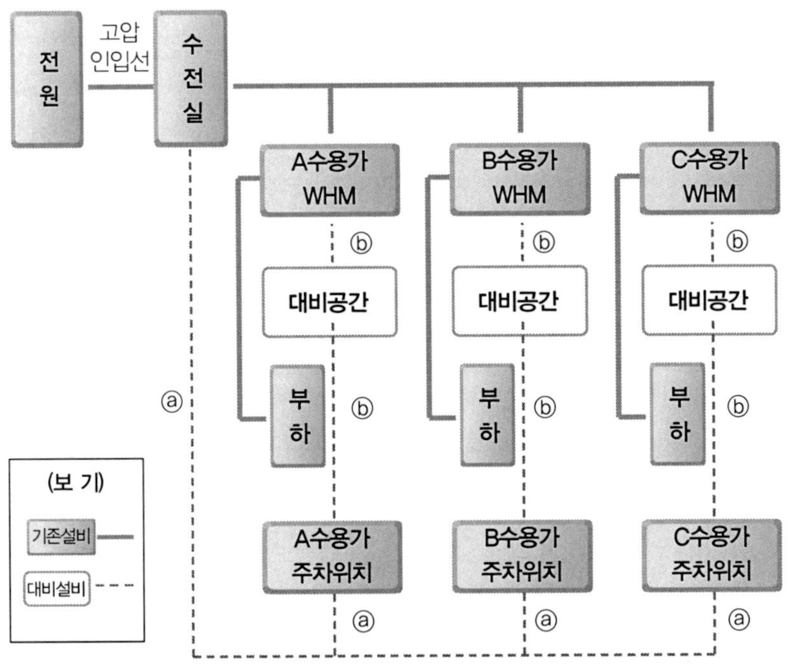
〈고압수용(빌딩, 아파트 등)의 대비 관로 예시도〉

*고압수용가(아파트 등)는 여건에 따라 ⓐ, ⓑ 설비 중 1개만 시설하면 됨.

(참고) WHM = Watt Hour Metter = 적산전력량계 = 전기계량기

　○ 여기서 비근한 예로 한전이 추진하고 있는 110/220V 승압공사 실상을 살펴보자. 220V 승압공사는 1970년대 초부터 시작하여 초기에는 직접승압방식으로 추진하다가 1980년대부터는 110/220V 양전압(단상 3선식)방식으로 변경하였고 '83. 1. 1부터 공급한 신규수용은 220V(단상3선식 포함)공급을 원칙으로 하였으나 주로 단상3선식으로 공급되었고 수용가 옥내배선은 110V전용에 가까운 방식으로 공사(당시에는 110V 전용기기와 110/220V겸용기기가 혼용되든 시절이므로 110V로만 사용하여도 불편이 없었음)를 하여 오늘날에 이르러 220V 전용기기를 사용하려면 다시 대규모 옥내승압공사를 해야 하는 실정이다. 관계법령, 공업규격(가전기기의 정격전압), 전기 공급규정이 오락가락하는 사이에 당초에 20년 정도로 예정하였던 승압완료 시점이 1998년으로 미루어진 상태이며 승압공사에 소요되는 비용 또한 폭발적으로 증가하게 되었다. 110/220V 승압방침이 결정되고 난 후에도 일관되게 추진하지 못하고 그때그때 편의위주로 방침을 변경함으로써 한전과 수용가가 겪는 불편과 국가적으로 낭비하는 비용은 헤아리기조차 힘들 정도이다. 1982. 12. 31 이전에 공급하여 한전의 부담으로 승압공사를 하여주는 수용가나 1983. 1. 1. 이후에 공급된 수용으로 수용가가 자기부담으로 승압공사를 하는 수용가 모두가 110V 전용으로 시공된 내선설비를 220V 기기를 쓸 수 있도록 최소한의 개조공사만 하게 됨으로써 건물의 훼손은 물론 공사품질이 극히 낮은 전기설비를 양산하고 있는 실정이다.

　○ 현재 신축중인 건물에 장차 전기자동차 실용화에 대비하여 대비관로를 확보하여 두는 것은 관로자재비 이외에는 건축비의 증가를 가져오지 않는다. 또한 전기자동차 실용화시에도 완전한 전기시설물의 시설을 가능케 해준다. 미리미리 대비하는 예지가 필요하다.

3. 전기자동차에 적용할 공급규정의 개략적인 고찰

가. 1일중 Peak 시간대에는 불 공급

한전은 전력사용을 희망하는 수용가가 공급규정을 준수하는 조건이면 전력을 필요한 만큼 필요한 시기에 공급하여 줄 의무가 있다. 그러나 국가전체의 에너지 이용효율의 극대화라는 대국적 견지에서 계절적으로 시현된 전력Peak시간대(1일 3~5시간 정도)에는 전기자동차에 전력공급(충전)을 제한하는 강제규정이나 기술적인 장치를 마련해 둘 필요가 있다.

나. 심야시간의 세분화

전기자동차는 현재까지 개발 보급된 어떠한 가전기기보다도 단위용량이 클 수밖에 없으며 보급대수도 일정기간이 지나면 1가구 1대에 이를 것이므로 총량적인 소비전력도 기존의 가전기기 총 소비전력을 능가하게 될 것이다. 1일 충전소요 시간이 5시간 이내로 가능하도록 기술발전이 되는 시점에서 현재 획일적으로 되어 있는 심야전력 공급시간(22:00~08:00)내에서도 차량의 용도 등에 따라 공급(충전)시간을 2~3구획으로 세분화하여 심야시간대 내에서도 부하의 평준화를 유도하여야 하겠다.

다. 전력요금수준의 결정

현재 전기자동차에 대한 개략적인 제원은 물론 단위 주행거리 당 소요전력(kwh/km)이 불확실한 상태에서 전력요금단가를 언급하는 것 자체가 때 이르지만 국가전체 에너지 소비의 최적화, 국가전력사업의 적정 경영여건 확보, 거래의 공정성 확보, 타 에너지 자동차와의 경쟁력, 이용자(수용가)의 부담 최소화라는 합목적 견지 하에서 다음 요건이 충족되는 범위 안에서 요금구조가 결정되는 방향으로 검토하여 볼 필요가 있다.

심야전력요금단가 〈 평균발전원가 〈 **전기자동차 심야충전 단가** 〈 타 에너지 자동차 운행비용 〈 심야 및 피크시간대 이외 시간대의 전기자동차 충전단가

라. 공업규격의 제정방향 제시

전기자동차 내부의 전기방식이나 전기규격은 자동차 제작회사의 고유모델이나 독자적인 설계기술에 맡겨질 사안이다. 그러나 전기자동차에 공급되는 전압(충전을 시키기 위한 1차 전압)은 기술상의 특별한 문제가 없는 한 해외수출품을 제외한 국내 판매용은 반드시 220V로 관철시켜야 한다. 그래야만 한전이나 수용가(고압수용가)가 기존의 배전변압기를 갖고도 전기자동차 이용이 가능해진다. 현재 한전의 공급전압(220V)이 아닌 별종의 전압방식이 채택될 경우 막대한 배전설비의 투자가 뒤따라야 하고 설비의 이용률을 떨어트려 결과적으로 전체국민이 고가의 전력을 사용할 수밖에 없게 된다.

V. 맺는말

다가오는 21세기 전반기에 우리 한전은 1,200만이 넘는 고정수용가(고객)와 더불어 전국의 도로를 누비는 수백만의 움직이는 새로운 수용가를 맞이하게 된다. 물론 전기자동차가 별개의 수용가가 될 수는 없지만 지금까지 우리가 경험하고 사용해온 전기기기와는 확연히 다른 새로운 형태의 전기기기의 탄생을 의미한다.

본고의 앞에서 밝힌 전기자동차의 실용화 시기가 가변적이어서 다소 늦어질 수는 있지만 범 지구차원의 강력한 환경규제 움직임과 함께 인류가 자동차문명의 혜택을 향유하려 하는 한 유류자동차에서 전기자동차로의 전환은 피할 수 없는 필연의 선택이다.

혹자에 따라서는 전기자동차의 실용화를 비관적으로 보거나 아직은 요원한 먼 장래의 일로 생각하는 측면도 있으나, 이미 미국, 일본, 영국 등과 같은 자동차산업 선발국들은 시제품 생산에 성공한지 오래고, 한국의 자동차 제작회사들도 활발한 연구와 기술개발을 하고 있으며 시험 연구목적의 시제품 생산에 성공한 것으로 알려져 있으며 2000년대에 선진 7개국에 진입키 위한 정부의 "G-7Project"에도 전기자동차의 개발계획이 포함되어 있다.

앞으로 10~20년은 전기자동차를 실용화시키기에 짧은 시간인 것 같지만 현대의 빠른 기술개발 속도를 간과하여서는 안 된다.

1960년대 초 국내 자동차산업이 걸음마 수준이었을 당시에 누가 오늘날과 같은 자동차산업의 비약적인 발전을 상상이나 하였겠는가. 철강, 전자산업을 포함한 여타 산업의 발전상도 마찬가지이다.

10~20년은 전기자동차를 개발, 실용화하기에 부족하지 않은 시간이다. 미국의 캘리포니아 주정부는 동지역에 연간 35,000대 이상의 자동차를 판매하는 회사는 1998년도부터 2%이상, 2003년부터는 10% 이상의 전기자동차 판매를 의무화하고 있어 전기자동차시대를 실체적으로 예고하고 있다.

전기자동차는 전력사업자인 한전의 입장에서는 원하든 원하지 않든 간에 맞아들여야 할 고객인 것이다. 다행히 자동차는 사람과 더불어 움직여야 하고 사람은 낮에 활동하고 밤에 쉬어야 하므로 특별한 경우를 제외하고 대부분의 전기자동차는 사람이 쉬는 심야에 전력을 공급(충전)받게 될 것이다.

심야전력부하의 대규모 출현은 전력사업자 입장에서는 대단히 환영할 만한 일이다. 그러나 전기자동차의 실용화를 앉아서 기다려서는 한전이 원하는 방향으로 나아가지 않을 수도 있다.

아직 우리 한전에게 시간은 충분히 있으며, 지금이 전기자동차 실용화에 대비한 준비를 시작할 적기이다. 완급을 가려 전력사업자로서 대비해야 할 방향을 제시하는 것이 본고의 목적이다.

그 첫 번째는 현행 건축법을 일부 보완하여 대비설비를 갖추게 함으로써 전기자동차 실용화시에 최소한의 공사로 전기자동차 이용을 가능케 하는 것이며, 둘째는 한전자체가 전기자동차 개발에 능동적으로 참여함으로써 전기자동차 실용화시기를 앞당기는 것이며, 셋째로 전기자동차 개발, 보급이 가시화 되는 시점에서 전기자동차에 적용할 전기 공급규정과 공업규격을 전력사업자인 한전에 유리하도록 이끌어냄으로써 국가전력사업의 경영여건을 획기적으로 고양시키는 동시에 나아가 전력수요자인 전 국민이 최소의 비용으로 전력을 사용할 수 있는 기반을 만들어 놓자는 것이다.

전기자동차에 대한 지식이 없고 획득 가능한 자료가 제한적이어서 보다 구체화되고 실체적인 접근을 하지 못한 점에 대하여 아쉬움을 갖는다. 전기자동차가 대대적으로 실용화되는 날, 우리 한전은 꿈의 부하율인 부하율 80~90%대를 실현할 수 있을 것이며, 질식할 것만 같은 도시의 공기도 맑아지고, 우리의 삶의 질 또한 그만큼 향상될 것이다.

맑은 공기를 마시고자 하는 것은 자동차 이용의 편의를 넘어서는 인간의 기본적인 삶의 조건이며 욕구이다. 1960년대 이전의 맑고 푸르렀던 서울 하늘을 되찾아 남산타워에 올라 멀리 인천 앞바다와 개성의 송악산을 바라볼 수 있는 그날을 기대해 보자!

참 고 자 료

환경문제와 자동차 산업: 저자 조동호 한국경제원 발행
21세기 신기술 시나리오: 저자 박찬모, 이일항, 최두환외 16인 전자신문사 펴냄
환경비즈니스: 번역 이봉호 김영사 펴냄
환경위기와 리우회의: 저자 이상돈 대학출판사 펴냄
지구촌 환경보호와 한국의 환경정책: 저자 이상돈 대학출판사 펴냄

〈각 일간지의 전기자동차 관련 보도내용〉
경영통계(1996년 판) 한국전력공사 경영정보처 발행
영업수첩(1996년 판) 한국전력공사 영업처 발행
교수논문 연구집(1994년 판) 한전 서울연수원 발행
사원수첩(1996년 판) 한국전력공사 발행

〈 국민권익위원회에 재 제안을 하고 난 뒤의 얘기 〉

2010. 1. 22 국민권익위원장께 편지를 보내고 나서 당일로 제안이 접수가 되었다는 내용과 접수번호를 e-메일로 알려왔다. 앞으로 제안처리의 진행상황을 확인해보려면 접수번호를 알아 두는 것이 편리하니 접수번호를 꼭 알아 두라는 설명을 곁들였다.

국민권익위원회에 민원이나 제안을 하게 되면 "국민신문고"라는 코너로 접수가 되고 그 민원이나 제안을 담당하거나 처리를 해야 되는 정부부처내의 해당기관과 바로 온라인으로 연계가 되고, 해당기관에 직접 제안을 하거나 민원을 제기해도 국민권익위원회의 "국민신문고" 코너와 바로 연계가 된다.

이렇게 국가기관에 대한 민원이나 제안을 국민의 권익을 지켜주는 최상의 조직이라는 국민권익위원회가 처리절차와 처리내용을 총괄관리를 하게 하는 제도적 장치와 취지가 썩 좋다고 생각되었다.

그리고 1주일 뒤인 1월 29일 제안이 공개에서 비공개 제안으로 바뀌었다는 내용을 알려왔고, 같은 날 또다시 제안에서 민원으로 변경이 되었다는 내용과 처리기관이 지식경제부로 지정되었으며 지식경제부로 민원을 이관하였다는 내용을 알려왔다.

나는 이런 종류의 제안은 가급적 많은 사람들에게 공개하여 다양한 의견이 제시되도록 하여 보다 좋은 방안을 수렴하는 것이 바람직하다고 생각해서 공개제안으로 하였고 특별히 비공개로 해야 할 만한 내용도 없다고 생각되는데 비공개로 바꾼 것이 잘 이해가 되지 않았으며, 나는 내 논문에 대한 재평가와 보상보다는 전기자동차 실용화를 목전에 두고 비록 늦었지만 전기자동차를 실용화하기 위한 인프라 구축과 법령과 제도를 완비하자는데 핵심을 두어 '재 제안'

으로 했던 것인데 지식경제부에서는 논문의 재평가와 보상에 비중을 두어 '민원' 으로 재분류한 것 같았다.

그 뒤 2010.02.11 지식경제부에서 최종적으로 처리한 답변내용을 국민권익위원회를 거쳐 아래와 같이 회신을 보내왔다.

그 처리결과 전문과 거기에 대한 나의 답변을 여기에 옮긴다.

〈아래의 민원처리 내용은 국민권익위원회에서 접수하여 지식경제부로 이관된 민원에 대한 회신입니다.〉

민원인은 '96년 한전에서 실시한 논문 공모대회에서 한전 직원으로서 '전기자동차 실용화에 대비한 전력사업자로서의 대응' 이라는 주제로 논문 공모에 응한 바 있습니다.

논문의 주요골자는 첫째 전기자동차의 실용화를 앞당기기 위하여 한전의 전기자동차 연구 및 개발에 투자와 참여가 필요하며, 둘째 전기자동차 충전이 가능하도록 건물이 건축되기 위해서 관련규정의 검토가 이루어져야 하고, 셋째 국가에너지 소비최적화 및 한전의 적정한 경영여건 확보를 위해 피크전력 시간대에의 전기차 전력불공급, 전기자동차 충전용 심야전력의 세분화, 전기자동차 심야충전요금 수준, 충전용전력은 220V를 사용할 필요가 있다는 내용입니다.

동 논문과 관련하여 민원인의 제안내용은 첫째, 국가적 차원에서 전기자동차 실용화에 대비한 합리적 방안 모색 및 관련내용의 법제화가 필요하며, 둘째 민원인이 제안한 논문에 상응하는 보상이 필요하다는 것입니다.

첫 번째 제안내용에 대하여 정부는 전기자동차 양산체계 조기 구축 및 보급 확대를 위해 '09년도 전기자동차산업 활성화 방안을 발표하고, 산업계 및 연구계, 학계 등과 공동으로 기술개발 및 표준화 추진, 충전인프라 구축, 전력수급대책 마련, 관련제도 개선 등을 차질 없이 추진 중임을 알려 드립니다.

  두 번째 제안내용에 대하여 상기 논문은 한전에서 실시한 공모대회에 직원으로서 민원인이 제출한 것이며, 이에 대한 보상은 한전과 민원인간의 관계에 관한 것으로 판단되므로 우리부에서 검토할 내용이 아닌 것으로 판단됩니다.

  감사합니다.

위 처리결과 답변에 연이어서 처리결과에 대한 만족도 조사가 딸려 있었다. 만족도 조사내용과 나의 답변 내용은 다음과 같다.

〈민원 만족도조사 등록일: 2010. 2. 11〉

  민원 만족도조사에 응하시면 추첨을 통해 분기별로 문화상품권을 제공합니다.

  귀하가 신청하신 민원은 해결되었습니까?
  (○해결 ○부분해결 ●미해결)

  민원처리과정에 대해 만족하십니까?
  (○매우만족 ○만족 ○보통 ●불만 ○아주 불만)

민원처리과정에 대해 불만이 있으신 경우, 사유를 선택해 주시기 바랍니다.

(○불친절, 불성실한 민원처리 자세 ○불합리한 제도
○공정성 결여 ○민원처리 신속성 저하 ●민원 이해부족)

만족 또는 불만족하신 사유 등 의견이 있으시면 작성해 주시기 바랍니다.(2,000자 이내)

(내가 달은 의견)

어느 기관이나 직장에서 공모한 논문이나 제안의 저작권이나 그 논문(제안)에서 파생된 특허권이나 지적재산권 등은 그 논문을 공모한 기관(직장)에 귀속되는 것으로 알고 있습니다.

하지만 이는 논문(제안)에 응모를 하고 나서 그 기관(직장)이 그 논문(제안)을 평가, 채택하고 나서 비록 응모인이 만족하지는 않더라도 일정부분 보상이 이루어졌을 경우에 한 할 것입니다.

민원인이 그 당시 그런 논문을 쓰게 되었던 배경은 당시 한전에서는 과도한 심야잉여전력이 경영을 압박하고, 그에 따라 신규 심야수요를 적극 개발코자 직원 개개인에게 신규심야수요개발 목표치를 부여하고 이를 독려하던 때라 그러한 착상을 하게 되었던 것입니다.

15년 전에 그 분야의 특수 전문가 이외에는 전기자동차에 대하여 관심도 두지 않던 시절에 그 분야에는 문외한인 제가 그런 논문을 제출하였다는 것 자체가 평가받을 일이고 상응한 보상이 이루어졌어야 옳았을 것입니다.

그렇지만 논문 공모 당시에는 애매모호한 답변으로 논문을 무시하다시피 했고 15년이 지나 전기자동차 실용화가 임박한 것을 알고 다시 한 번 한전에 그것을 일깨워줬음에도 불구하고 젊은 후배직원이 "좋은 논문을 보내주셔서 감사하다."는 인사말 한 마디로 끝낼 사안이 아니라고 생각합니다.

그 논문을 읽어보시면 아시겠지만 한전업무에 대하여 두루 섭렵하고, 한전이 당면한 문제에 대하여 깊은 통찰과 고민이 없으면 쓸 수가 없는 내용이며 이는 그 당시 제가 참고로 하였던 저보다 훨씬 상급자들이 썼던 연수원 교수연구논문집과 대조 비교해 보시면 확연히 들어날 것입니다.

앞으로 전기자동차가 대대적으로 보급이 된다 해도 당시 제가 논문에서 적시했던 방향과는 전혀 다른 방향으로 실용화가 된다면 저로서는 할 말이 없겠지만, 일부분이라도 제가 논문에서 제시했던 방향으로 추진이 된다면 이는 지금이라도 제 논문을 재평가하고 적정한 보상을 한 후에 그렇게 하는 것이 법적, 도의적으로 합당한 일이라고 생각됩니다.

제가 그 논문을 제출하고 나서 바로 한전을 퇴직하였으므로 그 뒤에 한전과 관계기관, 산업체, 연구소 등이 합동으로 연구하여 그런 논문이 이미 존재한다는 것 자체도 모르고 제가 제시했던 방향으로 추진이 되었다면 이는 한전이 공모한 논문을 부실하게 관리하였거나 국내최대 공기업인 한전이 의도적으로 직원의 창의적인 아이디어를 도용했다고 판단할 수밖에 없는 것입니다.

단언컨대 전기자동차 실용화 초기에는 몰라도 대대적으로 보급이 된다면 제가 논문에서 제시하였던 인프라가 사전에 구축되어야 할 것이고, 전력요금 구조와 전기 공급규정, 전기규격 등도 그 방향으로 추진이 될 수밖에 없을 것입니다.

만약 전기자동차의 대대적인 보급에 앞서 인프라가 구축되지 않앗을 경우 전기자동차 보급 속도의 지연은 물론 인적, 물적 낭비의 규모는 제가 제시하지 않더라도 지경부나 한전에서 더 잘 아시리라 믿습니다.

제가 젊음을 바쳤던 한전에 대한 사랑에는 변함이 없지만 재직시절은 물론 지금도 한전의 기업풍토에 대하여는 이해할 수 없는 부분이 많습니다.

국가전력사업을 관장하는 지경부에서 이의 판단을 저 개인과 한전의 문제로 결론짓는 것을 납득할 수가 없으며, 이러고서야 어찌 국가는 공무원에게, 직장은 종업원에게 창의력의 발휘를 요구할 수가 있겠습니까?

분명히 말씀드리지만 저는 이 사안이 지경부안에서 원만히 처리가 안 될 경우, 다른 상급기관이나 언론 등에 지속적으로 호소하여 볼 것입니다.

소외된 국민의 억울함을 해결해 주시는 국민권익위원장님의 깊으신 헤아림이 있으시기를 기대하겠습니다.

〈앞으로의 ?〉

만족도조사에 처리결과가 불만스럽고 미해결상태라고 답변했고, 말미에 국민권익위원장께 다시 한 번 "헤아려 보시라!"는 꼬리를 달아 무슨 회신이던지 다시 한 번 받아 볼 것으로 생각했다.

하지만 그 뒤에 한 달이 넘어도 반응이 없는 것으로 보아 국민권익위원회도, 지식경제부도, 한전도 이 건은 여기서 종결처리된 것으로 정리하고 손을 턴 것 같았다.

한전과 지식경제부의 관계를 고려하건대 지식경제부의 '처리결과' 라는 답변은 전적으로 한전의 의견을 들어 작성했을 것이고 한전도 그 내용을 공유하고 있을 것이지만, 지식경제부는 귀찮은 것을 산하기관인 한전으로 떠넘겨 버렸고, 당사자인 한전에서는 처음에 논문을 제출했을 때나 15년이 지나 편지로 재검토를 요청했을 때와 같이 모른 체하고 뭉개버리면 그만이라고 생각할 것이니 또다시 한전에 이의를 제기해 봐야 "모르쇠!"로 나올 것이 분명해 보였다.

한전이 떳떳하지 못하게 지식경제부의 뒤에 숨어 있는 것 같은 느낌이 들었다. 홧김에 내가 바라는 대로 처리가 안 될 경우 상급기관이나 언론 등에 지속적으로 호소를 해 본다고는 했지만 힘없는 일개 무명시민으로서 뾰족한 수가 있을 리가 없다.

상식적으로 생각해볼 수 있는 방법은 지식경제부에서 전기자동차와 관련하여 "차질 없이 추진하고 있다."는 내용의 '정보공개' 를 청구하고 거기에 내가 논문에서 제시했던 내용이 일부라도 반영이 되어 있다면 다시 한 번 한전과 지루한 다툼을 해 보는 길이 있겠으나 내가 젊음을 통째로 바쳤던 직장을 상대로 또다시 승산이 희박한 줄다리기를 한다는 것이 썩 내키지를 않았고, 우리나라 사회전반을 지배하고 있는 풍조로 보아 결과도 자신이 없었고, 아직도 전기자동차의 앞날을 점치기가 불투명했다.

그리고 그 무엇보다도 강산이 한번 반을 뒤바뀌었을 세월이 흘렀음에도 한전의 기업풍토가 내가 재직했던 시절과 크게 바뀐 게 없어 보였다.

전기자동차 관련 언론보도들을 볼 때 초기 실용화는 이루어졌지만 문제가 많고, 전기자동차의 본격적인 실용화는 아직도 먼 것 같이 느껴졌다. 정부, 한전, 자동차 제작회사 모두 당장의 전기자동차 초기실용화와 현재의 주유소 기능과 같은 도로상의 충전인프라 구축에만 급급한 것 같았다.

전기자동차가 본격적으로 보급되어 전기자동차에 의한 전력수요 증가가 발전소의 추가건설을 압박하는 현실적인 문제로 부각되고, 보급이 1가구 1대 수준에 이르러 대규모 공동주택(아파트)이나 대단위 건물(대형빌딩 등)에서 충전인프라의 필요성을 절감하기까지에는 최초에 논문을 제출하고 나서 지금까지 기다렸던 세월만큼, 또는 그 이상 기다려야 될 것 같다.

내가 공모에 응모했던 논문은 아날로그적인 지식과 사고(思考)에서 출발한 것이다. 현대의 현란한 기술발전 추세로 보아 내가 논문에서 제시했던 방법을 단번에 뛰어넘는 획기적인 기술개발이 이루어진다면 나로서도 할 말은 없을 것이다. 현기증 나는 현대의 기술발전 속도로 보아 그런 시대의 도래를 완전 배제할 수 없는 것이 현실이기도 하다.

멀리 지나가는 송전선로가 쳐다만 보인다든지 반경 수 km내로 지상에 전력선이 지나가거나 지하에 전력케이블이 묻혀만 있어도 그 영향을 받아 전기자동차가 달릴 수 있게 되거나, 차의 지붕 위에 설치된 손바닥만 한 햇빛(볕)집적 판에서 한 나절 생산한 전기만 갖고도 전기자동차가 며칠은 달릴 수가 있게 된다든지, 전력을 지금과 같이 1차 에너지(핵연료, 석탄, 석유, 가스)를 연소시켜 생산하지 않고 햇빛(볕))이나 다른 순환 재생되는 무한한 에너지를 사용하여 에너지원가가 거의 안 들어가고 발전과정에서 탄소(이산화탄소)배출도 없는 무원가무공해의 전기에너지를 무제한으로 생산, 인류의 에너지문제가 영구하고도 완전하게 해결된다면 내가 제시했던 원시적인 방법이 무슨 소용이 있겠나?

차라리 지식경제부의 답변이 **"논문 쓰느라고 들인 노력은 인정하나"** 라는 형식적인 인사치레를 하고, **"하지만 전기자동차는 민원인이 논문에서 제시했던 것과는 전혀 다른 방법으로 실용화가 진행되고 있으며, 대대적으로 보급이 이루어진다 해도 민원인이 제시했던 것은 참고할 것이 없고, 그래서 논문의 재평가와 보상은 적절치도 않고 고려해볼 여지도 없다."** 라는 답변이 돌아왔다면 나로서도 이건은 여기서 단념을 했을 것이다.

지식경제부의 "처리결과"라는 답변도 15년 전에 한전에 논문을 제출하고 나서 받아보았던 답변서와 같이 애매모호하기는 마찬가지였다.

한전에서 내 논문을 재평가하고 보상에 대한 협의를 물어 온다면 내가 바라는 최소한의 요구조건은 이런 것이다.

내가 지정하는 몇 개 일간지에 1996년도에 논문을 제출했던 사실관계를 밝히고 한전이 그에 대한 입장과 견해를 밝힐 것을 요구한다.

그 다음은 지식경제부의 답변대로 한전과 내가 머리를 맞대고 협의할 내용이다.

내 논문에 대한 재평가와 보상은 포기하는 것이 아니고 다만 유보할 뿐이다. 권리를 주장해볼 수 있는 법적시효의 소멸을 걱정하는 것은 저급하고도 유치한 발상일 것이다.

이 글을 읽고 전기와 전력사업을 이해하거나 에너지 최빈국으로서의 우리현실을 통찰하고 고민하는 독자 중 단 한 사람만이라도 내가 제시했던 논지(論旨)에 공감을 하거나, 앞으로 전기자동차가 본격적으로 실용화가 되었을 때 내가 논문에서 제시했던 방안의 극히 일부분이라도 현실화가 된다면 나로서는 더없이 귀중한 평가와 보상을 받는 것이 되며, 그 귀중한 평가와 보상이 '규정'이라는 틀에서 단 한 발짝이라도 벗어나보려는 사고(思考)기능이 퇴화한 꽉 막힌 정부부처나 한전을 상대로 엎드려 절 받는 꼴인 마지못한 평가나 보상과 어찌 비교가 되겠는가?

이 글을 읽은 독자들이 평가하고 보상을 할 것이다.

아직도 시간이 더 필요한 것 같다.

이 장은 윗줄 **"아직도 시간이 더 필요한 것 같다."**로 끝을 맺었었다.

이 건은 2010. 2. 11 처리결과 답변이라는 것을 받아본 것으로 일단 끝난 것이라 생각했었고, 그래서 원고도 위와 같이 마무리 지으려 했던 것이다.

그런데 이 책의 원고를 다 써놓고 시간을 질질 끌며 여기저기 출판사를 알아보고 있던 중 2010. 4. 20 지식경제부로부터 위 민원(제안)에 대한 '추가답변'이 등록되었다는 메일이 또 왔다.

혹시나 하는 생각이 들어 얼른 들어가서 메일을 열어봤더니 추가답변이라는 것이 2010. 2. 11에 보내왔던 "처리결과 답변"이라는 내용을 글자 하나, 문장부호 하나, 글줄배열 하나 바꾸지 않고 그대로 복사를 해서 2개월도 훨씬 지나 또다시 보내온 것이었다.

맥이 풀리고 국민신문고(지식경제부)의 처사를 이해할 수가 없었다. 국가기관에 대한 민원이나 제안을 처리하는 일련의 과정을 "국민신문고"라는 마당을 마련하여 국민권익위원회에서 일괄취합, 관장을 하는 제도는 썩 좋은 것 같다고 앞에서도 말한 바 있다.

그런데 그 운용방법이 좋은 취지를 무색하게 하는 것 같았다. 심사진행 중은 물론 최종답변내용이 만족스럽고 불만스럽고를 떠나서 정부부처에서 답변이라고 보내오는 메일이 일방통행의 메일이어서 의문점이 있어도 문의할 방법이 없고, 간단한 의문내용이라도 묻자면 또다시 '민원' 이라는 것을 계속해서 제출해야 한다.

조금 복잡한 내용의 민원이나 제안을 하게 되면 서로 간에 의사소통을 하는 과정에서 그 건이 종료될 때까지 수도 없는 추가 '민원' 이 남발되는 것이다.

그것을 확인해보는 절차도 1AA-1234-567890과 같이 13단위의 비슷비슷한 긴 번호를 입력시키고 들어가야 되므로 여간 혼란스럽고 복잡한 게 아니다. 컴퓨터 사용이 원활하지 못한 사람들에게는 사실상 이용을 제한하는, 있으나마나 한 그림의 떡과 같은 제도다.

2010. 2. 11에 받아본 처리결과 답변의 만족도조사에 민원이 해결되지도 않았고 불만스럽다고 답변을 하여 그것을 최종적으로 마무리하는 요식적인 절차로 똑같은 답변을 다시 한 번 보낸 것인지, 아니면 담당자가 다른 답변문안을 준비하여 놓고 순간적인 실수로 1차 답변내용을 그대로 복사를 하여 보낸 것인지 판단이 서지를 않았다. 추가답변의 말미에 또 앞서와 같은 만족도 조사가 딸려 있었지만 아예 응답을 하지 않았다. 별 의미가 없다고 생각되어 그렇게 했다.

국민권익위원회가 관장하는 국민신문고 제도도 민원이나 제안을 틀에 박힌 처리절차에 따라 최종 답변이라는 것을 보내 종결짓고 얼른 서류철을 덮어버리려고 하는 것은 일반 행정기관의 행태와 별로 다르지 않은 것 같았다.

국가기관을 상대로 일반인들이 제기한 민원이나 제안을 국민권익위원회가 제3자적인 입장에서 객관성 있고 엄정하게 관리하기 위해 모든 정부기관이 온라인으로 즉시 연계가 되는 국민신문고라는 마당을 만든 것 같았지만 실제로 그것을 이용해본 사람들로서는 비록 장애물은 있을지라도 빤히 보이는 길을 놔두고 뼁 돌아가는 길로 가게 만드는 오히려 복잡하고 거추장스러운 '옥상 옥(屋上 屋)'이 하나 덧붙여진 것 같은 느낌이 들었다.

우리 사회에 이런 것들이 어디 이것 하나뿐이랴?

조선왕조시절 우매한 임금이 용상에 앉아 꼴같잖게 나라를 휘저어대어 극도로 혼탁했던 시기의 허울뿐이었던 "신문고"나, 그 이름을 본 딴 오늘날 민주국가라는 대한민국의 "국민신문고"나 별로 달라 보이질 않았다. 조선시대의 신문고는 잘못 두드리면 동티가 나서 오히려 주리를 틀리거나 볼기 매를 벌었는데, 국민신문고는 그런 것은 없으니 그것으로나마 위안을 삼아야 하나?

대북 전력지원과 평화의 댐

독자들의 이해를 돕기 위해 먼저 본문에 들어가기 전에 이 제안을
할 수 있게 한 토대이자 배경이 되어주는 10여 년 간격으로 있었던
두 번의 사건과 당시 시대상황(1. 평화의 댐, 2. 1차 남북정상회담)을
인터넷에서 검색하여 여기에 옮긴다.

1. 평화의 댐 (위키백과 — 우리 모두의 백과사전)

평화의 댐(平和 -)은 대한민국 강원도 양구군과 화천군에 걸쳐
북한강에 위치한 댐이다. 2차 완공 후의 현재 길이는 410m, 높이는
125m이며 최대 저수량은 26억 3천만t이다. 북조선의 금강산댐 건
설에 따른 수공(水攻)과 홍수에 대한 예방 및 상수도 공급을 위해
1987년 2월에 착공하여 1989년 1월에 1차 완공(당시 높이 80m)된
뒤, 2002년부터 2단계 증축 공사를 하여 2005년 10월에 최종 완공

되었다. 평상시에는 물을 가두지 않는 건류 댐으로 운영되고 있다.

[편집] 건설 배경

1986년 10월 30일 이규효 당시 건설부 장관은《대 북한 성명문》을 발표해 북한에게 금강산댐의 건설 계획을 멈추라고 했다.[1] 금강산댐이 북한강을 통해 휴전선 이남으로 흘러들어가는 연간 18억t의 물 공급을 차단할 것이고, 금강산댐을 붕괴시켜 200억t의 물이 하류로 내려가면 물이 "63빌딩 중턱까지 차오를 수 있다"며 북한이 이를 이용해 1988년에 열릴 서울 올림픽을 방해할 수 있다는 것이 정부 측의 이야기였다.

11월 26일 국방부·건설부·문화공보부·통일원 장관이 합동 담화문을 발표해 평화의 댐을 건설할 계획을 밝히면서 총 공사비는 1700억 원이며 이 중 639억여 원은 6개월 동안 국민 성금으로 충당했다. 평화의 댐은 1987년 2월 28일 기공식을 가지며 착공하여 1989년에 1단계로 완공되었다.

그러나 1993년 감사를 받으면서 금강산댐의 저수량은 많아도 59.4억 톤으로 댐의 위협은 과장된 것이며, 이를 대비하기 위한 평화의 댐의 필요성도 부풀려진 것으로 드러났다(현재 금강산댐의 저수량은 26.2억 톤임). 그에 따라 2단계 공사도 중단되었다.[출처 필요]

이후 2002년 1월 북한이 수공을 하지 않더라도 금강산댐의 안전에 문제가 발생할 수 있다는 징후가 발견됐다. 정부는 같은 해 5월, 평화의 댐 2단계 증축공사를 선언하고 9월 공사를 재개해 2005년 10월 19일에 완공했다. 댐 공사에는 모두 3995억 원이 들어갔다.

(이상 인터넷 검색자료)

그 당시를 사셨던 독자들은 기억할 것이다.

완전히 물에 잠겨 뾰족탑 끝만 조금 물위로 내밀고 처참하게 익사한 여의도 국회의사당과 아랫도리 반 이상이 물에 잠겨 허우적거리며 가쁜 숨 몰아쉬던 63빌딩의 애처로운 모습, TV에 출연하여 심각한 표정을 지으며 공포에 질린 얼굴로 준비된 화면과 도표를 보여주며 위험을 강조하던 관료나 관계자 학자들의 해설을 수도 없이 보고 들어서 생생히 기억하실 것이다.

그런 북의 가공할 수공(水攻)에 대비코자 할머니 할아버지들의 꼬깃꼬깃한 쌈짓돈까지 털고, 꼬마들의 돼지저금통까지 째서 성금을 모아 서둘러서 평화의 댐을 축조하기에 이르렀던 것이다. 물론 나도 그 당시 한전 봉급에서 적지 않은 5,000원이라는 돈을 자발적이라는 포장이 씌워져 강제로 갹출 당하였음을 또렷이 기억하고 있다.

당시에도 시국문제에 대하여 관심이 있거나 고민을 하는 사람들끼리는 쉬 쉬 하고 두리번거리면서 설왕설래는 있었지만 모든 국민들이 공식적으로 속은 것을 깨달은 것은 5공 정권이 막을 내린 한참 뒤였다.

그렇게 해서 건설된 평화의 댐은 지금도 그 자리에 그냥 댐 밑구멍이 뻥-뚫린 채로 멍하니 서 있다.

그때 그 고매하고 박식하신 관료, 관계자, 학자님들은 지금 어디서 무슨 생각을 하고 계실까?

2. 남북 정상회담 (출처: 브리태니커)

1980년대까지 남북한 정부는 양쪽 모두 정상회담의 필요를 느끼지 못했다. 이때까지 북한의 기본적 통일노선은 사회주의 건설에 우선적 역점을 두는 '민주기지노선'과 '연방제안'으로 대표되는 평화통일노선이었다. 이때 북한은 연방제의 대상이 될 수 있는 남한을 최소한의 민주주의 정권으로 규정함으로써 남한 측을 대화주체로 인정하지 않았다. 남한정부도 '선 건설 후 통일론'과 '분단의 현상유지'를 통일정책의 기조로 삼음으로써 적극적 대화의 필요를 느끼지 못했다. 그러나 1980년대에 들어서면서 남북한 당국은 기존의 논리를 유지하면서도 실질적 대화의 움직임을 보이기 시작했다.

1981년 1월 12일 전두환 대통령은 '무조건 신뢰를 회복하고 통일의 역사적 계기를 마련하기 위하여 남북한 당국의 최고책임자가 번갈아 서로 방문할 것'을 제의했다. 이에 대해 북한은 조국평화통일위원회 위원장 성명을 통하여 거부의사를 발표하고 전제조건으로 현 남한정권의 퇴진 등의 내용을 포함한 5개항을 요구했다. 이후 남한정부는 '민족화합 민주통일방안'을 통하여 남북한 당국 최고책임자 회담을 재차 촉구했지만 북한은 이를 거부했다.

그러나 1988년을 기점으로 탈냉전의 국제정세와 국민들 사이에 다양하게 분출된 통일에 대한 관심 고조로 남북한은 보다 진전된 제안을 하기 시작했다. 북한은 1989년 김일성 주석이 신년사를 통하여 '남북 최고위급회담 실현의 조건과 분위기 마련을 위해 노력을 기울일 것'을 발표했고 남한정부도 한민족 공동체 통일방안을 통하여 '남북정상회담이 빨리 열릴 것을 희망한다.'고 발표했다.

이러한 움직임은 1990년 한·소 수교라는 동북아시아 정세 변화

를 맞아 더욱 가속화되었다. 1994년에는 북한의 핵확산금지조약
(NPT) 탈퇴선언(1993)으로 비롯된 긴장의 와중에서도 김영삼 대통
령과 북한 양측이 남북정상회담에 대한 의지를 보여, 마침내 1994
년 7월 25일 평양에서 1차 회담을 개최하기로 합의를 보았다. 그러
나 7월 8일 김일성 주석이 돌연 사망함으로써 정상회담이 무산되었
다. 이후 남한에 김대중 정권이 등장해 남북 화해·협력 정책을 일
관되게 추진하는 과정에서 남북정상회담은 현실화되었다. 2000년
6월 13~15일 전 세계의 이목이 집중된 가운데 열린 역사적인 남북
정상회담에서 김대중 대통령과 김정일 국방위원장은 향후 남북관
계의 초석이 될 6·15남북공동성명을 발표해 큰 반향을 불러일으켰
다.(이상 인터넷 검색자료)

2000년 6월 13일

날씨마저 쾌청해 초여름의 눈부시고 싱그러운 햇살이 쏟아지는
평양 순안 공항에서 남북이 갈리고 반세기가 넘어 남과 북의 정상이
처음으로 만나 껴안는 세계가 팔짝 놀랠 연기를 펼쳤다. 그냥 뽀송
뽀송한 눈으로는 그 감격스러운 장면을 도저히 볼 수가 없었다. 수
많은 국민들이 눈시울을 붉혔을 것이다. 특히 북이 고향인 실향민들
과 그 자녀들은 눈물 없이는 그 장면을 볼 수가 없었을 것이다. 통일
이 눈앞에서 봄날 아지랑이 아른거리듯 손에 잡힐 것 같았다.

그 뒤로 남북관계는 한동안 순풍에 돛을 단 듯했다. 마치 사랑하
는 남녀를 약혼시킨 두 집안사이 같았다. 그때는 한전을 그만두고
나서 퇴직금 남은 것으로 김포에 작은 농가주택을 하나 구입해서 치
매초기인 80줄의 어머니를 모시고 서울의 아내와 중고등학교에 다
니는 아이들과 분가해서 텃밭농사를 지으며 홀아비 초보농투성이

가 되어 있을 때였다. 역사적인 6.15남북정상회담이 있은 2000년 연말이 가까워오자 북한이 남한에 50~200만kw의 전력을 지원해 주기를 바란다는 기사가 연일 주요 뉴스로 등장했다.

"그렇다!"

"바로 저거다!"

그 뉴스를 보면서 "불순한 의도로 건설하여 숫한 돈만 잡아먹고 10년 넘게 빈들빈들 놀고 자빠져있는 저 평화의 댐을 한번 활용해 보자!"라는 생각이 언뜻 들어서 평생 처음으로 국가기관이라는 곳에 제안이라는 것을 하기에 이르렀다. 남북 간에 숨 막힐 것 같은 냉전의 산물로 태어난 천덕꾸러기인 평화의 댐을 통일을 앞당기는 매개체로 활용을 해보자는 생각이었다.

김포의 농가주택은 도시가스가 공급되지 않아 석유보일러를 사용하다 보니 겨울철에는 난방비가 너무 많이 들고 고령의 어머니를 모시기에도 적합치가 않아 한겨울에는 농가주택은 비워두고 서울 집에 온가족이 함께 기거하며 가끔 들러 개나 닭의 모이나 풍족하게 주고 휘- 돌아보고 오는 정도였으며 핸드폰이라는 것도 없을 때였다. 인심 좋은 시골 이웃 분들이 매일 들러보며 돌보아주어 비워놓아도 큰 문제는 없었다.

제안서에 김포집의 주소를 썼고 전화번호도 김포집의 전화번호만 기재하여 배달되는 우편물도 받아보지를 못했고 제안과 관련하여 전화를 받아본 일도 없다.

그 뒤에 다른 정부부처에 제안을 해보니 결과야 어떻든 답장은 꼭 보내오는데 그 당시 이 제안서를 받아보고 산업자원부에서는 어떤 반응을 나타냈는지는 지금도 궁금하다.

그때 그 제안서를 여기에 싣는다.

[대북 전력지원과 평화의 댐 분야]

대북 전력지원과 평화의 댐

(2001. 1. 31)

글쓴이: 윤재학(남53세)

경기도김포시통진면

존경하옵는 장관님(이 글을 직접 읽으실 담당자님) 안녕하십니까?

저는 경기도 김포시에 거주하는 시민입니다. 저는 한국전력공사 배전사업소에서 25년간 근무하다가 지난 1997년 명예퇴직 후 현재는 김포시에서 조그만 텃밭농사를 지으며 살고 있는 농민입니다.

한전 근무 당시부터 제가 직접 근무했던 분야는 아니더라도 수력발전에 많은 관심을 갖고 있었으며, 지난 1992년(확실치는 않음) 여름 대홍수 때 서울 풍납동, 망원동 일대가 침수되어 많은 시민들이 큰 피해를 입는 것을 보고, 1단계 공사만 마친 평화의 댐을 북한과 합의만 된다면 완성시켜 발전전력은 북으로 보내주고 남한은 한강의 치수기능 개선과 수자원을 확보하면 어떨까 하는 생각을 하게 되었습니다. 그러나 당시는 북한과의 그런 합의란 꿈도 꿀 수 없던 시절이었으므로 그냥 생각에만 머무르고 말았습니다.

다행히 이제 국민의 정부가 들어선 이후 소위 햇볕정책으로 가슴을 열고 북을 이해, 설득시킴으로써 그들도 닫혔던 마음을 조금씩 열면서 우리와 마주하게 되었습니다. 지난 연말에 북에서 남측에 전력의 지원을 요청하는 신문기사를 보고서는 평생을 전력회사에 몸담았던 사람으로서 무엇인지 모를 뜨거운 감정을 느끼지 않을 수 없었습니다.

신문지상에 보도된 북한의 전력사정이 제가 한전에 첫발을 내디뎠던 70년대 초의 남한사정과 비슷한 것을 보고, 북한의 전력사정이 매우 어려우며, 앞으로 전력수요가 빠르게 늘어나겠구나 하는 생각을 하게 되었습니다.

그래서 오래전부터 생각해왔던 "평화의 댐 발전소"를 건설하여 북한에 전력을 보내주면 남과 북에 서로 좋은 일이 아니겠는가 하는 생각을 하고, 저 나름대로의 의견을 정리하여 올리오니 바쁘시더라도 한번 검토하여 주시면 저에게는 더없는 영광이 되겠습니다.

국가 전력사업을 관장하고 이끌어 주시는 장관님과 산자부 전 직원님께 전력회사에 몸담았던 한사람으로서 다시 한 번 감사를 드리오며, 앞으로도 각별한 관심과 사랑으로 전력사업을 키워주실 것을 당부 드리옵니다.

장관님과 산자부 전 직원님께 2001년이 참으로 알차고 보람 있는 한해가 되기를 기원합니다. 감사합니다.

차 례

Ⅰ. 북의 전력지원 요청

Ⅱ. 금강산댐

Ⅲ. 대북 전력지원

Ⅳ. 평화의 댐

Ⅴ. 금강산댐과 평화의 댐의 차이(差異)

Ⅵ. 평화의 댐(발전소)건설효과

Ⅶ. 글을 마치면서

[대북 전력지원과 평화의 댐 분야]

대북 전력지원과 평화의 댐

Ⅰ. 북의 전력지원 요청

1. 2000년 6월 남북정상회담~이산가족상봉~장관급 회담~경제 교류협력회의 등으로 숨 가쁘게 이어져 오고 있는 남북한 간의 일련의 교류협력 과정에서 2000년 년 말에 불거져 나온 미묘하고도 까다로운 현안이 북측의 50만~200만kw 전력지원 요청의 건이다.

2. 전력지원은 그에 앞서 부터 있어온 식량, 비료, 의약품, 생필품 등 인도적 차원의 대북지원과는 성격을 크게 달리하는 것으로서, 현실적으로도 남한 내의 전력사정이 북의 요청을 수용할 만한 충분한 여력이 있느냐 하는 문제와, 전력은 생필품과 달리 전략물자로의 활용이 가능하여 북측에서 지원전력을 전략물자로 활용하지 않는다는 100% 확실한 담보가 없는 한 식량 등과 같은 인도적 차원의 대북지원과 같이 한 핏줄 한민족이라는 동포애에서 우러나오는 남측 국민들의 동의를 이끌어 내기가 쉽지 않다는 문제가 있다.

3. 전력을 지원하는 방법으로서는 남북 간의 송전계통을 연결하여 남한 내에서 생산한 전력을 북으로 송전하여 주는 방법과, 북한 지역에 화력발전소(석탄)를 건설하여 주는 2가지 방식이 검토되고 있는 것으로 알려져 있다. 전력지원 방법 내에서도 문제가 되는 것은 남북 간 연계송전선로를 건설하여 전력을 공급할 경우 북측의 열악한 전력설비 사정 때문에 북측에서 발생하는 전력계통사고가 남측으로 파급되면 남측이 입게 될 피해는 상상할 수 없이 크다는 점이다. 또한 북한 내에 화력발전소를 건설하여 주는 방법은 북의 어려운 경제사정으로 보아 발전소 건설 후에도 발전소 가동에 필요한 에너지(석탄 또는 석유)를 남측에서 지속적으로 지원(무상)해주어야 하는 부담이 따를 것이다.

4. 식량 등과 같은 생필품의 지원은 북측의 절대적인 부족과 남측의 형편이 이를 감당할 수 있는 범위 안에서 제한적, 부정기적으로 있어 왔다. 그러나 전력지원은 어떤 방식으로 지원을 하던 간에 그 모든 비용은 남측이 부담해야 할 것으로 보이며, 전력의 특성상 한 번 지원이 시작되면 남북 간에 획기적인 상황의 변화가 없는 한 반영구적(지속적)으로 지원을 계속할 수밖에 없게 된다는 점이다. 대북 전력지원은 기왕에 있어 왔던 식량지원 등과는 비교가 안 될 정도로 많은 비용이 지속적으로 들어가게 된다. 이를 감당할 수 있는 남측의 경제적 여유가 있느냐 하는 문제와는 별개로 남북 간에 정직하고도 확실한 신뢰의 구축 → 평화공존 → 평화통일로 진전되어 가는 투명하고도 가시적인 변화가 없으면 남측 국민들이 지속적으로 전력을 지원하여 주는 것에 반대하는 상황이 전개될 수도 있다. 식량지원은 장기차관 형식을 빌려 어설프게나마 주고받는 식의 상호

주의에 꿰어 맞추었으나 전력지원은 차관 형식을 빌리기도 어려우므로 통일 자체를 반대하거나 대가없는 일방적 경제지원을 반대하는, 통일에 소극적인 집단이나 수구세력이 일시적으로 남북관계가 경색되면 상호주의 원칙을 내세워 전력지원 중단을 들고 나올 수 있는 명분을 제공하게 된다.

따라서 전력지원만큼은 미래에 일어날 수도 있는 모든 상황까지를 면밀히 따져보고 냉철하게 판단하여 대처해야 한다고 본다. 그것은 전력지원을 계속하다가 북측의 동의 없이 남측에서 일방적으로 전력지원을 중단하면 그때까지 쌓아 놓은 남북 간의 신뢰의 파탄은 물론 최악의 경우 전쟁까지도 불사할 만한 각오가 되어있지 않는 한 중단하기가 쉽지 않을 것이기 때문이다.

> **(참고)** 현재 남한에서 개성공단에 공급하고 있는 전력은 여기서 거론한 대북전력지원전력과는 성격이 다른 것이다.

Ⅱ. 금강산댐

1. 금강산댐은 북측에서 수력전원개발과 남측을 수공수단으로 압박하기 위한 전략적인 목적으로, 화천댐상류 북한강본류의 금강산협곡에 건설을 추진한다고 당시 남측정부에서 발표한 것으로서

댐 높 이: 200m

총저수량: 200억 톤

발전용량: 200만kw

발전방법: 북한강 본류인 화천댐 상류 북한지역 내에 댐을 막고 그 최상류 지역에서 도수터널 또는 수로를 건설하여 저수된 물을 백두대간을 관통시켜 원산만 부근(함경남도 안변?) 동해바다로 방류하여 발전하는 일종의 유역변경(流域變更) 발전방식이고,

남측에서는

①유사시 북측에서 금강산댐을 폭파하거나 일시에 무제한 방류를 감행하여 서울을 포함한 남측의 상당지역을 초토화 시킬 수 있는 가공할 만한 파괴력을 지닌 수공무기가 될 수 있고, ②금강산댐을 순수한 발전 목적으로만 활용한다 하여도 자연적인 하천의 흐름을 역류시켜 북한강 수계(水系)의 수자원 고갈과 그로 인한 생태계 변화에서 빚어지는 환경파괴 등을 이유로 이를 극력 반대하게 되었다. 그리하여 남측에서는 금강산댐의 수공에 대비하여 금강산댐의 규모와 같은 평화의 댐을 서둘러 건설하려 하였던 것이다.

2. 이제는 밝혀진 사실이지만 평화의 댐은 80년대 당시 국민들의 열화와 같은 민주화 투쟁에 직면한 정통성 없는 군사독재 정권이 국민들의 이목을 돌리기 위하여 획책한 대국민사기극으로 판명되었고, 그 1단계 공사만 마무리한 상태에서 10년 이상 방치되고 있는 실정이다. 현재의 평화의 댐은 담수용량이 약 3억 톤 정도로 알려졌으며 3억 톤의 물을 저수하려 하여도 수몰지역이 대부분 북한지역이기 때문에 그 기능마저도 활용치 못하고 있으며, 1999년 여름 집중호우 시에 약 1억 톤 정도의 물을 가두어 그 기능의 일부나마 잠시 활용한 실적이 있을 뿐이다.

설령 북한의 동의를 얻어(현재로서는 전혀 실현성은 없지만) 3억 톤의 물을 저수한다 하여도 댐의 잠재적인 가치나 공사에 들어간 투자비에 견준다면 활용도(경제성)는 미미한 수준일 것이다. 이는 마치 첨단고속도로를 건설해 놓고 우마차를 달리게 하는 것과 무엇이 다르겠는가?

Ⅲ. 대북 전력지원

1. 우리(남한 국민과 정부)가 바라는 바람직한 통일방법은 남북이 냉전 상태를 종식시키고 평화공존 과정을 거쳐 민족자주에 의한 평화 통일에 이르는 길이다. 독일통일의 예에서 보듯이 통일여건을 성숙시키기 위해서는 무엇보다도 남북 간 경제력의 격차를 줄이는 것이 급선무이다. 현재와 같이 남북 간 경제력의 격차가 극심한 상태에서는 설사 통일이 된다 하더라도 그 후유증과 혼란은 우리민족 자체의 역량으로서는 극복하기가 어려울 수도 있으며, 그러한 준비되지 않은 통일은 통일자체가 한민족 전체의 불행의 씨앗이 될 수도 있다. 그래서 국민의 정부는 집권과 동시에 북의 개혁 개방을 유도하고 남북 간의 경제협력을 통하여 북한을 현대산업사회로 탈바꿈시켜 북한의 경제력을 끌어 올림으로써, 통일여건을 성숙시키고 나아가 한민족 전체의 숙원인 통일의 길을 열고자 소위 햇볕정책을 일관되게 밀고 나가고 있는 것이다.

2. 1961년부터 시작된 남한의 산업화 과정에서 경험하였듯이 농경사회 또는 초기 산업사회에서 본격적인 현대산업사회로 발돋움하기 위해서는 무엇보다도 산업의 원동력인 전력에너지가 뒷받침되어야 한다. 그래서 당시 5.16 군사정부도 경제개발 5개년계획과 더불어 전원개발 5개년계획을 꾸준하게 병행 추진하였던 것이다. 보도된 북한의 전력사정(가능출력 약 200만kw)으로 보아 전력이 산업 에너지로 서는커녕 북한주민들이 최소한의 전화생활(電化生活)을 위한 공급능력에도 미치지 못하는 형편인 것 같다.

따라서 북측은 절박한 처지에서 국가의 체면마저 접어두고 남측에 전력의 지원을 요청한 것으로 보이며, 남측이 현재와 같은 햇볕정책을 고수하는 한 지원시기, 지원방법, 지원규모가 문제일 뿐 어떤 형태이던 간에 대북전력지원은 불가피할 것으로 보인다.

3. 식량 등은 작황상황에 따라 형편이 호전될 수도 있고 미, 일 등 제 3국으로부터 지원을 받거나 구매하여 해결할 수 있는 길이 있으나, 전력만큼은 지리적 여건 때문에 남한이나 중국에서 지원을 받는 길뿐이며, 북한자체의 역량으로서는 단기간 내에 해결할 수 있는 성질의 것도 아니다.

앞으로 북한의 산업화가 빠르게 진척되면 전력수요도 비례하여 늘어날 것이므로 장기간(적어도 앞으로 20년 이상)에 걸쳐 전력부족 현상은 지속될 것이며 북측의 전력지원 요청 규모도 점진적으로 늘어날 것으로 예상된다. 이러한 맥락에서 대북 전력지원 문제만큼은 남북관계를 일시적으로 개선시키기 위한 단기적인 호재로 활용하기보다는 통일을 바라보는, 나아가 통일 이후의 한반도 전체의 국가경영에 대비한다는 장기적인 안목에서 접근하고 다루어져야 한다고 본다.

4. 지금까지 살펴본 평화의 댐의 1단계공사 추진배경, 개발 가능한 잠재적 규모, 대북전력지원의 불가피성을 근저로 하여 남북 간에 매듭짓지 못하고 현안으로 남아 있는 전력지원 문제를 100% 해결할 수 있는 해법은 아니더라도, 노출된 문제를 최소화시키고 부정적이거나 역기능적인 요소를 긍정적, 순기능적으로 바뀌게 풀어 나갈 수 있는 대안으로써 기왕에 만들어져 있는 1단계 평화의 댐을 남북협의 하에 완성시켜 대북전력지원 발전소로 활용해 보자는 제안을 하는 것이다.

Ⅳ. 평화의 댐

1. 평화의 댐 건설

현재 1단계 공사만 마친 상태인 평화의 댐을 남북한 간에 합의를 거쳐 개발 가능한 최대 규모로 완성시켜 화천댐으로 방류하여 발전을 하고, 생산된 전력은 대북지원전력으로 활용하든가 남북 간에 일정비율로 나누어 이용토록 하자는 것이다.

남측은 댐 공사에 들어가는 공사비를 부담하고 그 대가로 수자원과 어차피 지원을 할 수밖에 없는 대북지원용 전력을 얻게 되고, 북은 방대한 면적의 수몰을 감수하는 대신 부족한 전력의 상당부분을 안정적으로 확보할 수 있게 된다.

2. 평화의 댐의 규모

80년대 당시 남한 언론에 보도된(남한정부 당국의 발표 자료일 것임) 금강산댐에 관한 내용은 금강산댐의 예상규모와 함께 과연 북한이 그만한 초대형 댐을 건설할 수 있는 토목기술이 축적되어 있겠느냐 하는 의문, 공사비 조달능력에 대한 회의, 그리고 단지 전원개발이라는 측면에서 금강산댐이 개발가치(사업의 경제성)가 있느냐 하는 문제를 제기한 것으로 안다.

이러한 전후사정을 미루어 판단컨대 당시 발표되었던 금강산댐의 규모는 남한국민들에게 위기의식을 극도로 조장시키고자 실제(해당지역을 실사하여 얻어진 기술적, 경제적으로 건설 가능한 최대 규모)보다 상당히 부풀려 발표하였을 개연성이 크다. 불순한 정략적 의도로 부풀려진 금강산댐의 규모를 감안하고 금강산댐과 같은 규모로 건설하려한 평화의 댐의 개발 가능한 규모를 추출해 보면

금강산댐 규모(당시발표수치) ≥ 평화의 댐 규모 ≫ 소양 댐 ≒ 충주 댐 범위 내일 것이다.

위의 관계를 수치화 하면 평화의 댐의 개략적인 규모는

<table>
<tr><td>댐 높이</td><td>: 약 150~200m</td></tr>
<tr><td>총저수량(만수위 때)</td><td>: 약 100억 톤 내외</td></tr>
<tr><td>발전용량*14)</td><td>: 50만kw 이상으로 예상된다.</td></tr>
</table>

주석

***14)** 수력발전소의 발전용량은 지구의 표준 중력 값 $9.8m/s^2$에 유량 $Q(m^3/s)$와 낙차 H(m)를 곱한 값(kw)이다.

여기서 유량(Q)은 1초당 수차에 투입되는 물의 양(m^3 = ton)임.

즉, 수력발전 이론출력 $P = 9.8 \times Q \times H$(kw)로 표시되고 실제발전출력은 여기에 수차와 발전기의 합성효율을 곱한 값이다. 수력발전의 종합효율은 발전용량이 클수록 높으며 대략 85~90% 정도이다.

3. 댐 건설의 경제성

댐 건설에 필요한 모든 자료가 사실에 근접한 수치로 제시된다 하여도 경제성 검토는 필자의 식견이나 지식의 한계를 훨씬 넘어서는 범주이다. 다만, 경제성에 대하여 기대를 갖게 하는 것은 현재의 1단계 공사만 마무리된 평화의 댐은 막대한 공사비가 투입되었음에도 불구하고 아무런 역할도 하지 못하면서 그 자리에 그냥 있을 뿐이다. 또한 대규모 후속공사를 벌일 수 있는 기반시설(진입도로, 공사용 부지, 전기시설 등)도 두루 갖춰져 있다. 그래서 1단계 공사에 들어간 비용을 무시하고 앞으로 들어갈 공사비만을 기준으로 댐 전체의 경제성을 따진다면 사업의 경제성도 그리 낮지만은 않을 것이기 때문이다.

또한 평화의 댐 공사는 공사추진 과정에서 남북 간의 교류와 협력을 필연적으로 확대시키게 되고, 국토의 통일에 앞서 남북 간 전력계통의 부분적인 통일을 이룰 수 있다. 댐 완공 후 발전이 시작되면 남북 쌍방 간에는 피차가 포기할 수 없는 인질을 맞바꾸어 갖는 처지가 되고, 그런 상황은 남북 간에 교류와 협력을 후퇴시킬 수도, 중단시킬 수도 없게 하는 안전장치로서 기능할 것이다. 평화의 댐은 그 지리적 위치 때문에 개발에 들어가는 비용과 개발이익을 남북이 공유할 수 있는 유력한 사업이 될 수가 있다. 단순히 수력발전소 1개를 건설하여 대북 지원용 전력을 얻는다는 좁은 시각으로 평가할 일이 아니라고 본다.

4. 평화의 댐(발전소) 건설의 걸림돌

평화의 댐(발전소) 건설의 필요성과 그 효과까지를 남북쌍방이 긍정적으로 평가한다 하여도 사업추진을 합의하기까지에는 많은 난관이 도사리고 있다. 북측으로서는 비록 수몰지역이 거주민이 적은 산악지대라 하더라도 수 십 평방km(100km² 이상이 될 수도 있음)에 이르는 방대한 면적의 수몰을 받아 들여야 하는 준비작업과 의사결정이 결코 쉽지 않을 것이다. 남측도 경제사정이 극히 어려운 시기에 예정에도 없던 대규모 투자 사업을 추진하는데 따르는 자금조달 문제와 반드시 있을 것으로 예상되는 반대여론을 설득, 이해시키고 동의를 이끌어내야 하는 어려움이 있을 것이다. 평화의 댐 건설이 객관적으로 남북 모두에게 유익한 사업이라고 평가되었음을 전제로 할 때, 위와 같은 어려움을 극복하고 합의를 이끌어내어 사업을 추진할 수 있도록 하는 것은 어디까지나 남북의 정책담당자와 협상을 담당하는 자들의 사명이자 몫일 것이다.

V. 금강산댐과 평화의 댐의 차이

80년대 당시 남한정부에서 발표하였던 북한의 금강산댐 건설 기도의 진위여부를 확인할 길은 없으나, 평화의 댐 공사를 추진하려면 그에 앞서 금강산댐에서 제기되었던 문제가 평화의 댐으로 옮겨지는 것은 아닌가 하는 의구심에 대하여도 일말의 꺼림칙함도 없게 명쾌히 정리가 되어야 한다. 아울러 현재 거론되고 있는 대북전력지원 방식(① 남북 송전계통연결, ② 북한 내 화력발전소 건설)에서 제기된 문제점은 평화의 댐(발전소)을 건설하여 지원을 하게 되면 어떻게 절충되는가 하는 점도 살펴보기로 하자.

1. 수공위험

평화의 댐은 금강산댐과 달리 남한 내에 위치하고 건설 후 운영도 남측이 담당하게 되어 금강산댐에서와 같이 북에 의하여 수공수단으로 악용될 여지는 거의 없다. 다만, 평화의 댐이 비무장지대에 근접해 있어서 북측의 지상 또는 공습을 염려할 수도 있겠으나 이는 화천댐이나 소양강댐도 크게 다를 바가 없다. 화천댐이나 소양강댐도 여름철 만수위 때 폭파하게 되면 서울을 포함한 수도권 상당지역을 초토화 시킬 수 있다.

급변하는 남북관계로 보거나 세계정세의 흐름으로 보거나 이미 그러한 시기는 지나갔다. 만에 하나 북한이 그러한 무모한 도발을 감행한다 하더라도 그것은 하루아침에 일어날 수 있는 것이 아니고 남북 간에 긴장상태가 고조되다가 최악의 상황에서 북한 자신들의 공멸까지를 각오하고서나 선택할 수 있는 최후의 카드일 것이다.

댐이 완공된 뒤에라도 남북관계가 험악해지면 담수를 하지 않으면 되고, 담수 후 남북관계가 악화되는 징후가 있을 때에는 그 추이에 따라 미리 미리 대비방류를 해버리면 북에 의하여 수공무기로 역이용당할 소지는 사라지는 것이다.

2. 하천 역류로 인한 환경파괴

평화의 댐은 원래의 하천 흐름과 같은 화천댐으로 방류하여 발전을 하는 것이므로 하천역류로 인한 환경파괴란 있을 수 없다. 댐 하류(화천댐~팔당댐~서울~서해바다) 지역에서는 여름철에 집중되는 유수(流水)를 연간을 통하여 균등하게 조절하는 결과를 가져와 오히려 환경과 치수기능을 개선시키는 효과가 있을 것이다.

다만, 댐 상류(대부분 북한지역) 지역은 방대한 면적의 수몰로 환경파괴는 불가피하다. 이는 개발이익을 취하느냐, 자연환경을 보존하느냐 하는 선택의 문제로서 뒷장에서 수자원 확보와 결부시켜 다루기로 한다.

평화의 댐으로 인한 수몰지역이 북한영내라 하여 파괴되는 자연환경은 우리(남한)와는 무관하다고 생각해서는 안 된다.

평화의 댐은 우리세대는 물론 통일이 약속된 후손들에게 영원히 물려질 유산이므로 남북한 전역을 하나의 국토, 하나의 국가라는 개념에서 환경문제를 다루어야 하기 때문이다.

3. 앞서 열거한 지원방법과 평화의 댐의 차이

(1) 북측전력계통 사고의 파급

평화의 댐(발전소)은 완공 후 북한전력계통에 편입시켜 운전을 하면 북측의 전력계통사고가 남측으로 파급될 염려는 없다. 또한 평화의 댐 발전량만 갖고는 대북지원전력으로 부족하여 남북연계송전선로를 건설하여 지원전력의 일부를 송전하여 주더라도 연계송전선로를 통한 지원전력 규모가 작아져서 사고가 파급되더라도 남측전력계통에 미치는 충격은 현저히 낮아지게 된다.

(2) 남측의 경제적 부담

남측이 일방적으로 전력을 지원하여 주는 것은 북에 비하여 남측이 월등한 경제력을 갖고 있다 해도 남한경제에 상당한 부담으로 작용할 것이다. 또한 남한국민들이 이를 지속적으로 인내하느냐 하는 것도 의문이다. 평화의 댐은 건설공사에는 많은 자금이 들어가지만 일단 완공이 된 다음 발전소 운전에 들어가는 비용은 일방적으로 전력을 지원해 주는 것과는 비교가 안 될 정도의 적은 비용만 부담하면 되는 것이다.

(3) 상호주의 원칙

앞서 거론된 2가지 지원방식은 남북 간에 어떤 합의과정을 거쳐 지원이 이루어지던 간에 그 내용과 성격은 남측의 일방적 지원이나 다를 바 없을 것이다. 인도적 차원의 식량지원 등에도 반대여론이 만만치 않은데, 하물며 전력지원은 식량지원에 비하여 반대여론도 훨씬 높을 것이고 "상호주의 원칙을 지켜라!"는 반대할 수 있는 명분도 뚜렷하여, 햇볕정책을 확대 발전시키려는 현 정부로서 반대여론을 극복하기가 쉽지 않을 것이다. 그러나 평화의 댐(발전소)을 이용한 대북전력지원은 그 형식이나 내용면에서 상호주의 원칙을 지킬 수 있는 조건이 두루 갖춰져 있다. 댐 건설 과정에서는 남측이 공사비를 부담하는 반면에 북측에서는 수몰 부지를 내어놓게 되고, 공사가 완료된 뒤에는 북은 남에서 생산한 전력을 가져가고, 남측은 북측이 갖고 있는 수자원(물)을 가져오게 된다. 자연스럽게 동시 청산이 이루어지는 것이다. 이렇게 절묘하고도 철저히 상호주의 원칙이 지켜지는 남북 간 경협사업이 또 있겠는가? 남북경협 사업 중에서 평화의 댐건설사업 하나만을 떼어 놓고 본다면 남측이 절대로 손해 보는 장사라고 여겨지지는 않는다.

(4) 평화의 댐의 한계

북측은 가급적 빠른 시일 내에 전력을 지원해 주기를 바랄 것이며, 앞서 거론된 2가지 방식(① 남북 연계 송전선, ② 화력 발전소 건설)은 공사 개시 후 2~3년 뒤에는 전력지원이 가능할 것으로 보도되었다. 평화의 댐은 남북합의를 이끌어내기도 쉽지 않을 것이며, 협의기간을 빼더라도 댐 건설과 댐 건설 후 발전을 하기에 필요한 최저수위까지 담수를 하는데 상당한 기간(5~10년 또는 그 이상)이 소요될 것이다. 따라서 남북 간에 평화의 댐(발전소) 건설을 위한 협의를 진행하려면, 평화의 댐에서 발전을 할 수 있기까지의 과도기간에 대한 전력지원 방안을 먼저 협의 해결해야 할 것이다.

Ⅵ. 평화의 댐(발전소) 건설 효과

1. 수자원의 안정적 확보

이미 우리는 물 부족이 예상되는 국가군에 들어가 있으며 멀지 않은 장래에 물 부족은 발등의 불로 다가올 것이다. 도시화, 산업화가 진척되어 감에 따라 물의 수요도 폭발적으로 늘어날 것이며 현실적으로 이를 해결할 수 있는 길은 댐을 건설하는 것뿐이다.

자연환경의 보존이라는 측면에서 대형 댐의 건설을 지양하고 지하수 개발이나 소형 댐을 건설하자는 의견이 제시될 수 있으나 이는 국지적인 농업용수나 생활용수를 충당할 수는 있어도 대형화되는 도시의 생활용수나 대규모공단 등의 산업용수에 대한 해결책은 되지 못한다. 대형 댐 하나를 건설하는 것은 동일한 담수용량을 갖는 소형 댐을 여러 개 건설하는 것보다 수몰면적이나 환경파괴 총규모는 오히려 적어진다. 인구와 산업체의 과밀, 동고서저의 지형여건, 연강수량의 대부분이 여름철에 집중되는 기후조건에서 수자원을 안정적으로 확보하는 방법은 댐건설 외에는 달리 찾기가 힘들다.

물 부족은 현실의 문제로 다가 오는데 대안이 없이 댐건설의 반대만을 외칠 수는 없는 것이다. 만약 평화의 댐을 건설하여 100억 톤 내외의 물을 저수할 수만 있다면 이는 남한에서 지금까지 한강, 낙동강, 금강에 건설한 모든 댐의 담수량을 합한 것보다 많은 양을 일거에 확보하게 되어, 수자원을 배 이상 확충할 수 있게 되므로 예측 가능한 장래까지는 물 걱정을 하지 않아도 될 것이다. 평화의 댐은 여름철 풍수기를 제외하고는 저수율이 낮은 화천댐을 연간을 통하여 만수위 상태로 유지시킬 수 있게 하고, 연이어 춘천→의암→청평→팔당댐의 연평균 유효유량까지 늘려 간접적인 수자원 확보 효과도 기대할 수 있다.

(주) 유효유량: 여름철 홍수기에 단지 수위조절을 위하여 수문을 열어 흘려보내는 물이 아니고, 발전방류한 물이나 댐 하류의 용수공급을 목적으로 수문을 열어 흘려보내는 물을 말함.

2. 수력발전 능력 향상

평화의 댐에서 발전되는 전력은 100% 북으로 송전한다 하여도 앞에서 살펴본 바와 같이 하류의 5개 수력발전소(화천, 춘천, 의암, 청평, 팔당)의 연 평균 유효유량이 증가하여 발전량도 비례하여 늘어나게 되므로 남측도 수력발전량의 확충을 꾀할 수 있다.

평화의 댐에서 발전방류 하는 물의 량에 따라서는 이들 5개발전소에 기존에 설치되어 있는 발전기 외에 추가로 발전기의 증설까지도 고려해볼 수 있을 것이다.

3. 한강수계의 치수기능 향상

평화의 댐은 한강의 3대 지류(북한강 본류, 소양강, 남한강)의 하나인 북한강 본류의 물을 100%에 가깝게 통제, 조절할 수 있게 되어 한강수계 전체의 치수능력을 획기적으로 끌어 올리게 된다. 흔히 우리는 강물이 범람하여 침수피해가 발생한 것만을 수해로 생각하기 쉬우나, 침수피해가 발생하지 않았다 하여도 평상수위가 경계수위→위험수위로 올라감에 따라 발생하는 비용(피해)도 만만치 않은 것이다. 수위가 올라가면 강변을 따라 거미줄 같이 뻗어 나간 도로 기능이 마비되어 발생하는 생활의 불편과 물류비용의 증가, 한강으로 흘러드는 수많은 지천의 빗물을 퍼 올리는 배수펌프장의 소비전력, 강 자락 저지대 농작물의 유실 등도 엄밀히 따져서 수해의 범주에 들어가는 것이다.

물론 평화의 댐을 건설하였다 하여도 한강본류(경기도~서울~서해바다)의 수위를 항상 평상수위 상태로 유지시킬 수는 없지만, 경계수위, 위험수위의 발생빈도와 지속시간은 대폭 줄일 수 있을 것이다. 치수기능의 향상으로 얻어지는 경제적 효과도 무시할 수 없는 것이다.

4. 관광산업

남북 간에 평화의 댐 건설이 합의, 성사되면 그 자체로써 세계인
의 관심을 끌게 되고 외래 관광객을 유인하는 효과가 있을 것이다.
나아가서 평화의 댐은 천하 절경인 금강산의 서측자락을 적시게 되
어, 평화의 댐 선착장에서 유람선을 타고 금강산 서측의 비경을 구
석구석까지 관광할 수 있는, 세계적으로도 내세울 만한 관광 상품을
창출할 수 있는 여건이 마련된다.

Ⅶ. 글을 마치면서

경의선이 남과 북의 철길만을 잇는 단순한 철도가 아니듯이, 평화
의 댐(발전소)과 송전선로도 남북의 전력계통만을 연결하는 단순한
전력선이 아니다. 경의선과 도로가 잘려진 국토의 서측을 연결하는
뼈대라면, 평화의 댐과 그 발전소에서 생산된 전력을 북으로 실어
나를 송전선로에는 잘려진 남과 북의 혈관과 신경계통을 연결하는
의미가 담겨지는 것이다.

통일이라는 징검다리를 놓는데 하나의 밑돌이 될 수 있다는 믿음
으로 「평화의 댐」과 「발전소」의 건설을 제의해 보는 것이다.

국토의 분단은 우리민족의 의사와 관계없이 열강들의 각축의 부
산물로 우리민족에게 지워진 빚(부채)일 뿐이다. 미국도 일본도 중
국도 러시아도 노벨평화상마저도 우리에게 통일을 가져다주지는

못한다. 단지, 그들은 통일의 걸림돌만 되지 않으면 다행인 것이다. 통일은 앞으로 우리민족이 하기 나름에 달려있다.

이제 남과 북의 정치 환경도 통일을 외면할 수 없는 길로 접어들어 섰으며, 주변 환경이나 국제정세의 흐름도 통일에 장애가 되는 요소는 하나, 하나 제거되어 가고 있다.

통일!

그것은 아득히 먼 뒷날에나 있을 법한 꿈과 같은 것이 아니며, 현실의 문제로 한 발짝, 한 발짝 우리 앞으로 서서히 다가오고 있다. 그러나 아무리 주변여건이 무르익고 우리 편이라 해도 통일은 꼭지를 놓친 사과가 땅으로 떨어지듯이 자연적으로 이루어지는 것이 아니며, 거친 풍랑을 만난 조각배의 사공이 등대 불을 찾아가듯 혼신의 힘과 정성을 다해 나아갈 때 비로소 다다를 수 있는 새로운 삶이 약속된 목적지인 것이다.

덧붙여 "평화의 댐"이라는 이름에 대하여 생각해 보자. "평화의 댐" 하면 동시에 떠오르는 것이 "금강산댐"과 반쯤 물에 잠겨 허우적거리는 여의도 국회의사당과 63빌딩의 애처로운 모습이다. "평화의 댐"은 그 이름이 뜻도 좋고 아름다움에도 불구하고 그것을 추진한 불순한 의도 때문에 빛을 잃었다.

만약에 남북 간에 "평화의 댐" 건설공사가 합의 추진된다면 그 태어날 댐은 그 댐을 쌓는 우리겨레의 피맺힌 염원을 담고, 그 댐의 역할에 걸맞도록 「통일 댐」으로, 발전소는 「통일수력발전소」로 이름 짓는 것이 어떻겠는가 하는 물음을 던져 본다.

　－끝－

북한에 관한 대부분의 자료는 언론에 찔끔 흘리고 지나가듯 하는 자료를 주워서 인용하거나 참고로 해야 되고, 또 그 자료라는 것조차도 의도적으로 가공된 수치이거나 부정확한 자료가 많아서 위 제안서에서 인용한 수치들이 들쭉날쭉하거나 현실과 많이 동떨어져 있음은 어쩔 수 없다 하겠다.

평화의 댐이 건설되고 나서 한참 뒤인 2000년대에 들어서야 남한 언론에 보도된 것이지만 1986년 당시 북한의 금강산댐 건설은 사실임이 밝혀졌다.

다만 1986년 당시 남한 당국의 주장대로 그것을 수공무기 삼아 남한을 위협하고 압박하기 위해서 건설한 것이 아니라 에너지난, 특히 심각한 전력부족에 시달리는 북한으로서 비교적 개발의 여지가 많은 수력전원을 개발하기 위해서 그 댐을 건설한 것으로 보이며 남한 당국의 주장대로 그런 초대형 댐이 아닌 중형 댐(담수용량 10~20억 톤 내외)으로 건설되었고 금강산댐 외에도 금강산댐 상류의 북한강 지류에 4개의 중소형 댐을 더 건설 중인 것으로 알려졌다.

댐의 이름은 **"금강산댐"**이 아닌 **"임남댐"**으로 밝혀졌으며 발전방식은 남측이 주장했던 대로 저수된 물을 동해바다로 빼돌려 발전을 하는 유역변경식 발전소임도 밝혀졌다.

2개국 이상에 걸쳐 흐르는 국제하천에서의 하천유역 개발이나 용수의 이용은 이해당사국간의 합의를 거쳐 개발해야 하는 것이 국제관례이다.

여러 나라에 걸쳐 흐르는 유럽의 라인 강, 화약고와 같은 중동의 요르단 강, 남미의 아마존 강, 아프리카의 나일 강 등에서 그것 때문에 국가나 인종 간에 갈등이 빚어진다는 뉴스를 가끔 접하게 되는 것도 그런 맥락이다.

위의 예로든 외국의 강이나 사례와 꼭 합치하는 것은 아니고 비록 강의 발원지에 가까운 소규모 지류에 지나지 않지만 평화의 댐과 금강산댐이 건설된 북한강 수계가 바로 거기에 해당되며 당시 남한당국에서 북한강물의 자연적인 흐름을 역류시켜 저수된 물을 동해바다로 빼돌리는 것을 문제 삼은 것은 국제관례에 비추어 이의를 제기할 만한 정당한 주장이었다고 본다.

하지만 문제제기의 핵심을 수공무기라는 엉뚱한 방향으로 돌려 자국민을 속이고 협박하여 군사독재를 거부하고 민주화를 갈구하는 국민들의 이목을 돌리게 하는 재료로 악용을 하다 보니 정당한 이의제기는 별로 주목을 받지도 못하였고 뒷전으로 밀리는 꼴이 되었다.

중국의 한나라 말기에 유비 – 조조 – 손권이 광활한 중원천지를 놓고 자웅을 겨루던 삼국지 얘기에서 수공(水攻)으로 상대를 괴멸시키는 전투장면이 몇 차례 묘사되었던 것 같기는 하고, 그 뒤 300여 년간 지속된 남북조시대의 혼란을 평정하고 중원대륙을 차지한 수나라가 612년엔가 113만 대군으로 고구려 정복에 나섰다가 을지문덕 장군이 수공으로 수나라 군사 주력부대 대부분을 청천강 물고기밥으로 만들어버리는 바람에 혼비백산하여 패주를 했다는 살수대첩과 그 복수를 하고자 몇 차례 더 고구려를 침공하였다가 박살이 나는 바람에 애써 일으킨 수나라가 짧은 수명으로 요절을 했다는 통쾌한 역사를 배웠었고, 어려서 고향 당진에서 여름장마철에 같은 또래의 개구쟁이들과 두 패로 편을 갈라서 도랑 위아래에 두 개의 둑을 막고

위 둑을 터트려 아래 둑이 터지면 위편이 이기고 아래 둑이 버티면 아래편이 이기는 보싸움놀이는 해 봤어도 현대에 들어와서도 국가 간에 이런 둑 터트리기 놀이를 한다는 얘기는 들어 보지 못했다.

자치기, 제기차기, 사방치기, 딱지치기, 구슬치기, 고누, 고무줄뛰기, 술래잡기, 말놀음질과 같은 전래의 놀이는 민속촌이나 한옥마을 같은 곳에서 그나마 명맥이라도 유지하고 있는 것 같았는데 보싸움은 수많은 동식물과 같이 외래종이나 도시화에 밀려 이 땅에서 사라진 것 같았다.

하긴 농촌마을에서도 보싸움을 할 만한 어린이들이 눈에 띄지를 않고 도랑은 땅 밑으로 묻힌 하수관로가 되거나 콘크리트나 합성수지4각통 반으로 쪼갠 U자형의 흄관이라는 것을 잇대어 깔아놓은 콘크리트나 합성수지수로로 바뀐 지가 오래이니 보싸움을 할 수도 없게 되었다.

보싸움놀이가 민가에서 자취를 감추었으니 국가라도 대신 나서서 명맥을 이어보고자 금강산댐과 평화의 댐을 막아놓고 서로 "해 볼 테면 해보자!"고 째려보고 있는 것인지도 모르겠다.

2002년에 이르러 남측에서 항공사진을 판독한 결과 북한의 임남댐이 댐 하부부분에서 누수현상이 발생하여 임남댐이 붕괴될 우려가 있다고 판단하고 평화의 댐 2단계공사를 추진하게 된다.

그 뒤에 다른 소식이 전해지지 않아 잘은 모르겠지만 임남댐이 붕괴되었다면 한반도에 쓰나미가 덮친 것만큼이나 발칵 뒤집혔을 터인데 잠잠했었으니 그런 일은 없었던 것 같고, 1단계 평화의 댐이 있어 남측에서는 신속한 대응(2단계 공사)을 할 수가 있었고 국민들이 안심을 할 수가 있었으니 그런대로 평화의 댐이 한 몫을 한 꼴이 되었다.

하지만 그것은 결과론적인 뒷날의 얘기이고 평화의 댐이 뒤에 순기능적으로 활용이 되었다고 해서 평화의 댐을 건설한 불순한 의도가 씻겨지고 미화될 수는 없는 것이다.

2002년 그 당시에도 남북관계가 원만했었다면 임남댐의 존치여부에 대하여 남북이 건설적인 방향으로 고민하면서 협상을 하여 합의를 이끌어냈거나, 남한의 앞선 토목기술로 남과 북이 협력하여 임남댐을 완벽하게 보수하고 평화의 댐 2단계 공사추진 여부는 그것과는 별개로 결정할 문제였다.

평화의 댐은 오늘도 그 자리에 그냥 하는 일 없이 하염없이 서 있다.

하지만 남북관계가 봄날을 맞거나 통일이 된다면 그 건설 의도와는 관계없이 겨레의 유용한 자산으로 활용될 여지는 있다. 수력발전소로 개조하여 전기를 생산하던, 점점 인류의 목을 죄어오는 물 부족 문제를 해결하는 물의 저금통으로 활용을 하고 부수적으로 전력을 생산하던 활용방안은 여러 가지로 열려있다.

그것도 아니라면 평화의 댐을 허물고 원래의 자연 상태에 가깝게 복원을 하던지, 댐의 기능은 제거하고 외형만 일부 남겨 우둔한 정권침탈자의 황당한 짓거리를 보는 후세의 교육 자료로 삼던지.

산업자원부에 이 제안을 할 당시(2001. 1. 31)까지만 해도 평화의 댐 상류에 북한에서 임남댐을 막았다는 사실은 전혀 몰랐던 상태에서 한 것이었다.

물론 북한의 금강산댐 건설기도와 5공정권이 이에 대응한다고 평화의 댐을 서둘러 막은 사실은 알고 있었지만, 그것은 5공정권이 국민을 속이기 위하여 북한에서 추진하고 있는 소규모 수력전원개발사업을 그렇게 크게 부풀려 발표한 것일 것이라고 막연하게 생각했었다.

남북관계에 관한 한 초보적인 정보에조차 접근이 안 되는 일반국민이 북한에 관한 연구나 글을 쓸 때 부딪히게 되는 벽이자 한계이다.

반신반의했던 북한의 금강산댐이 이름은 임남댐으로 명명을 하였고 규모는 86년 당시 남한당국이 발표하였던 수치의 10% 정도의 규모로 실제 건설하였다는 사실이 밝혀졌고, 그에 따라 평화의 댐을 여러 각도로 활용할 수 있는 가능성이 열려있는 것이 할 일 없는 나와 같은 사람에게 또 하나의 제안을 하게 하는 빌미가 되어 주었다.

그 제안은 뒤의 "셋째 장"에서 살펴보자.

"셋째 장"에 들어가기에 앞서 8천만 한겨레의 가슴 벅찬 감격이었고, 꿈에도 소원인 겨레의 통일을 여는 첫 단추가 될 역사적인 제1차 남북정상회담을 결산하는 〈6.15남북 공동선언〉 전문을 여기에 옮긴다.

6 · 15 남북 공동선언 (위키백과 — 우리 모두의 백과사전)

2000년 6월 15일, 대한민국의 김대중 대통령과 조선민주주의인민공화국의 김정일 국방위원장 사이에 역사적인 첫 남북 정상 회담을 했다. 거기에서 채택된 공동성명은 아래와 같다.

남북 공동선언문(전문)

조국의 평화적 통일을 염원하는 온 겨레의 숭고한 뜻에 따라 대한민국 김대중 대통령과 조선민주주의인민공화국 김정일 국방위원장은 2000년 6월 13일부터 6월 15일까지 평양에서 역사적인 상봉을 하였으며 정상회담을 했다.

남북 정상들은 분단 역사상 처음으로 열린 이번 상봉과 회담이 서로 이해를 증진시키고 남북관계를 발전시키며 평화통일을 실현하는 데 중대한 의의를 가진다고 평가하고 다음과 같이 선언한다.

남과 북은 나라의 통일문제를 그 주인인 우리 민족끼리 서로 힘을 합쳐 자주적으로 해결해 나가기로 하였다.

남과 북은 나라의 통일을 위한 남측의 연합제안과 북측의 낮은 단계의 연방제 안이 서로 공통성이 있다고 인정하고 앞으로 이 방향에서 통일을 지향시켜 나가기로 하였다.

남과 북은 올해 8 · 15에 즈음하여 흩어진 가족, 친척방문단을 교환하며 비전향장기수 문제를 해결하는 등 인도적 문제를 조속히 풀어나가기로 하였다.

남과 북은 경제협력을 통하여 민족경제를 균형적으로 발전시키고 사회 · 문화 · 체육 · 보건 · 환경 등 제반 분야의 협력과 교류를 활성화하여 서로의 신뢰를 다져 나가기로 하였다.

남과 북은 이상과 같은 합의사항을 조속히 실천에 옮기기 위하여 이른 시일 안에 당국 사이의 대화를 개최하기로 하였다.

김대중 대통령은 김정일 국방위원장이 서울을 방문하도록 정중히 초청하였으며 김정일 국방위원장은 앞으로 적절한 시기에 서울을 방문하기로 하였다

2000년 6월 15일

대한민국 대통령 김대중. 조선민주주의인민공화국 국방위원장 김정일.

(이상 인터넷 검색자료)

국가 치수정책에 대한 의견 제안서

여기서 다시 본론에 들어가지 전에 이 제안을 하게 된 배경을 이해하기 위해 앞장에서 거론한 북한의 임남댐(5공 당시 남측에서 금강산댐으로 불렀던 바로 그 댐임.)과 영월 댐(일명 동강 댐)을 인터넷 검색자료로 살펴보자.

1. 임남댐 (위키백과 — 우리 모두의 백과사전.)

임남댐은 북한강 상류에 있는 조선민주주의인민공화국의 댐이다. 금강산댐이라고도 부르며, 2003년에 완공되었다.

임남댐의 건설은 1986년에 시작되었다. 대한민국의 제5공화국 정권은 이 댐이 수공용으로 쓰일 수 있다는 가정 하에 남한 정권에 대한 위협으로 보고 임남댐 남쪽에 평화의 댐 건설을 시작하기도 했다.

수공 위협에 대한 우려는 이후 줄어들었으나, 2002년에 위성사진을 통해 임남댐이 큰 비에 붕괴될 수 있다는 사실이 드러났다. 2005년에는 예고 없이 대량의 물이 방류되어 남한 지역에서 피해를 입은 일이 있다. 임남댐 건설 이후 한강으로 유입되는 물의 양은 12퍼센트가 줄어들어 한강 하류에 있는 서울 지역에 물 부족 현상과 환경 문제를 일으키기도 했다.

임남댐의 폭은 710미터이며, 높이는 121.5미터이다. 저수용량은 약 26억 톤으로 알려졌다.(인터넷 검색자료)

2. 영월 댐 (인터넷에 게재된 논문의 일부부분 발췌: 저자 미상)

http://blog.daum.net/thenextblog/447

(문제의 제기)

동강 댐으로 더 잘 알려진 영월 댐의 건설논의는 90년 9월 한강 상·하류 지역을 휩쓴 폭우로부터 시작된다. 당시 영월·단양 지역이 침수되면서 700억 원에 달하는 재산피해와 15,568가구의 이재민이 발생하였다. 이를 계기로 영월지역 주민과 강원도는 정부에 영월 댐 건설을 요구했고 영월 댐 건설 계획은 91년 제3차 국토종합개발계획(92~2001년)에 반영되었다. 정부는 91년에서 97년까지의 사전검토 작업을 거쳐 97년 9월 댐건설 예정지를 공식 발표하기에 이른다.

영월 댐 건설을 둘러싼 갈등이 표면화되기 시작한 것은 이 시점에서부터이다. 환경시민단체를 중심으로 댐건설을 반대하는 여론이 형성되기 시작한 것이다. 한편 건설교통부와 수자원공사는 댐건설의 불가피성을 주장하면서 댐건설 강행의사를 거듭 밝힘으로써 영월 댐을 둘러싼 갈등은 심화되어갔다. 댐건설을 둘러싼 격렬한 찬반 양론은 동강지역 주민들 사이에서도 전개되었다. 수몰지역의 주민들은 보상금을 기대하며 댐건설을 찬성하였으며, 수몰지역 외의 동강주변 지역주민들은 자신들의 재산적 · 정신적 피해를 주장하며 댐건설을 반대했다.

이 과정에서 영월 댐 건설에 대한 반대여론은 국민적 지지를 얻으며 확산되어갔다. 학계 · 종교계 · 문화예술계 등 각계각층에서 댐건설 반대성명이 잇따랐다. 그린피스*15), 시에라클럽*16) 등의 국제 환경단체들도 댐건설 반대 메시지를 정부에 전달하는 등 영월 댐 문제는 국제적인 환경 이슈로까지 부각되어 갔다. 동강 댐 건설계획이 국민적 반대여론에 부딪히게 되자 정부는 민관합동 공동조사단을 결성하여 댐건설의 타당성을 원점에서부터 다시 조사하였다. 결국 대통령은 2000년 6월 5일 세계환경의 날을 맞아 멸종위기 동 · 식물을 보호하고 생태계를 보전하기 위해 영월 댐 건설을 백지화하겠다고 선언함으로써 정부의 영월 댐 건설 계획은 종결되었다.

백지화라는 결론에 도달하게 된 영월 댐 건설 문제는 바라보는 시각에 따라 그 평가가 완전히 달라진다. 환경운동의 관점에서 보면 영월 댐 건설 백지화는 한국 환경운동의 전환점을 이룬 대표적인 성공사례로 평가된다. 댐건설을 저지시킴으로써 생태계의 파괴를 사전에 방지할 수 있었으며, 댐건설 사업에 생태계보전이라는 문제를 제기하는 과정에서 전 국민적인 지지와 국내외의 관심을 확보할 수 있었다.(인터넷 검색자료)

***15) 그린피스(국제 환경단체) [Greenpeace]**출처: 브리태니커관련태그

레인보워리어호, 국제환경단체.

멸종 위기에 있는 동물류를 보호하고 환경훼손을 막으며 한편으로 환경을 더럽히는 기업이나 정부당국과 직접 맞섬으로써 환경에 대한 경각심을 높이는 데 힘쓰는 국제 단체.

알래스카 앰칫카 섬에서 미국이 핵실험을 하려는 것에 반대하기 위해 캐나다 브리티 시 컬럼비아에서 1971년 처음 만들어졌다. 느슨한 조직으로 활동을 시작했으나 곧 생태계에 관심을 가진 사람들로부터 호응을 얻었으며 여러 가지 운동을 펼치기 시작했다. 특히 멸종 위기에 있는 고래와 바다표범을 남획으로부터 보호하며 독성이 있는 화학 폐기물이나 방사능 폐기물을 바다에 버리지 못하게 하고 핵무기 실험을 없애는 운동에 힘을 기울였다. 그린피스는 '직접적이고 비폭력적인 행위를 목표에 이르는 주요 수단으로 삼는다. 곧, 포경선의 작살 총과 사냥감인 고래 사이를 작은 배로 지나간다든지 바다와 대기에 유독성 물질을 쏟아놓는 파이프들을 막아버리는 것과 같은 행동을 벌인다. 그린피스는 이런 위험하고도 극적인 행위들로 대중매체에 널리 모습을 보이게 되었고 환경파괴 행위에 대항하는 여론을 만드는 데 도움을 주었다. 그리고 환경훼손에 대해 통제력이 있는 국가 또는 국제단체들로부터 도움이 되는 조치들을 이끌어내기도 했는데 이런 노력은 때로 큰 성과를 거두기도 했다. 소수 인원으로 이루어져 있으며 주로 자원봉사자와 기부금으로 단체를 꾸려가고 있다.

1985년 7월 10일 그린피스 소속 선박인 '레인보워리어호'가 모루로아 아톨에서 프랑스가 공중 핵무기 실험을 하려던 것에 항의하기 위해 그곳으로 가던 중 뉴질랜드의 오클랜드 항에 정박하고 있다가 폭탄 2개가 터져 침몰한 사건이 일어났다. 그 뒤 프랑스 정보요원들이 폭탄을 장치했다는 사실이 드러나 커다란 국제적 물의를 일으켰 다. 이 사건으로 프랑스의 국방장관이 물러났으며 정보국장이 해임되었다.

***16) 시에라 클럽 [Sierra Club]**출처: 브리태니커관련태그

미국자원보호단체, 사회학 일반.

미국의 천연자원 보존을 위한 단체. 샌프란시스코에 본부가 있다. 1892년 '태평양 연안 산악지역'의 황무지 여행을 후원하려는 캘리포니아 주민들에 의해 만들어졌다. 박물학자 존 뮤어가 초대회장(1892~1914)이 되면서 자연보존을 추진하기 위해 정치 활동에 참여하게 되었다. 현재 미국 전역에 지부를 두고 여기에서 일반인들에게 환경 문제에 관한 교육을 하고 환경관련 입법을 위해 각 지역 · 주 · 연방 의회에서 로비를 벌이고 있다.(이상 인터넷 검색 자료)

　남북관계는 2000. 6. 13~6. 15 남북정상회담이 있고나서부터 그 해 연말까지는 순탄하게 나아가는 듯했다. 그런데 2000년 말이 가까워 오자 북에서 남측에 전력지원(언론에 따라 50~200만kw로 제각기 보도되었음.)을 요청한다는 사실이 보도된 뒤로부터, 그게 주된 이유는 아니겠지만 남북관계가 조금씩 답보상태로 빠져드는 느낌이 들었다.

　결혼한 남녀사이로 치면 밀월기간이 끝나가는 단계인 것 같았다.

　그 뒤 2001년에는 북한에서 평화의 댐 상류에 임남댐을 건설한 것과 그 상류로도 중소규모의 4개 댐을 더 건설 중이라는 사실과 그로 인한 남측이 입게 될 피해 등이 비교적 상세하게 보도되었다.

　한편 국내적으로는 10년 이상 국론을 양분시키며 찬반으로 팽팽하게 맞서던 영월 댐(동강 댐)을 국내외의 거센 환경보호 여론에 밀려 마침내 2000. 6. 5 김대중 대통령이 백지화선언을 하기에 이르렀으며, 2001년에는 사상유례가 없는 봄 가뭄이 닥쳐 수많은 농민들을 애타게 했고 그 뒤에 곧이어 수해가 닥쳐 정부나 국민들로 하여금 치수에 대한 관심을 한껏 부풀려 주었고 정부는 서둘러 14개의 중소형 댐건설 장기계획을 발표하게 된다.

　내가 살던 김포동네는 20~30여 호 되는 비교적 단출한 마을로 원래는 광산 김씨 집성촌이었으나 터줏대감인 광산 김씨는 거의 다 떠나고 5~6호만이 아직까지 고향을 지키고 있었으며 종산과 사당만 그 인근에 남아 있고 대부분이 나와 같이 굴러들어온 외지사람들로 마을을 이루고 있었으며 농촌마을 대부분이 그러하듯이 별로 풍족한 집이 없었다.

　아직까지 고향을 지키며 살고 있는 광산 김 씨 대부분은 인천 어디엔가 살고 있다는 거부라고 소문난 광산 김 씨 종손의 땅을 부쳐 먹는 소작농들이었다. 그런 마을에 끼어들어 살면서 초보 농투성이 길을 걸으며 농민들과 함께 가뭄과 홍수의 피해를 뼈저리고 생생하게 체험했다.

물론 나야 손바닥만 한 텃밭농사나 짓는 주제로 아무리 극심한 가뭄이 든다 해도 지하수 펌프와 긴 호스 하나만 있으면 해결되지만 이웃의 전업농가들은 그게 아니었다.

수백, 수천 평의 논밭이 펌프와 호스로 해결될 일이 아니었고, 농사를 망치면 다음해 살아갈 길이 막막했던 것이다. 가뭄이 극성을 떠는 것에 비례하여 농민들이 논밭에 붙어있는 시간이 늘어났다. 김포는 대부분이 평야지대로 한강물의 도움을 받아 가뭄피해를 거의 걱정 안 해도 되는 지역이다. 그런 지역이 그러했으니 수리시설의 혜택을 못 받고 있는 전국의 수많은 농촌들이야 오죽했겠는가?

하늘은 가뭄의 뒷설거지를 장대비를 퍼부어 홍수로 해결해 주더니 또다시 가을 가뭄까지 베풀어 주셨다. 큰 홍수가 났을 때 십 수 년에 한 번 꼴로 물에 잠긴다는 개천 제방 옆 몇 마지기 저지대 논에 거의 다 자란 벼가 물에 2~3일 잠기었다.

"기상관측 이래"라거나, "기록적"이라거나 하는 물난리는 아니었지만 극심한 가뭄이 끝나나보다 하는 순간에 숨 돌릴 틈도 없이 뒤이어 큰 수해가 닥쳤던 것이다.

그리고는 짧은 수해 뒤에 연이어 또다시 가을 가뭄이 시작되었다.

평생을 농사일로 늙어 오신 동네 노인네들도 3년 가뭄, 3년 물난리는 겪어 봤어도 한해에 가뭄 → 수해 → 가뭄이 연이어가며 번갈아 닥치는 경험은 처음이란다.

농촌에 대하여 이해가 부족한 도시민들 중에는 오늘날과 같이 수리시설이 잘되어 있고 편리한 영농기계도 넘쳐나는 시대에 무슨 가뭄피해가 있으며, 그렇다 해도 해마다 평작이상의 풍년이 들고 있지 않은가 하는 생각을 하는 사람들도 간혹 있을 것이다.

아주 틀리는 말은 아닌지 모르겠지만 가뭄이 들면 적게 오는 비의 양 만큼을 농민들의 땀으로 벌충을 해야 되고, 그렇잖아도 타산이 안 맞는 농사에 영농비 또한 눈덩이처럼 불어난다는 사실을 결코 잊어서는 안 된다.

철근토막 같이 거친 흙 묻은 손을 비벼 털고 지친 몸을 쉬기 위해 잠시 마을 느티나무 밑에 모여 앉으면 한숨 토해내며 돌아가며 하늘을 욕해대는 게 쉬는 것이었다.

"이대로는 안 되겠다!"

"달나라를 왔다 갔다 한다는 20세기에 하늘만 쳐다보는 농사를 짓는대서야 말이 되는가?"

"되든 안 되든 내가 또 한 번 나서보자!"

그래서 두 번째로 건설교통부(현재는 국토해양부)에 "국가 치수정책에 대한 의견"을 제안하게 되었던 것이다.

앞의 "대북전력지원과 평화의 댐"을 제안했을 때의 경험이 있어 집을 비워놓더라도 편지를 받아 볼 수 있는 서울 집 주소로 편지와 제안서를 건설교통부장관 앞으로 띄웠다.

[국가 치수정책에 대한 의견 제안서]

평화의 댐 활용방안

물 관리 대책

2002. 1. 25

글쓴이: 윤재학(남55세)

서울시 양천구 신정동 000-0

건설교통부 장관님!

참으로 어렵고도 미묘한 시기에 국가 건설교통 업무를 추진해 나가시는 장관님과 건교부 전 직원의 노고에 깊은 감사를 드립니다.

저는 2000년 연말에 북한에서 남한에 전력의 지원을 요청한다는 언론보도를 보고 나서 나라전체의 애물단지 역할만 하는 평화의 댐을 활용하여 북한에 전력을 지원하자는 요지의 "대북 전력지원과 평화의 댐"이라는 글을 정리하여 2001. 1. 31 산업자원부에 건의한 바 있습니다.

제안 당시까지만 해도 순탄할 것만 같던 남북관계가 현재로서는 많이 후퇴하였고, 특히 북한에서 평화의 댐 상류 39km 지점에 금강산댐(임남댐으로 보도

되었음: 이하 임남댐으로 표기)을 포함 4개의 댐을 건설 중이거나 완공하였다는 보도를 접하고서는 변화된 상황에 따른 평화의 댐의 활용방안을 모색코자 "대북전력지원과 평화의 댐"의 수정보완 편 격인 '평화의 댐 활용'을 정리하여 제안합니다.

아울러 해마다 되풀이되는 여름철 수해, 점점 현실의 문제로 다가오고 있는 물 부족 문제, 사상 유래가 없었던 극심한 봄, 가을 가뭄을 겪으면서 이러한 것들을 함께 풀어 나아갈 수 있는 방안 등에 대한 저의 의견을 하나로 묶어 '물 관리 대책'이라는 글로 정리하여 제안합니다.

위 2개 글과 맥을 같이 하고 제안배경과 전체적인 흐름을 이해하시는 데 도움이 될 것 같아 산업자원부에 건의했던 "대북 전력지원과 평화의 댐" 글도 함께 동봉합니다.

단지 25년간의 한국전력공사 근무경험과 짧지만 2년간 농사를 지으면서 체득한 경험을 바탕으로 문제에 대한 나름대로의 해결책을 제시한 것으로서 제안내용이 실제와 거리가 멀거나 차이가 있을 수도 있고 논리적으로 틀리는 부분도 있을 수가 있음을 인정하오며, 제안내용 중 극히 일부라도 국가시책에 반영이 될 수만 있다면 저에게는 더없는 영광이 되겠습니다.

자료의 획득이 여의치 않아 이 글에서 인용한 통계나 수치가 다소 틀리거나 변한 것이 있다 하더라도 그것이 제안의 성격 자체를 바뀌게 하는 것이 아니므로 정확히 바로 잡지 못하였음을 참작하여 주시기 바랍니다.

저 자신의 신상이력은 동봉한 "대북 전력지원과 평화의 댐" 글에 간략히 소개되어 있어 이 글에서는 줄입니다.

다시 한 번 장관님과 건교부 직원의 노고에 감사를 드리오며 어려움에 처한 국가 건설교통 업무가 단기간 내에 항공안전 1등급을 회복*17. 18)한 것과 같이 장관님의 명철하심으로 올곧게 바로잡혀지기를 기원합니다. 감사합니다.

*17) 항공안전등급

2001년 12월 07일 (금) 연합

http://www.idomin.com/news/articleView.html?idxno=38844

항공안전 등급은 미연방항공청(FAA)이 자국 내에 취항하는 외국항공사와 해당국가의 안전도를 평가하기 위해 만든 기준이다.

판정은 카테고리 I (1등급). II (2등급)로 나눠지며 FAA는 97년 국제항공 안전 평가 프로그램(IASA)을 마련, 이듬해부터 96개국에 대해 평가 작업을 벌여왔다.

목표는 오는 2007년까지 미국 내의 항공사고를 획기적으로 줄이겠다는 것으로 FAA의 중장기 최대 사업 중 하나다.

카테고리 I 판정을 받으면 미국 내의 자유로운 취항과 증편, 자국 항공사와의 편명공유(코드셰어) 등에 전혀 제약이 없다.

그러나 카테고리 II에 해당될 경우 판정당시의 운항횟수 외에 추가 취항, 증편, 기종변경, 편명공유가 금지돼 해당국 항공사가 피해를 받게 된다.

또 국가 신인도가 떨어져 다른 나라와의 노선 신설이나 증편에도 어려움을 겪을 수 있다.

현재 96개국 중 2등급 판정 국가는 24개국으로 주로 후진지역이나 분쟁이 많은 아프리카와 중남미 국가가 대부분이다.

코드셰어 [Code Share]출처: 경제용어사전

항공사 간 대표적인 제휴 방식 가운데 하나로, 편명공유 · 좌석공유 또는 기내 좌석공유를 말한다.

상대 항공사의 일정 좌석을 할당 받아 자사의 항공편명으로 판매해 수익 증대와 운항편 확대를 꾀하는 방식으로 체결된다.

*18) 항공안전 1등급 회복

항공안전 등급 1등급으로 복귀 댄*아샤나

2001.12.06 20:46 http://cafe.daum.net/SKYWARD/6p0S/7

우리나라 항공안전 1등급 6일 회복.

우리나라가 3개월여 만에 항공안전 1등급으로 조기 회복했다.

임인택 건설교통부장관은 6일 기자회견을 통해 '토머스 허바드 주한 미국대사가 오늘자로 우리나라의 항공안전 등급을 2등급에서 1등급으로 상향조정한다고 공식 통보해 왔다' 고

밝혔다.

지난 8월 17일 미연방항공청(FAA)으로부터 항공안전 2등급 통보를 받았던 우리 나라는 이로써 3개월 20일 만에 1등급 지위를 회복, 국적 항공사들의 미국 내 신규운항, 증편, 기종변경, 코드셰어(CODE-SHARE) 등이 가능해졌다.

임 장관에 따르면 허바드 대사는 이날 오전 전화를 통해 한국이 1등급 복귀를 위한 요건을 갖춰 항공안전 등급을 상향 조정키로 했다면서 자세한 내용이 담긴 정부문서를 곧 보내겠다고 말했다.

임 장관은 '1등급 조기회복으로 국적항공사들의 대외 이미지가 크게 개선되었으며 내년 월드컵대회를 앞두고 항공수요 창출에 기여할 수 있을 것'이라고 의미를 부여했다.

건교부는 지금까지 유엔 산하 국제민간항공기구(ICAO)와 미연방항공청이 지적한 항공법령의 정비, 20여종의 기술지침서 제.개정, 항공전문 인력확보, 정부 검사관 106명에 대한 교육, 항공사를 대상으로 한 운항증명 발급 등 개선조치를 취해왔다.

1등급 복귀 소식이 전해지자 대한항공[03490]은 괌/사이판 노선의 즉각적인 복항 준비에 들어가는 한편 델타항공과도 내년 초 코드셰어를 복원키 위한 실무 작업에 들어갔다.

또 아시아나항공[20560]도 지난 8월 중단된 아메리칸항공과의 코드셰어 복원과 미주노선의 기종변경, 현지 영업전략 등을 준비키로 했다.

우리나라는 항공안전과 ICAO 및 FAA의 항공안전 프로그램에 따라 ICAO로부터 내년 상반기, FAA로부터 2003년에 또 한 차례 점검을 받을 예정이다.

건교부는 지난해 6월과 7월 ICAO와 FAA로부터 항공안전 점검을 받았으나 느슨하게 대응하다가 5월 미연방항공청으로부터 8가지 평가항목에서 모두 낙제점을 받았고 8월 최종적으로 2등급 판정을 받았다.(이상 인터넷 검색자료)

[국가 치수정책에 대한 의견 제안서]

평화의 댐 활용

1. 제안배경

한반도의 북한과 남한을 관통하여 흐르고 있는 하천의 대표적인 것이 북한강과 임진강이다. 이 2개강의 휴전선 부근에서 상대측에 영향이 미치는 개발 사업은 국제관례에 비추어 남북합의가 있어야 한다.

건설 동기야 어찌되었던 간에 남한 측에서 평화의 댐을 축조하여 놓고도 이를 전혀 활용치 못하고 있는 것이나, 해마다 수해를 겪으면서도 임진강에 대규모 수방사업을 벌이지 못하는 것도 이러한 연유 때문이다.

북한이 근간에 완공하여 발전을 시작한 것으로 보도 된 임남댐 발전소도 이 범주에 들어가나 남측에서 이를 제어할 마땅한 수단이 없어 안타까운 것이다.

보도된 내용은 임남댐의 담수용량은 10억 톤 정도이며 저수된 물을 수로나 수압관로를 이용하여 동해바다로 방류시켜 발전을 하는 일종의 유역변경식 발전방식이고, 이로 인하여 화천댐 상류는 갈수기에 유량이 줄어드는 징후가 이미 나타나는 것으로 보도되었고 그 결과는 화천, 춘천, 의암, 청평, 팔당수력발전소의 발전량 감소와 물 부족 시기를 앞당기는 사태로 이어질 것이다.

북한이 임남댐을 막은 것보다 갈수기에도 북한강 유량의 일부를 동해바다로 빼돌리는 것이 문제가 되는 것이다.

이 2개 하천에 대한 남북 어느 일방의 활용계획은 상대측에 피해를 주지 않는 배려가 있어야 하고, 부득이하게 상대측에 영향이 미치는 사업은 상대측의 동의와 피해정도에 상응하는 보상이 뒤따라야 할 것이다.

만약에 평화의 댐을 담수하여 활용한다면 댐의 활용(담수)에 따르는 수혜자는 전적으로 남측이 되고 피해(토지의 수몰)를 보는 측은 북측이 될 것이다.

이 글의 핵심은 평화의 댐을 담수하여 활용 하자는 것이며, 주제를 약간 벗어나 남측이 평화의 댐 활용의 대가로 북에 보상할 대상을 하나만 제시해 본다.

현재는 물론 예측할 수 있는 장래까지도 북한이 가장 필요로 하는 것은 식량(쌀), 외화(달러), 전력으로 알려져 있다.

외화와 전력의 대북보상(지원)은 현재까지의 경험에 비추어 남측 국민들의 동의를 이끌어 내기도 쉽지 않을 것이고 전력지원은 그에 앞서 대규모 건설공사를 필요로 한다. 여기서 남측이 대북보상 품으로 가장 쉽게 생각할 수 있는 것이 쌀일 것이다.

남측에서는 이미 쌀의 과잉재고가 국가적인 난제로 부각되고 있으며 2004년으로 예정된 WTO의 재협상 결과에 따라서는 미곡의 적극적인 감산정책이 추진될 것으로 알려져 있다.

평화의 댐 활용 대가로 쌀을 대북보상(무상지원과는 성격이 다름)

하는 것은 남측국민들의 정서상 외화나 전력으로 보상하는 것보다 거부감도 덜할 것이고, 상호주의 원칙과도 맞아 떨어지며, 동족 간에 굶주림을 외면할 수 없다는 절박함이 있고, 쌀의 과잉재고 누적과 무리한 미곡감산 정책의 부작용을 조금이라도 줄이는 돌파구가 될 수도 있을 것이다.

2. 평화의 댐의 활용방안

가. 평화의 댐의 담수

기존 평화의 댐의 배수공을 막아 약 6억 톤 정도로 알려진 댐을 담수하여 남측이 홍수조절과 수자원을 확충하자는 것으로서 평화의 댐 활용 방안 중 가장 낮은 수준의 활용방안이다. 평화의 댐을 담수시킬 수만 있다면 임남댐 발전소의 동해방류 발전으로 인한 하천유량의 감소분을 상쇄시키고도 남을 만큼의 수자원 확충 효과가 있을 것이다.

남북 쌍방 간의 득실을 요약 정리하면 남측은 공사비를 전혀 들이지 않고도 화천댐 상류에 담수용량 6억 톤 정도의 중형 댐 하나를 단기간 내에 건설하는 이득을 얻게 되고, 북측은 휴전선으로부터 임남댐까지의 일정면적에 대한 토지의 수몰 피해가 발생하나 수몰을 받아들일 수 있는 여건만 된다면 남측으로부터 그들이 가장 필요로 하는 식량이나 전력 등을 장기적으로 보상받을 수 있는 길이 열리게 된다.

평화의 댐을 만수위까지 담수시켰을 때 북한영내의 수몰과 더불어 임남댐발전소의 발전여건 변화도 남북협상에서 고려되어야 한다.

임남댐발전소에 관한 언론보도 내용만을 기준으로 판단할 때 임남 수력발전소는 동해바다로 방류발전 하는 것이므로 평화의 댐을 담수하여 임남댐 하류의 수위가 상승하더라도 발전여건이 크게 변화(상, 하부 저수지간의 낙차감소로 인한 발전량 감소)하지는 않을 것으로 예상된다.

이 사업은 북측이 수몰을 받아들일 수만 있다면 경의선 철도연결 사업등과 같이 시일이 오래 걸리거나 사업비가 많이 들어가는 것도 아니고 사업추진을 위하여 남북 간에 인적, 물적 교류도 거의 필요치 않으며 단시간 내에 사업효과를 얻을 수가 있으므로 현재와 같이 남북 간에 극히 제한적인 교류협력의 분위기에서도 남북합의가 가능한 사업이라고 생각된다.

나. 평화의 댐의 확장 활용

현재 1단계 공사만 마친 평화의 댐을 확장하여 대규모 다목적 댐으로 개발해서 홍수조절, 수자원 확보, 수력발전을 하자는 것이다.

이 사업은 필자가 산자부에 제안했던 "대북 전력지원과 평화의 댐"과 거의 같은 내용으로서 그 뒤에 북한에서 임남댐을 건설하여 변화된 여건에 따른 평화의 댐 확장 활용방안을 몇 갈래로 나누어 정리하였다.

이 사업은 기존 평화의 댐의 단순 활용과 달리 남측은 댐 확장에 따르는 대규모 토목공사를 벌여야 하고, 북측은 방대한 면적의 토지 수몰과 경우에 따라서는 임남댐의 수몰까지도 상정해야 되므로 현재와 같이 극히 제한적인 남북교류 분위기에서는 남북합의가 쉽지 않을 것이며, 장차 남북 간의 교류와 협력이 확대 발전되어 정치, 군사 면을 제외한 모든 분야에서 통일에 준하는 교류와 협력이 이루어지는 시점에서나 합의도출이 가능할 것이다.

5공 시절 평화의 댐의 최종규모는 댐 높이 200m 이상, 총저수량 200억 톤을 목표로 건설 중인 북한의 금강산댐과 대응할 수 있는 규모로, 금강산댐의 공사 진척에 맞추어 건설한다고 발표하였으며, 당시 발표내용의 허황된 배경을 감안한다 해도 최소한 소양강 댐(총저수량 29억 5천만 톤)규모 이상으로는 확장이 가능하리라고 본다.

평화의 댐을 확장하면 경우에 따라서는 북한의 임남댐이 완전 수몰될 수도 있으며, 임남댐의 수몰까지를 염두에 두고 종합적인 운용 방안을 제시한다. 평화의 댐을 확장하여 다목적 댐으로 개발하면 수력발전까지도 가능하므로 여기서 생산된 전력은 수몰피해를 보상하는 대북 보상 품으로 하든가 북측이 간절하게 요구하고 있는 무상 지원용 전력으로 활용할 수도 있을 것이다.

① 1댐 2발전소로 운용

확장된 평화의 댐에 수력발전 시설을 하고 저수량에 따라 평화의 댐 수력발전과 동해로 방류되는 임남 수력발전을 동시에 하는 방안이다.

② 임남 발전소 폐쇄

현 북한의 임남발전소를 완전 폐쇄시키고 확장되는 평화의 댐에 수력발전 시설을 하여 단일 발전소 체제로 운용하는 방안이다. 발전된 전력은 북측의 수몰피해와 임남발전소 폐쇄로 발생하는 전력 손실분까지를 감안 남북 간에 협의에 따라 처리한다.

③ 홍수 시 배수로로 활용

임남발전소 완전폐쇄 방식과 같으나 동해로 방류되는 수압관로 (현 임남발전소의 수압관로)를 개폐식으로 하여, 장차 확장된 평화의 댐이 홍수로 인하여 수문을 개방할 필요가 있을 때 방류되는 물의 일부 또는 전부를 동해로 방류하여 평화의 댐~팔당댐~서울~서해바다간의 홍수조절능력을 향상시키는 기능을 추가하는 방안이다.

④ 임남발전소 → 양수발전소로 개조

평화의 댐을 대규모 다목적댐으로 확장해서 원래의 하천흐름 방향인 화천댐으로 발전 방류하는 상시수력발전과, 동해안의 어느 지점(?)에 건설된 것으로 알려진 임남 수력발전소의 하부에 발전 방류된 물을 가둘 수 있는 수백만 톤 규모의 하부저수지를 추가로 건설하여 현 임남댐을 상부저수지로 하는 양수발전을 하는 방안이다.

이 방안에서도 하부저수지에서 저수된 물을 동해로 방류할 수 있는 수문을 설치하면 위에서 제시한 홍수조절 기능도 함께 살릴 수 있다. 이 방안에서 양수발전소는 상하부 저수지간의 물을 순환 사용하는 것으로 현재의 임남발전소와 같이 북한강계의 물이 동해로 방류되어 일어나는 문제는 발생치 않는다.

3. 평화의 댐 활용사업의 남북합의 전망

현재 남북한 간에는 금강산 관광, 경의선철도 연결, 개성관광과 공단개발 등 여러 가지 경제교류 협력 사업이 진행 중이거나 추진 중인 것으로 알려져 있다. 그러나 그 어느 것 하나도 남측이 바라는 대로 활성화되지는 못하고 있는 것 같다.

이러한 교류협력 사업의 추진이 지지부진한 원인중의 하나는 북측이 그 사업으로 얻을 수 있는 경제적인 효과는 간절히 바라면서도 그 사업이 활성화되었을 때 필연적으로 발생할 수밖에 없는 그들 내부의 체제와 사회의 대외개방을 극도로 꺼리는 것이 가장 큰 이유 중의 하나라고 생각된다.

평화의 댐 활용사업은 남북 간에 사업의 규모(댐 높이, 저수량, 계획만수위 등)만 합의 된다면 남북 간에 인적, 물적 교류가 거의 없이도 단일사업을 남북양측의 독립된 2개 사업처럼 추진이 가능하다는 것이다.

남측은 합의된 규모만큼 댐을 확장하면 되고, 북측은 수몰예정지역에 대한 소개(疏開)등 수몰 대비 작업만 하면 되는 것이다. 평화의 댐 활용 사업은 앞에서 거론한 사업보다 오히려 북측이 받아들이기에 좋은 조건일 수도 있다.

4. 정리

북한강에 평화의 댐과 임남댐이 건설되어 있지 않고 자연 상태로 보존되어 있는 상태에서 이러한 사업추진의 타당성이나 경제성을 검토한다면 부정적인 결론이 내려질 가능성이 높을 것이다.

그러나 수많은 공사비가 들어간 평화의 댐은 이미 만들어져 있으나 아무런 역할도 하지 못하는 흉물로 방치되어 있고, 임남발전소 역시 그 기능의 선악을 떠나서 하천 흐름의 인위적인 변경으로 문제가 되고 있다.

이러한 것들을 종합적으로 아울러 해결하자는 뜻으로 평화의 댐 확장사업을 제안하는 것이다. 현재까지의 남북협상 경험에 비추어 북측과 이러한 사업추진을 합의 한다는 자체를 절망적으로 생각할 수도 있을 것이다.

그러나 평화의 댐 확장사업은 이 시점에서 즉각적으로 착수한다 해도 댐이 완공되고 담수가 완료되어 발전을 시작하기까지에는 10년 이상이 소요될 것이며, 북한 측과 사업추진의 큰 골격만 합의된다면 남북 간의 교류 진척도에 따라 완급을 조절하면서 장기적인 사업으로 추진해 봄직하다.

남북 간에 냉전의 산물로, 상대측의 사정을 전혀 고려치 않고 일방의 이득만을 위해 만들어진 시설물을 민족전체의 이기로 탈바꿈시켜 보자는 것이다.

남북 교류협력은 주변 국제정세의 변화에 따라, 양측 집권자의 통일문제를 대하는 시각에 따라 진퇴가 반복되어 왔지만 이제 큰 흐름은 교류협력 → 평화통일의 길로 조금씩이나마 나아가고 있으며 반드시 그 길로 나아가도록 끝없이 인내하고 눈물겨운 노력과 정성을 바쳐야 된다고 본다.

평화의 댐을 정통성 없고 폭력적이고 우둔한 통치자의 치적으로서 웃음거리의 관광대상으로 할 것인가?

민족전체의 유용한 자산으로 다시 태어나도록 할 것인가는 우리의 선택에 달려있다 하겠다.(이 편 끝)

[국가 치수정책에 대한 의견 제안서]

1. 우리 국토와 물

가. 강우량

ㅇ 우리나라는 년 평균 강우량이 1000~1300mm 정도이며, 이는 열대우림지역과 같이 강우량이 풍부한 지역에 비하여는 상당히 적은 수준이나, 사막이나 강우량이 극히 적은 지역에 비하여는 많은 수준으로 이정도의 강우량은 잘 관리사용만 하면 기본적으로 물이 부족한 여건이라고는 볼 수 없다.

ㅇ 반면에 국토의 최북단 함경도에서 최남단 경상도에 이르기까지 백두대간이 형성되어 있어 일관되게 동고서저의 지형형태를 나타내고 있으며, 국토의 동서 폭이 좁고 년 간 강우량의 대부분이 여름철 2~3개월에 집중적으로 내려, 내린 비의 대부분이 2~3일내에

서해바다로 흘러 들어가고 일부는 증발되거나 지하로 침투되고 전체 강우량의 약 20% 정도만이 활용되는 것으로 알려져 있다.

지형과 기후의 이러한 여건은 갈수기에는 물 부족, 풍수기에는 수해가 해마다 반복하여 되풀이되기에 알맞은 조건이다.

나. 물 관리 현황

○ 위와 같은 여건에서 여름철에 집중되는 비를 가두어 갈수기에 쓰기 위해 주요 하천에는 댐을 막아 물을 관리하고 있으며, 댐으로 개발가치와 경제성이 높은 곳은 이미 개발(댐 축조)이 한계에 이른 실정이다.

○ 일제에 의하여 댐의 축조가 시작된 이래 70년대 초반까지만 해도 댐건설의 주목적은 수력전원 개발이 우선이었고 부수적으로 치수와 수자원을 확보하는 것이었으나, 그 이후부터는 다목적댐으로 개발을 하여 치수와 수자원확보에 비중이 두어 졌고 부수적으로 수력발전을 하였다.

○ 주요 하천에 중대규모의 댐을 조밀하게 개발하였어도 강수량의 약 20% 정도만이 활용되고 있는 수준이며, 아직도 수해는 해마다 되풀이 되고 있고, 물 부족은 오히려 심화되고 있는 실정이다.

이런 현실에서 2001년 봄에는 사상 유례가 없는 봄 가뭄을 겪었고, 가뭄에 뒤이어 수해를 겪으면서 정부는 서둘러 14(?)개 지점의 중소규모 댐 축조 장기계획을 발표하기에 이르렀다.

2. 물과 우리와의 관계

우리나라의 대표적인 농사는 쌀농사이며 쌀농사는 물을 떠나서는 상상할 수조차 없다. 근래에 이르러 식생활의 변화로 쌀 소비가 감소하고 계속되는 풍작으로 쌀이 적정생산량을 넘어 미곡의 감산정책이 검토되고 있으나 이를 쌀농사의 포기로 생각해서는 안 된다. 미곡의 감산정책을 퍼더라도 과거는 물론 앞으로도 쌀농사는 우리 민족을 대표하는 농사이며 생존산업으로서의 위치에는 변함이 없을 것이다.

따라서 쌀농사의 안정적인 기반조성을 위해서 깨끗한 농업용수의 확보는 무엇보다도 중요하다.

소득수준의 향상과 농어촌지역까지도 도시형주택이 보급되면서 생활용수도 지속적으로 늘어나고 있고, 산업용수도 안정적인 공급대책이 마련되지 않는 한 지속적인 경제성장을 구가할 수 없다.

따라서 물 부족 문제를 근본적으로 해결하지 않고서는 민족의 밝은 미래를 기대하기 어렵다.

3. 물 문제의 해결

수해와 물 부족은 연간을 통하여 계속되는 것도 아니고, 매년 되풀이 되는 것도 아니기 때문에 국민이나 정부 모두가 수해나 물 부족 사태가 발생했을 때에는 이를 심각하게 받아들이고 있으나, 그것이 자연적으로 해결되면 잊고 지내는 것이 현실이다.

물 부족 문제를 해결하기 위해서 지하수 개발, 해수의 담수화, 인공강우 등 여러 방안이 검토되고 있으나 이는 일시적, 국지적인 물 부족 해결책은 되어도 항구적이고 국토전체에 대한 해결책은 되지 못한다. 또한 이들 방법 모두가 많은 비용이 들어가고 실용화된 것도 아니며 수해를 방지하는 대책은 결여되어 있다.

따라서 물 부족과 수해를 동시에 해결하고 사업효과가 넓게(광역) 미치며 경제적인 방안은 댐 건설뿐이다.

댐건설의 필요성과 효과는 국민 대다수가 공감하고 있어도 동강 댐의 경우에서 보듯이 앞으로는 댐건설이 결코 쉽지 않다는데 정부 내 수자원관련부서의 고민이 있을 것이다.

4. 유역변경 댐(저수지)

지금까지 건설되었거나, 댐 건설하면 일반적으로 생각되는 것이 강의 본류나 지류를 직접 막아 여름철에 물을 가두어 두고 연간을 통하여 이용하는 방법이다.

이러한 댐은 우리나라와 같은 지형, 기후여건에서는 여름철 풍수기, 홍수기에는 만수위를 초과하는 다량의 물이 유입되어 수문을 개방하여 방류를 해야 되고, 방류된 물은 하류지역에 크고 작은 수해를 입히고 바다로 흘러들며, 가을철~이듬해 봄까지의 갈수기에는 물 부족 현상이 반복된다.

사정이 이렇기 때문에 더 많은 댐건설 필요성이 제기되고 있으나 댐건설 개발가치가 높은 지역은 이미 개발이 한계에 이른 실정이다.

이제 댐을 건설할 수 있는 곳이라고는 하천의 발원지에 가까운 최상류지역이 있을 뿐이다.

반면에 자연환경의 보존이라는 측면에서 보면 신규댐 건설이 거론되거나 입지조건을 갖춘 곳의 대부분이 국토의 극한개발로 자연상태가 마구 파헤쳐진 상태에서 그나마 자연 상태가 비교적 잘 보존된 최후로 남아있는 곳이다.

이러한 곳은 경관도 빼어날 뿐 아니라 생태학적으로도 보존가치가 아주 높은 곳이다. 이러한 곳에 댐건설을 추진한다는 것은 얻음보다 잃음이 클 수가 있고, 환경단체의 극렬한 반대에 부딪히게 되고, 해당지역 주민의 이해관계와 맞물려 사실상 댐건설 추진이 거의 불가능한 실정이다.

그것이 단적으로 나타난 예가 동강 댐 계획의 백지화와 한탄강댐 건설계획에 지역 주민들이 거센 반발 조짐을 보이고 있는 것 등이다.

댐건설의 불가피성, 자연환경 보존의 당위론, 그 어느 주장도 옳다. 그러나 이 두 가지는 서로 상충되어 지금까지와 같은 방식으로는 모두를 충족시키는 묘안을 찾을 수가 없다.

어느 한쪽을 택하면 다른 한쪽의 희생이 반드시 뒤따른다. 그리고 그 어느 쪽을 택하는 것이 더 옳다고 감히 어느 누구도 단정 지어 말할 수가 없다.

그래서 이 두 가지를 절충하는 대안으로서 조금은 엉뚱한 발상 같지만 유역변경식 댐(저수지)의 건설을 제안해 보는 것이다.

가. 유역변경 저수지의 해설

이 글의 핵심으로서 충분하지는 않지만 상충되는 두 가지를 동시에 해결하는 대안으로서 유역변경식 저수지(댐)의 건설을 생각해 보자는 것이다.

하천의 본류나 지류를 직접 막는 현재까지의 댐건설 방식과 달리 유역변경식 댐은 기존 댐의 만수위 부근이나 댐건설 입지조건을 갖춘 곳에다 적당한 취수시설(수중보, 물막이 벽)을 설치하고 수로나 수압관로를 시설하여 다른 지역으로 물을 빼돌려 저수를 하는 것이다.

나. 유역변경식 댐의 입지조건

유역변경식 댐의 입지 조건으로서는 ①유역변경식 댐의 계획 만수위가 물을 취수하려는 기존 댐의 만수위나 하천의 취수 점보다 해발고도가 낮아 취수구~유역변경 댐 간에 수로나 수압관로의 자연적인 물매가 형성될 수가 있어야 하고, ②유역변경 댐으로 인하여 수몰될 지역은 농지로 경작 시 경제성이 낮고 생태학적으로도 보존가치가 상대적으로 낮아야 하고, ③취수 점으로부터 가능하면 근거리에 위치하여 수로나 수압관로 시설이 용이하고 저수용량이 일정규모 이상으로 커야하고, ④유역변경 댐 자체의 유역면적[19]이 없거나 아주 좁아 자체의 집수량으로는 수년(적어도 5년 이상)간 집수를 하여도 만수위에 이르지 않아야 하며, 하류에는 저수된 물을 방류할 수 있는 퇴수로를 건설할 수 있는 조건과 일정면적이상의 몽리면적[20]이 있어야한다.

*19) 유역면적

내린 빗물이나 눈 녹은 물이 그 저수지나 댐으로 흘러드는 면적을 말함.

대개 만수면적(만수위 때 물이 차는 면적)의 수~수십 배가 된다.

참고로 소양 댐은 만수면적 70km² 유역면적 2,703km²이고, 충주댐은 만수면적 97km² 유역면적 6,648km²이다.

소양 댐과 충주댐의 담수용량은 약 30억 톤 정도로서 비슷하지만 충주댐의 유역면적이 훨씬 넓기 때문에 소양 댐에 비하여 충주댐이 만수가 되어 수문을 여는 횟수가 더 잦은 것이다.

*20) 몽리면적

저수지나 댐에서 수문을 열거나 수로를 통하여 흘려보낸 물을 받아 농업용수 등으로 이용이 가능한 수리면적. 기본적으로는 저수지나 댐의 방류수위보다 낮은 곳이 이에 해당되나 저수된 물을 높은 곳으로 양수하여 흘려보내면 저수지의 만수위보다도 표고가 높은 곳도 몽리면적에 편입되는 경우가 있다.

다. 유역변경식 댐 축조의 개략적인 설명

(1) 기존 댐의 만수위 부근에 취수구를 설치하고 수로터널, 수압관, 수로 등을 통과지점의 지형에 맞게 적절히 설치하여 기존 댐의 만수위를 초과하여 유입되는 물을 수문을 열어 방류하지 말고 유역변경식 댐으로 흘려보내 저수를 하는 것이다.

(2) 기존 댐이 없는 하천에는 소규모 물막이 벽이나 수중보를 설치하고, 풍수기나 홍수 시에 유량의 일부를 유역변경식 댐으로 빼돌려 저수한다. 수중보나 물막이 벽에는 완전 개폐식 수문을 설치하여

물을 취수치 아니할 때에는 수문을 완전히 제거하여 하천의 상태가 원형에 가깝게 유지되도록 한다.

(3) 유역변경식 댐은 1취수구 1저수지에 한정하는 것이 아니고 저수지를 복수로 분산 시설하여도 된다.

라. 유역변경식 댐(저수지) 입지 물색

(1) 야산 분지 지역

우리나라는 전국토의 약 70% 정도가 산악지역이며 평야지대라 해도 해발 200m 내외의 야산은 어느 곳을 가던지 널려 있다. 이런 낮은 야산으로 둘러싸인 분지 중에서 거주민도 적고 농지로서의 생산성도 낮은 지역은 유역변경 저수지로서의 입지조건을 갖추었다고 볼 수 있다.

(2) 천수답 다락 논 지역

과거에는 수리시설의 혜택을 입지 못하여 야산을 개간하여 다락밭으로 경작되던 곳이 근래에 이르러 질 좋은 전기양수기의 보급, 강력한 미곡증산 정책에 따른 저렴한 농사용 전력요금의 혜택, 관정 굴착기술의 발달, 밭으로 경작 시보다 논으로 경작 시 상대적으로 높은 생산성 때문에 지적공부상 밭(田)으로 되어 있는 곳도 실제로는 논(畓)으로 전환하여 벼를 심는 곳이 많아 졌다.

이러한 곳은 미곡감산정책을 펴는 시점에서는 수리안전답보다 경제성(생산성)이 낮으므로 유역변경 저수지로의 전환을 검토해 볼 여지가 있다.

(3) 유역면적이 없는 곳을 고집하는 이유

넓은 유역면적을 갖는 곳에 댐(저수지)을 축조하는 것은 기존 댐이나 저수지의 확충에 불과하고 결과적으로 기존 댐(저수지)과 동일한 하천선상에 건설케 되어 물의 절대저수량과 홍수조절 기능이 유역변경 댐(저수지)에 비하여 뒤떨어진다. 또한 넓은 유역면적을 갖고 있는 지역은 필연적으로 평야지대에 위치하거나 평야지대에 접해있게 마련이므로 땅의 활용도나 생산성이 높은 지역이어서 가급적 땅의 활용도가 낮은 지역을 택하고자하는 취지이다.

5. 유역변경식 댐의 건설을 고려해 볼만한 실례

가. 동강 댐

생태계 보호와 자연환경 보전 여론에 밀려 댐건설 계획이 백지화된 대표적 사례다. 댐건설 계획이 취소되었다고 해서 댐 건설시 예상할 수 있었던 효과까지가 부정되는 것은 아니다.

단지, 동강댐 건설로 수몰될 지역의 자연경관이 너무나 빼어나고 생태학적으로 보존가치가 아주 높기 때문에 자연보전 쪽을 택했을 뿐이다.

여기서 동강 댐 건설계획이 취소된 지점으로부터 가까운 거리에 위치한 지역에서 유역변경식 댐의 입지조건을 갖춘 곳을 찾아 유역변경식 댐 건설로 방향을 바꾸어 추진해 보자는 것이다. 동강 댐을 직접 막는 것보다 사업의 경제성이나 효과는 떨어질지라도 동강도 원형에 가깝게 보전할 수 있고 댐건설의 효과도 거둘 수 있을 것이다.

나. 정부가 발표한 중장기 댐건설 계획

2001년 봄, 가을의 극심한 가뭄과 장마철에 수해를 겪으면서 정부는 14개의 댐건설 중장기 계획을 발표하였다. 아직까지는 사업계획이 구체화 된 것은 없는 것으로 알고 있지만, 이들 댐 중에도 동강댐의 전철을 밟을 곳이 있을 것으로 예상된다. 이러한 곳에도 댐건설 계획을 확정하기 전에 유역변경식 댐으로의 변환을 검토해 보자.

다. 소양 댐~화천댐 간의 유역변경 저수

2001년 봄 기록적인 가뭄 끝에 북한의 금강산유역에 집중호우가 쏟아져 화천댐은 만수가 되어 수문을 열어 방류를 하였다. 이때 서울에서는 잠수교가 장기간 물에 잠기는 등 수해가 발생하기 시작하였다. 반면에 화천댐과 근접거리에 있는 소양 댐은 그 시간에도 저수율이 60%에도 미치지 못하는 것으로 보도되었다. 만약 화천댐과 소양강댐의 물줄기 중 가장 근접해있는 곳에서 양 댐 간에 역구배(逆句配)를 갖는 수로를 교차시켜 건설해 놓았다면 화천댐에서 방류해 버리는 아까운 물을 소양 댐으로 끌어들여 소양 댐의 저수율도 높이고 수도권지역의 수해도 줄일 수 있었을 것이다.

화천댐이 총저수량 10억 톤, 소양 댐이 총저수량 30억 톤이므로 화천댐 물→소양 댐으로 유역변경 저수 시에는 5~10억 톤, 소양 댐 물→화천댐으로 유역변경 저수 시에는 1~2억 톤 정도의 물을 비축시킬 수 있는 여유가 생기고 그만큼 수해도 줄일 수 있을 것이다.

이러한 것은 2개 이상의 댐이나 저수지가 서로 근접해 있고 양 댐(저수지)의 만수위(해발고도)가 서로 비슷한 경우에 생각해 볼 수 있

는 방식이다. 우리나라는 국토면적이 좁고 장마기간에는 전국이 비
슷한 기상조건하에 놓이게 되어 근접한 댐 간에는 강우량이 별로 차
이가 나지는 않지만 약간의 수위 차는 있게 마련이며, 근접한 양 댐
간에 담수된 물을 조금만 유통시켜도 수문을 시차 개방하여 방류량
을 조절할 수 있는 여유가 생겨 하류지역의 수해를 크게 줄일 수가
있을 것이다.

라. 시화호의 경우

유입되는 물의 오염상태가 심하여 담수호로서의 유지를 잠정적
으로 포기하고 수문을 상시 개방하여 해수호로 전환시켰다.

이상적인 것은 유입되는 오염된 물을 정화 처리하여 담수호로서
의 기능을 회복시키는 것이 되겠으나, 그 방법이 여의치 않다면 팔
당댐~시화호간의 유역변경 방식을 검토해보는 보자는 것이다. 시
화호로 유입되는 하천 중 오염상태가 심한 하천에서 서해바다까지
하수관거를 시설하여 오염된 물은 서해바다로 직접 방류해 버리고,
팔당댐에서 시화호까지 수로(또는 수압관)를 건설하여 여름철 풍수
기에 수문을 열어 서울의 한강으로 방류해 버릴 물을 시화호로 끌어
들여 저수시키는 것이다. 이렇게 하면 시화호도 원래의 목적대로 담
수호의 기능을 살릴 수가 있고, 서울을 관통하는 한강수위를 결정짓
는 팔당댐의 방류량도 대폭 감소시켜 서울~김포평야 일대의 수해
를 어느 정도는 줄일 수가 있을 것이다.

다만 현재 팔당댐~시화호 간에는 도로망이 거미줄 같이 얽혀 있
고 대부분 지역이 도시지역이어서 상당한 통수단면을 갖는 수로의
건설이 가능할 지는 의문이다.

6. 다른 각도에서의 접근

앞에서도 언급하였듯이 어떠한 형태로든 간에 미곡감산정책은 추진될 것으로 예상되며, 미곡감산정책이 현실로 닥쳤을 때 일어날 수 있는 물 관리, 농지보전, 수질문제를 이 글의 논지에 결부시켜 접근해보자.

가. 미곡감산과 치수

논(沓)은 쌀의 생산이라는 고유기능 이외에 여름 장마철에는 빗물을 일정시간 가두었다 순연 방류하여 홍수조절에도 큰 역할을 하고 있다. 만약에 미곡감산정책이 대대적으로 추진되어 넓은 면적의 논이 휴경할 경우 해당 논의 저수기능이 사라져 치수여건이 현재보다 크게 악화될 것이다. 이런 관점에서도 댐이나 저수지의 추가건설 요인은 있으며, 이를 유역변경 댐(저수지)로 해결하는 것도 한 방편이 될 수 있을 것이다.

나. 농지보전

우리는 세계시장질서에 밀려 타의에 의해 미곡감산 정책을 펼 수밖에 없는 실정이다. 그러나 세계시장에서의 쌀값이 지속적으로 현재와 같이 국내생산가보다 훨씬 싼 수준으로 유지된다는 보장은 없다. 따라서 세계시장에서 쌀값이 폭등하거나, 쌀 수출국의 횡포에 맞서려면, 비록 미곡감산정책을 펴더라도 언제라도 쌀을 증산할 수 있는 생산기반(논)은 유지시켜야 한다.

또한 앞으로 통일은 반드시 이루어질 것이고, 통일 이후 북한주민 까지를 고려한 쌀을 자급할 수 있는 생산기반은 무너트리면 안 된다.

석유 한 방울 나지 않아 우리국민과 정부가 지불하는 피눈물 나는 비용과 노력이 얼마인가? 비록 석유는 어쩔 수 없는 숙명으로 받아들인다 해도 우리의 생명인 쌀마저 그런 꼴로 만들 수는 없는 것이다.

현재는 북한인구가 남한인구의 절반수준이나 북한인구의 증가요인을 감안하면 통일이후 남북한 인구는 약 1억 명 내외가 될 것이다. 그러므로 최소한 우리 국토 내에 1억 명 정도가 자급할 수 있는 쌀 생산 기반은 유지시켜야 한다.

북한영토가 남한에 비하여 조금 넓지만 쌀을 생산할 수 있는 논은 남한지역에 편중되어 있어, 미곡감산정책에 의해 논을 휴경하거나 대체작물을 심더라도 언제라도 논으로 전환할 수 있는 길은 열어 놓아야 한다.

지금까지 남한의 산업화과정에서 경험 하였듯이 논을 장기간 휴경할 경우 해당 논의 지주나 정부 모두가 그 논을 다른 용도로 전환하려는 유혹을 뿌리치기가 힘들며, 결과적으로 농지는 야금야금 잠식당하여 택지나 산업용지로 전환될 것은 불을 보듯 뻔하다.

택지나 산업용지 화된 땅은 영원히 농지로의 전환이 불가능하나, 휴경을 했거나 저수지로 된 땅은 비교적 적은 비용과 노력으로 단시간 내에 농지(논)로의 전환이 가능하다.

휴경하는 논은 대체작물을 심는 것이 논으로서의 기능을 유지시키는 최상의 대안이나 전작도 경제성이 떨어져 반영구적으로 휴경이 불가피하다면 해당 농지는 지목을 유지로 지정하여 저수지로 하는 방법도 고려해볼 만한 여지가 있을 것이다.

이렇게 하여 휴경 지주에게 정부가 물 비축 대가를 지불하면 정부가 검토하고 있는 것으로 알려진 단순한 휴경보상보다는 오히려 적극적인 대책이 되지 않을까 생각된다.

다. 수질문제

농업용수를 공급하는 대부분의 저수지나 다목적 용수의 공급원인 댐들의 수질은 그 수계의 최상류에 위치한 댐(화천, 소양, 충주댐 등)을 제외하고는 이미 심각하게 오염되어 있다.

그것은 저수지나 댐의 상류지역에 농지, 주거지, 산업시설 등이 들어서 있어 거기서 최소한 1회 이상 사용하여 오염된 물을 다시 받아서 저수하기 때문이다.

오염된 물은 그 물을 사용하여 생산된 농작물과 공산품의 질을 떨어트리고, 상수원으로 이용 시에는 많은 정수비용이 들어가고 수돗물의 수질을 떨어트리는 악순환의 반복으로 이어지고 있다.

수질오염문제는 국민이나 정부모두가 심각하게 받아들이고 있으나 획기적인 대책이 없다는데 고민이 있는 것이다.

유역변경 댐(저수지)은 앞에서 밝혔듯이 그 댐(저수지)자체의 유역면적이 거의 없어 오염된 물의 유입 요인이 없고, 여름철 홍수 시에 대규모 하천으로 흘러드는 빗물을 끌어들여 저수하는 것이므로 현재의 저수지나 댐들에 비하여 훨씬 좋은 수질을 유지시킬 수 있을 것이고, 그 물을 이용하여 생산되는 생산품의 질을 끌어 올릴 것이다.

7. 맺는 말

이 글을 쓰면서 가장 곤혹스러운 것은 여기서 제시한 방안들이 과연 현실성이 있는 방안인가 하는 확신이 없다는 점이다.

몇 군데 실례로 제시한 대상들에 대한 현지조사 조차도 없이 오래 전에 관광차 경유하였던 기억과 한전근무 당시 접했던 자료의 기억에 의존하였기에 인용한 통계나 수치가 실제와는 많은 차이가 있을 수도 있다.

다만 이러한 대규모 국책사업은 어느 개인의 노력과 수고만으로는 현실성 있고 구체적인 방안을 제시할 수는 없는 사안이라고 본다.

정부 관련부서에서 면밀한 검토와 국민여론을 수렴하여 평화의 댐, 시화호, 새만금 간척사업과 같이 두고두고 논란이 되거나 후회치 않을 사업으로 추진되었으면 하는 바람이 있을 뿐이다. 끝.

2002. 1. 25.

글쓴이: 윤재학(남55세)

“물자절약 ! 실천이 중요 합니다”

건 설 교 통 부

427-780 경기도과천시중앙동 1 / 전화 2110 - 8233 / FAX 504-2078

수자원개발과 과장 000 서기관000 담당자 000 http//www.moct.go.kr/

문서번호 수개 07000-58

시행일자 2002. 1. 26

받음 서울시 양천구 신정동 000-0 윤재학

제목 건의에 대한 회신

1. 귀하께서 우리부에 제출하신 “평화의 댐 활용방안 및 유역변경 댐”과 관련한 제안에 대한 회신입니다.

2. 평소 수자원정책에 깊은 관심을 가져주시는데 대하여 진심으로 감사드립니다.

3. 귀하께서 제안하신 평화의 댐 활용방안 및 유역변경댐건설에 대해서는 향후 업무추진에 충분히 검토하겠음을 알려드리니, 앞으로도 수자원 정책에 많은 성원을 부탁드립니다. 끝.

건설교통부장관

넷째 장

쉬어가는 장

제안서만 계속 읽다보면 머리도 미지근해지고 몸이 뒤틀리게 되니 머리도 식힐 겸 몸을 풀기 위해 앞의 제안이나 그런 발상을 하기까지의 과정에서 경험했던 여담 몇 마디를 곁들여 본다.

제안서에 대한 답신

받아보나마나 빤한 얘기다.

정부부처나 공공기관에 제안이나 건의를 하면 대부분이 이런 판에 밖은 답변이 돌아온다. 우선 자기 부처의 업무에 관심을 가져주어서 감사하고, 다음으로는 여건이 성숙되면 장기적으로 검토 반영토록 하겠으며(전혀 현실성이 없는 제안은 그 사유를 명시하기도 함), 앞으로도 계속 자기부처 업무에 관심을 가져달란다.

이런 답변이 돌아온 앞장의 "치수정책"은 그 뒤에 어떻게 검토, 반영되었는지 모르겠다. 이러고서 어떻게 일반 국민들, 공무원들, 학생들에게 "창의력의 발휘"와 "제안을 하라!"는 얘기를 할 수 있는지?

그렇더라도 나는 앞으로도 계속 제안을 할 것이다.

아이디어만 떠오르면 계속 공무원들을 귀찮게 할 것이다.

참외 농사

어렸을 때 기억 가운데 떠오르는 최초의 기억이 참외밭이다. 첫사랑이 머릿속에서 안 지워지듯 첫 기억도 마찬가지다. 다섯 살 혹은 여섯 살 때일 것 같다.

따사로운 햇살이 쏟아지는 초여름(?) 참외들이 주렁주렁 매달려있는 참외밭 가운데에 혼자 서 있는데 서편하늘을 하얗게 뒤덮은 비행기 떼가 북쪽을 향하여 날아가고 있는 것을 어린 것이 은행잎만한 손바닥으로 햇빛가리개를 하여 눈을 찡그려가며 넋을 놓고 쳐다본 기억이 있다.

거리 때문에 그런 것인지 비행기 숫자에 비하여 소리는 그렇게 크게 들리지 않았던 것 같다. 비행기가 뒤덮었던 하늘이 서편이고, 날아가는 방향이 북쪽인 것은 지금 고향마을의 지형에 꿰어 맞춰 생각해보니 그런 것이고, 뒤에 어머니 얘기를 들어보니 산비탈 밭이라 보리도 잘 안 되고 해서 그 시절에는 그 밭에 해마다 참외를 심었단다.

일본이나 오키나와에서 출발해 남해바다 위를 지나 서해 상공을 타고 올라온 B-29 폭격기무리가 태안반도 상공을 지나 인천 앞바다를 거쳐 북한지역으로 날아가고 있었던 것일 게다. 1948년생이니 그때가 1952년이나 53년도 쯤 될 것이고 낙동강까지 밀렸던 국군이 반격을 하여 9.28서울 탈환을 한 뒤로 다시 중공군이 개입을 하여 엎치락뒤치락하다 휴전(1953. 7. 27)을 앞두고 지금의 휴전선 부근 에서 밀고 밀리는 전투가 치열하게 전개되던 상황에서 유엔군이 소 위 말하는 북한의 평양지역을 "융단폭격"하러 가는 폭격기 무리였 다고 생각된다.

서해바다로 길게 튀어나온 태안반도가 시작되는 당진이니 6·25 때 인민군과 중공군이 훑고 간 지역으로 나도 어머니 등에 업혀 죽 을 고비를 몇 번 넘겼다고 하는데 그 밖의 6·25에 대한 기억은 떠오 르는 게 없다. 내 추측이 맞는지는 모르겠지만 그 것 빼놓고는 그 시 절 한국 상공에 그런 많은 비행기가 뜰 일이라고는 없을 것 같다.

논밭 농사야 알만한 나이도 아니었고 뭣 찢어지게 가난한 농가의 항상 배고픈 어린아이에게 여름철에 참외처럼 좋은 먹을거리는 없 었으며 수박은 그 당시 가난한 농촌에서는 볼 수도 알지도 못하는 신비의 과일이었고 서울에 올라와서야 수박은 처음으로 보았고 먹 어도 보았다. 또한 참외는 나를 끔찍이도 사랑하셨던 할머니가 좋아 하셨던 과일이기도 해서 더더욱 애착이 갔다. 우리 집 할머니 제사 상에서는 항상 참외가 좌장이다.

그래서 김포에서도 비록 3년간의 짧은 농사기간이었지만 수박과 참외는 다른 것은 다 제쳐 놓더라도 해마다 거르지 않고 심었다. 이 웃집들도 집집마다 참외 몇 포기씩은 꼭 심었다. 시장에 내다 팔기 위한 것이 아니고 집안 식구들의 여름철 별미거리였다.

참외농사는 이웃집 아주머니들이 나의 지도 선생님이었다. 어머 니의 정신만 멀쩡하였어도 구태여 이웃집 아주머니들의 신세를 질 필요가 없지만 과거의 기억이란 깡그리 잊는 노인네가 되었으니 어 쩌겠나?

물이 잘 빠지는 곳에 심어야 한다기에 밭을 높여 도랑을 내어 그대로 했다. 순을 지르라는 대로 질러주었더니 줄기가 잘 퍼져나갔다. 손가락 끝으로 순을 지르다가 어느 정도 지나면 낫으로 쳐내야 된다. 참외가 땅바닥에 직접 닿지 않도록 볏짚을 깔아주거나 그냥 두어도 된다. 어려서 비행기를 바라보았던 참외밭에는 보리 집이 깔렸었던 것 같다.

그러고 나서는 익은 참외만 골라 따 먹기만 하면 된다. 어렸을 때 고향에서 먹었던 애들 머리통만 하게 크고 누런 물이 꽉 차있던 개구리참외도 꼭 심어보고 싶었지만 씨앗이나 모종을 구할 길도 없었고, 또 개구리참외 모종이라고 파는 것들도 어렸을 때 그 개구리참외하고는 겉모양과 무늬만 비슷할 뿐 속 내용은 한참 다른 요샛말로 "짝퉁"이었다.

그런데 맛이 문제였다. 이웃집 참외는 말 그대로 꿀참외나 설탕참외인데 우리 집 참외는 오이가 형님 아우 하자고 했다. 이웃집 아주머니들이 몇 입 베어 물어 맛을 보고는 깔깔대며 주저주저하다 어렵게 그 비밀을 알려준다.

사람 똥(인분)을 안 주어서 그렇단다. 참외는 밑거름으로 푹 썩은 똥물을 충분히 주고 흙을 두둑이 덮은 다음 그 위에 심어야 잘 자라고 감칠맛이 난단다. 우리 집은 뒷간이 수세식이어서 썩은 똥은 고사하고 싱싱한 똥도 없으니 이웃집 재래식 뒷간의 묵은똥을 얻어다 써야했다. 그래서 비록 3년간이었지만 철 깡통 똥 장군도 져봤다.

한전에 계속 다니고 있는 친구들이 놀러 와서 참외밭 가운데 원두막 겸 평상에서 내가 기른 닭과 오리를 볶아놓고 소주잔을 주거니 받거니 하다가 한 친구가 불쑥 "야 저 참외는 너희 식구끼리만 처먹으려고 맛도 안 보여 주는 거냐?"고 냅다 소리를 친다.

겉으로 보기에 노랗게 익어 아주 먹음직스럽게 보일 때였다. "그래? 맛 보여주지!" 가장 잘 익은 놈으로 하나 따서 거칠게 깎아 시치미 뚝 떼고 그 친구 앞으로 밀어놓았다. 한입 베어 물고 어석어석 씹던 그 친구가 "야 무슨 놈의 참외 맛이 이 따위야?, 이건 오이만도 못해!" 하면서 들고 있던 참외를 따온 밭으로 다시 집어 던졌다.

"야 이놈아! 저 참외는 입으로 먹는 참외가 아니라 눈으로 먹는 참외야!"

내 대답을 듣고 난 친구들이 모두 다 깔깔거렸고 그 친구들에게 그 까닭을 설명해 주지 않을 수가 없었다. 제아무리 찬찬히 운전을 잘한다고 해도 차가 굴러가는 뒷모습만 봐도 초보운전자 티가 나듯 농사일도 그랬다. 하지만 그 맛없는 오이형님 참외가 설탕참외보다 더 쓸모가 있었다. 어머니가 치매에 걸려 근심걱정이라고는 없는 신선이 되어 있으니 보살핌도 할 겸 친구삼아 70대의 작은어머니가 함께 와 계셨다.

젊어 신혼시절에는 한 지붕, 한 시아버지, 한 시어머니 밑에서 형님 아우하면서 친자매같이 지냈던 동서 사이이다. 그 참외를 익기 전 풋 참외일 때 따서 깨끗이 씻어 속을 발라내고 고추장과 된장독에 박아놓으니 고기맛보다 나은 장아찌가 되었다. 이래서 집안에는 연세 드신 어른이 계셔야 하나보다 생각했다.

자식으로서 어머니에 대한 단상들을 지울 수가 없다. 엄한 유학자(儒學者)의 집안에서 자란 전형적인 조선여인과 어머니의 전형으로 근면과 검소와 희생이 어머니 삶의 전부였다.

1980년대 초에 우리 집에서 신혼시절 2~3년 세를 살다 자기 집을 장만하여 이사를 간 부인네를 우연히 아내가 길에서 만났단다. 그 부인네와 이 얘기 저 얘기를 나누던 중 어머니 얘기가 나와서 치매에 걸려 고생하시다 돌아가셨다고 하자 그 부인네가 대뜸 "아니 그 런 천사 같으신 할머니도 치매에 걸리셔요?"하며 놀래더란다.

그 얘기를 전해 듣는 순간 온 몸이 감전을 당한 것 같은 기분이 들었다. 어디 병마가 사람을 구분하여 찾아다니겠나? 아무리 잘 자란 참외넝쿨도 장맛비를 맞고 나면 잎이 사그라진다. 꼭 비닐하우스가 아니더라도 적당히 비 가림을 해 주면 서리가 내릴 때까지 줄기차게 따 먹을 수가 있다. 혹시 공해 때문에 산성비가 내려서 그런 것이 아닌지 모르겠다.

수박 농사

참외는 애착이 가서, 수박은 신비의 대상이어서 심어보고 싶었다. 수박은 덩치는 큰데 참외와 달리 아주 까다롭다. 이웃집은 물론 인근 어디에도 수박을 심는 농가가 없었다.

그 이유를 가만히 생각해 보았더니 김포라고 해서 수박농사가 안 될 리는 없겠지만 저 따뜻한 남쪽지방과 경쟁해서 경쟁력이 없고, 김포는 농토가 비옥해서 수박보다 더 경제성 있는 작물을 재배하는 것이 유리하고, 토질도 수박재배에 썩 좋은 토질이 아닌 것 같았다.

그래서 참외에 비해 까다로운 수박농사는 아예 짓지도 않았고 먹고 싶으면 사서 먹는 것 같았다. 사서 먹는 수박에 붙은 생산지를 보아도 대부분이 저 남쪽지방들이다.

그러니 수박농사는 가르침을 받을 마땅한 선생님이 없었다. 하는 수 없이 독학으로 터득하는 수밖에 없었다. 서점에 가서 『수박재배 기술』(강영모 편저)라는 책을 한권 사 들고 와서 읽기 시작했다. 조금 부풀리고 모양내서 표현을 하자면 주경야독(晝耕夜讀)이다.

그런데 이 책은 수박농사를 전문으로 하는 수박전업농사꾼을 위한 책이라서 육묘에서 생산 출하에 이르기까지의 일련의 과정을 그림과 사진을 곁들여가며 자세히 설명한 책으로, 책의 대부분이 시설(비닐하우스)재배를 하는 방법에 편중되어 있고 노지재배는 별로 비중 있게 다루지를 않았다. 기술된 농사용어나 비닐하우스에 쓰이는 자재 이름들도 거의 다 처음 들어보는 생소한 말들뿐이어서 기대했던 것만큼의 큰 도움은 안 되었지만 그런대로 수박을 열리게 하는 방법은 어렴풋이나마 배울 수가 있었다.

다 건너뛰고 간단히 요약해서 참외는 처음에 나오는 순을 첫마디에서 질러주면 네댓 갈래로 줄기가 갈라져서 퍼져 나가고 또 그 줄기에서 새끼 줄기가 퍼져나고 하여 덩굴을 이루고 한 포기에서 수도 없이 많은 참외가 열리는데 수박은 전혀 달랐다.

딱 한줄기만 "——"자로 기르고 적당한 마디에서 "아들줄기" 하나만 남겨놓고 모든 줄기를 다 질러줘야 하며 15~20 마디 사이에서 딱 하나만 결실을 맺게 해서 그것만 키우고 수확을 해야 한단다.

하나 남겨놓은 아들 줄기에 수박을 하나 매달았다가 두 주먹 합친 것만큼 크면 따내라고 했는데 그 자세한 이유는 지금은 잊어버렸다. 아들줄기에 붙은 천덕꾸러기인 곁다리 수박은 큰 수박이 너무 비대해져서 수확하기 전에 터져버리는 것을 방지하는 작용을 한다는 것 같은데 기억이 확실치는 않다. 다 커서 며칠만 있으면 따 먹으려고 마음먹었던 수박이 저절로 터져서 못쓰게 된 경우도 많았다.

15~20마디 이전의 마디에서 결실한 수박들은 큰 밤톨만한 시점에서 따내야 한다. 즉, 수박 한 포기에 수박 딱 하나만 매달리게 해야 제대로 된 수박을 얻을 수가 있단다.

수박이 열리는 암꽃은 이른 아침(5~9시 사이)에 핀다. 키우려고 마음먹은 수박은 이때 수꽃을 따서 그 꽃가루를 암꽃의 가운데에 정성들여 털어 넣고 비벼 대서 수정을 시켜주어야 한다. 농약을 많이 사용하여 농촌에서도 벌 나비가 그렇게 흔치가 않고 개화하는 그 두세 시간을 놓치면 바로 꽃이 오므라들기 때문에 사람의 손으로 수정을 시켜주는 것이 확실하다.

신기한 것은 아침에 나가보면 밑에는 하얀 솜털이 빼곡히 솟아난 콩알 만 한 수박을 매달고 하늘을 향해 활짝 피어오른 암꽃이 수정을 시켜주고 나서 저녁 해질 무렵에 가보면 180도 밑으로 고개를 꺾고 수박크기가 하루 낮 사이에 도토리 크기만 하게 부풀어 올라 있고 꽃잎은 이미 시들어 있어 수박이 커져가는 속도가 눈에 보이는 듯했다.

키우려고 마음먹은 암꽃(착과한 꽃) 옆에는 비에 씻기지 않도록 유성매직펜으로 프리스틱 푯대에 개화일(착과일)을 표기하여 두는 것이 좋다.

수박은 개화일로부터 45~50일 사이에 가장 좋은 과일이 되며 이때 따야 제대로 된 맛있는 수박을 기대할 수 있단다.

전문 농사꾼에게도 개화일을 표기하여 두라고 권한 것을 보면 겉으로만 보아 잘 익은 수박(착과 후 45~50일 사이의 수박)을 가려내기란 쉬운 일이 아닌 것 같았다.

하물며 나와 같은 초보에게 있어서는 두말할 나위도 없다. 어쩌다 개화일을 표기해 놓지 않았거나 표기한 것이 유실되어 적당하다고 생각하는 시점에서 따 보면 덜 익었거나 너무 오래되어 속이 곯아 있었다.

이러니 수박농사는 매일같이 곁줄기가 자라나오는 것을 잘라주어야 하고, 키울 수박이 아닌 것은 속아내야 하고 이리저리 살필 게 많으니 참외와는 달리 밭에 붙어있다시피 해야 할 것 같았다. 물론 참외와 같이 내 팽개쳐 두어도 죽지 않고 자라기는 하지만 그렇게 하면 수박 한 포기에 참외크기만한 수박 서너 개는 딸 수가 있다.

참외농사의 선생님이 되어주셨던 동네 아주머니들이 이번에는 거꾸로 우리 집에 와서 나한테 수박농사 선생님이 되어 달란다. 평생을 농사일로 늙어온 자기들도 이렇게 크게 수박을 길러보지 못했는데 생판초보가 이게 웬일이냐고 야단들이었다. 물론 이웃집들도 더러는 집 주변에 수박을 한두 포기를 심은 집이 있기는 했지만 위에서 말한 참외 크기만 한 수박이었다.

혹시 도시생활이 싫증나 농촌으로 내려가거나 전원주택을 생각하시는 분들은 재미삼아 참외 농사는 지어보되 수박농사는 하지 마시라!

그냥 사서 먹는 게 훨씬 싸고 맛도 좋다. 물론 돈을 따지는 게 아니고 재미삼아 짓는 농사에 싸고 비싸고를 따질 것은 아니지만 꼭 수박을 심어보고 싶다면 그냥 참외와 비슷하게 기르는 편이 속편하고 재미도 있을 것이다.

미물들의 놀라운 능력

책머리에서도 미물의 능력 또는 본능에 대하여 잠깐 언급을 하였었다.

요사이 지구촌 곳곳에서 지진이 일어나 참혹한 일이 자주 발생하고 있으며 특히 중남미 아이티는 국가의 존망 자체를 걱정해야하는 형편인 것 같다. 지구상에 지진에 절대 안전지대란 없겠지만 지진에 관한 한 한반도는 축복받은 땅인 것 같다. 지진이 일어났다는 외신을 전할 때마다 뒤에 곁들여 전해오는 얘기가 동물이나 물고기들의 지진감지 초능력(?)이다.

미꾸리, 메기, 자라, 곰, 코끼리 등 종류도 다양하고 이야기도 각각이다.

여름날 이른 아침에 일어나 농가주택 앞에서 손바닥으로 눈곱을 비비며 밭을 바라보면 땅이 불룩거리며 흙이 거북등 같이 갈라져 솟아오르며 꿈틀꿈틀 앞으로 밀고 나가는 것을 목격하게 된다.

두더지가 땅속의 벌레를 잡아 아침식사를 하기 위해서 하루 일과를 시작한 것이다. 두더지가 작물의 줄기나 뿌리를 갉아 먹지는 않지만 흙을 들쑤셔 놓고 나가니 작물이 뿌리가 끊기거나 뽑혀 통째로 말라 죽는 것이다. 그러니 두더지를 안 잡을 수가 없다. 몇 번 삽을 들고 총알같이 튀어가서 들썩거리는 부분을 내리찍어 파헤쳐 보았지만 번번이 실패였다.

하루는 이웃집 영감님이 그 장면을 보더니 깔깔 웃으며 그렇게 해서는 절대로 못 잡는 단다. 그러면서 두더지 잡는 방법을 자세히 설명해 주었다. 두더지는 땅속 깊이 판 굴 속에 숨어 있다가 아침이 되면 지표 가까이 올라와 흙을 헤집고 앞으로 나가며 땅속의 벌레를 잡아먹는단다. 배가 다 차면 다시 굴속으로 되돌아가는데 지표상의 미세한 진동만 느껴져도 겁을 먹고 헤집고 왔던 길로 잽싸게 되돌아가 굴속에 처박혀 버린단다.

그 땅속 굴은 깊고 여러 갈래로 갈라져 있어 두더지를 잡자고 그것을 다 파헤치다보면 밭이 몽땅 망가지고 삽으로는 어림도 없단다.

가장 좋은 방법은 손닿기 알맞은 곳에 항상 삽을 2자루 준비하여 놓고 있다가 두더지가 흙을 들썩거리며 나가는 것이 보이면 삽 한

자루를 살그머니 움켜쥐고 가급적 신발을 벗고 아주 느린 걸음으로 조용히 걸어가서 앞으로 파고 나가는 1~2미터 뒤에다 번개 치듯 삽을 깊숙이 꼽아 놓으란다. 즉, 퇴로를 차단하라는 얘기다. 그리고 나서 나머지 삽 한 자루로 파헤치면 두더지를 잡을 수 있단다.

그래서 그 다음부터는 그렇게 해 봤더니 100발 90 중이었다. 조급한 생각에 발을 조금만 세게 내 딛어도 그 순간에 허탕이 된다. 촌동네라고는 하지만 마을 뒤편으로 차량통행이 빈번한 차도가 지나가고 있고 각종 농기계와 경운기 오토바이 등이 수시로 운행을 하고 있어 그런 진동이나 소리가 들려오지만 그런 것에는 아랑곳하지 않는데 발을 조금만 세게 내 딛어도 그 진동은 즉시로 감지하고 퇴각한다.

다 같은 소리나 진동이라도 소리나 진동의 발원지를 알아채고 발원지와 떨어진 거리를 감지해내는 인간으로서는 도저히 따라잡을 수가 없는 신비로운 능력(촉각)이 있는 것 같았다. 조심스럽게 걷는다고 해도 때로는 두더지의 안테나에 감지가 되고, 두더지도 퇴각하는 것이 좀 늦으면 내리찍는 삽에 두더지가 바로 찍히는 경우도 더러 있었다. 하지만 맨몸으로 수비만 하는 두더지가 강력한 무기(삽)로 힘차게 내리찍는 공격을 당해낼 수는 없었다.

그런데 두더지가 바로 삽에 찍혔어도 등이나 옆구리가 눌려 도망만 못 갔지 가죽이 터지는 경우는 보지를 못했다. 작기는 해도 가죽이 아주 질긴 것 같았다.

일단 파헤쳐져 밝은 햇살아래 들춰져 나온 두더지는 꼼짝도 못한다. 좀 측은 하기는 해도 잡은 두더지를 다시 살려줄 수는 없었다. 두더지를 살려주면 수많은 농작물이 대신 죽어야 하기 때문이다.

그런데 그 두더지를 자세히 들여다보고 만져도 보았더니 털이 아주 곱고 조밀하고 매끄럽고 고급스러워 보였다. 가죽표면이 아주 좁기는 하지만 두더지를 다량으로 사육해서 초 고급 모피를 생산하면 어떨까 하는 쓸데없는 상상을 해 보기도 했다.

이웃집 전업농들은 일손이 딸려서 밭에 제초제와 농약을 많이 주다 보니 잡초도 없고 벌레도 없고 그러다 보니 두더지도 없는데, 우리 밭은 거의 농약을 안 쓰니 동네 잡초와 두더지라는 두더지는 몽땅 우리 밭으로만 모여드는 것 같았다.

혹시 죽어가는 두더지가 이런 말을 하며 죽었을지도 모른다.

"언제 지진이 일어나서 떼죽음을 당할지도 모르는 것들이 까불고 있구나!"

"나는 비록 죽지만 내 처자식들이 또 너와 겨루는 한 판이 있을 것이다!"

또는 이런 말을 하면서 죽어갔을지도 모른다.

"두더지와 잡초가 없는 세상은 너희 인간들도 살 수 없는 세상이 될 것이다!"

"너희 인간들이 잔머리 굴려 짜낸 '과학' 이라는 것을 가지고 너희 인간들보다 수십 억 년 앞서 이 땅덩어리의 주인이었던 풀과 짐승과 벌레들을 몽땅 죽이려 들지만 그 과학이 너희들의 목을 겨누는 날이 반드시 올 것이다."

"너희 인간들이 태어나기 전의 이 땅덩어리는 평화 그 자체였다."

계속되는 이상기후, 쓰나미, 대지진, 화산폭발, 이게 무슨 조짐이란 말인가?

실험실에 두더지를 정중히 초빙하여 지진을 예보케 하는 방법은 없을까?

풀과 벌레와 짐승들과 인간들이 함께 오순도순 사는 길은 없는 것인가?

신이 있고 그가 천지만물과 인간을 창조하였다면, 잔머리 굴리는 인간을 만든 게 신의 결정적 실수는 아니었을까?

과학이라는 것이 인간이 신의 품으로 점점 더 다가가는 길인가?

아니면 점점 더 도망치는 길인가?

그가 허락한 과학의 한계는 과연 어디까지인가?

그는 이 땅덩어리를 내려다보며 흡족한 미소를 지을까?

아니면 "이걸 그냥, 한 번 확-?" 손바닥에 침을 뱉어 비비고 있을까?

서울–한강–대중교통

–지하철과 연계한 한강 수상버스–

서울-한강-대중교통 −지하철과 연계한 한강 수상버스−

앞의 세 편의 장은 전력(수력발전)이나 치산치수와 관련된 내용으로 그 분야와는 전혀 관련이 없는 길을 걸어온 독자들이 대부분일 것이고 하여 이해를 돕기 위해 관련전문용어나 기초이론의 해설, 관련학자나 관계자의 논문 인용, 통계의 의미와 추세 경향 등을 부족한 앎으로나마 부연하였다.

하지만 이 장은 대중교통 수요자면 누구나 한 번쯤은 생각해볼 수 있는 서울의 교통난을 완화해보자는 아이디어를 정리한 것으로 필자 자신이 단지 대중교통 수요자의 한 사람일 뿐, 그 분야 전문가도 아니고 특별한 이론을 전개한 것이 아니므로 이런 제안을 하게 된 동기와 배경, 그 당시의 시대상황 만을 곁들인다.

오늘을 사는 사람들은 교통수요자가 아닌 사람이 없을 것이니 교통문제, 그것도 대도시 교통문제에 대하여는 각자가 나름대로 한두 번쯤은 생각을 해 보았을 것이다.

하지만 대중교통 수요자들이 잘 모르거나 깊게 생각을 안 해보아서 그렇지 우리 주변에는 이런저런 이유로 대중교통을 기피하거나 아주 특별한 경우에 마지못해 가뭄에 콩 나듯 찔끔 한두 번 이용하는 사람들도 있고, 특별한 이벤트를 빼놓고는 평생을 통 털어 대중교통을 거의 이용치 않는 특수교통 층의 사람들도 꽤 있다.

그런 사람들에게는 대중교통이 자기들의 특수교통을 방해하는 장애물일 뿐이며 이런 글의 이해는 물론 왜 이런 주장을 하는지 그 이유조차 납득이 잘 되지를 않을 것이다.

그런 이들이 어쩌다 한 번 대중교통을 이용하면 그게 뉴스거리가 되니 어찌 특수교통 층이라 하지 않을 수가 있겠나?

그런 특수교통 층에게까지는 이해나 공감을 요구하지도 바라지도 않는다.

2002년에 치러진 지방자치단체장 선거에서 서울시장 후보로 출마한 이명박 후보는 청계천 복원을 대표공약으로 내걸고 당당히 당선되었다.

물론 상대후보(김민석)도 청계천복원 공약은 내세웠었지만 이명박 후보가 속전속결의 간판공약으로 내세운 반면 상대후보는 점진적인 추진을, 그것도 우선순위에서 한참 뒤로 밀리는 곁가지 공약으로 내세웠고 서울시민들은 속전속결 쪽을 택했다.

서울시민들의 선택이 현명했었는지는 나로서는 판단할 지혜가 없다. 청계천 공사를 하는 와중에 또 하나의 큰 교통관련공사를 동시에 벌였으니 그게 중앙선 버스전용차로제로 대표되는 대중교통체계의 개편이었다.

중앙선 버스전용차로제는 버스만 차도의 중앙으로 달리게 하여 버스의 평균주행속도를 높여주는데 그치지 않고 서울의 대중교통 3대축인 지하철, 버스, 택시 중 사기업인 버스를 준공영체제로 바꾸는 한편 지하철과 버스를 단일요금체계로 묶는 서울시 대중교통체계의 일대 혁신이었다.

내 개인적으로는 청계천 복원, 그 근본취지와 사업추진 자체에는 대찬성이었지만 추진했던 방법과 복원된 청계천에 대하여는 절대로 박수를 보낼 수가 없다. 가끔 복원되었다는 청계천변을 걸으며 이런 생각에 잠겨보기도 했다.

여건이 자연하천과 비슷하게 복원할 수 없다는 점은 충분히 이해하지만 사정이 그렇다 해도 이건 청계천 복원이 아닌 청계천이라는 이름만 가로챈 인공 수변공원이 아닌가?

또 그렇게 저돌적으로 추진하는 바람에 유실되거나 망실된 값으로 따질 수도 없는 역사유물은 어떻게 복원을 한단 말인가? 경주가 찬란한 신라문화유물의 저장고이듯이 서울 4대문 안은 조선역사유물의 지하저장고인 것이다. "그런 곳을 저렇게 마구 파헤치다니!"

그렇지만 대중교통체계의 개편은 두 손을 들어 환영했다. 다만 전쟁을 치르듯이 밀어 붙인 그 추진방법에는 역시 고개를 저었다.

나는 운전면허가 없다. 따라서 당연히 운전도 못한다. 그래서 웬만한 거리는 걸어 다니고 또 내 젊음을 대표적 에너지기업인 한전에 바쳤다보니 에너지의 생산적, 효율적 이용에 보통 이상의 관심을 갖게 되고 그러다보니 나도 모르는 사이에 대중교통지상주의자가 되었다.

교통부문에 있어 에너지의 생산적, 효율적 이용이란 사회 System을 가급적 교통수요가 적게 발생하는 구조로 바꾸어가고, 승용차이용을 보다 합리적인 방법으로 줄여나가며 그 줄어드는 교통수요를 대중교통으로 흡수하는 것을 의미한다 하겠다.

아내가 운전면허를 딴 것은 30년이 가까워 오고 면허를 따자마자 차를 사자고 졸라댔지만 말을 꺼내지도 못하게 막아버렸는데 나와 같이 IMF실직자가 되어버린 손 밑의 동서가 10여 년 전에 이민을 가면서 쓰던 중고차를 던져주고 가는 바람에 엉겁결에 자가용 족이 되어 아내가 운전을 하고 있지만 내 필요로 승용차를 운행해 달라고 하는 경우는 아주 드물다.

2004. 7. 1 이명박 시장의 취임 2주년에 맞춰 서울의 몇 개 도로에 중앙선 버스전용차로가 개통되었고 지하철과 버스의 요금체계를 하나로 묶는 동시에 대폭적인 요금 인상이 있었다. 대부분의 언론이나 여론은 초기에는 교통체계 개편에 우호적이지 않았다. 언론은 저돌적인 추진방법과 요금인상에 문제를 제기했고, 시민들은 우선 요금이 대폭 인상되니 그게 불만이었다.

나는 그 저돌적인 추진방법에는 고개를 저었지만 교통체계를 혁명적으로 뜯어고친 그 발상과 과감성에는 전적으로 찬동을 했다. 교통체계 개편이 옳았고 이용해본 결과 괜찮다고 생각되면 그것을 추진한 사람을 두고두고 기억하고 높이 평가하였을 터인데, 구태여 자기의 취임 2주년에 맞추어 준공을 시키느라고 24시간 횃불 켜들고 밤낮이 없는 돌관 작업을 하고, 붉은색 아스팔트를 깔기에 시간이 부족하자 검은색 아스팔트위에 붉은 물감을 덧칠하면서까지 꼭 그 날짜에 맞추어야 할 필요가 있었느냐 하는 말이다.

취지도 좋았고 한참 지나보니 결과도 썩 좋았음에도 불구하고 인기몰이라는 얄팍한 계산 때문에 좋은 일을 하고도 언론이나 여론의 질타를 받았으니 그게 누구의 탓인가?

교통체계를 획기적으로 개편했다고 해서 이미 승용차 운행의 편리함에 중독된 수많은 시민들을 다시 대중교통으로 유인해내는 데는 한계가 있었으며, 과밀한 서울의 교통난이 하루아침에 눈에 띄게 개선될 수도 없었다.

또한 도로의 여건 때문에 중앙선 버스전용차로제가 극히 일부도로에만 시행되다보니 그 효과는 제한적일 수밖에 없었다.

그래서 서울시에 한강에 수상버스를 띄워 지하철(버스)↔수상버스↔지하철(버스) 체계로 묶어 서울시의 교통체계를 한 단계 더 끌어올려보자는 제안을 하게 된 것이다.

[서울-한강-대중교통]

-지하철과 연계한 한강 수상버스-

2004. 9. 3
서울시 양천구 신정동
윤 재 학

존경하는 시장님!

참으로 어렵고도 방대한 서울의 시정을 맞으시어 거칠 것 없이 밀고 나가시는 시장님의 추진력에 50년 가까이 서울에 거주하면서 살아온 소시민의 한사람으로서 경탄과 함께 두려움마저 느낍니다.

도저히 불가능할 것만 같던 청계천 복원공사 추진이 그렇고, 중앙선 버스 전용차로제를 주축으로 한 대중교통체계의 개편을 바라보면서 일을 맞는 사람에 따라서는 그 일의 추진방향과 결과가 이렇게 달라질 수도 있구나 하는 생각을 하게 되었습니다.

청계천 복원공사가 이해당사자를 제외한 대다수의 시민들로부터 찬사와 긍정적인 평가를 받는 반면에 대중교통체계의 개편은 시행초기에 노출된 문제점과 그것에 편승하여 단행된 대폭적인 요금인상으로 많은 시민들로부터 찬사보다는 질타를 받고 있는 것이 현실입니다.

저는 시장님이 소속한 정당에 대하여는 태생적인 거부감을 갖고 있고, 시장님이 사업가가 아닌 정치인으로 변신한 이후의 정치활동 행태에 대하여도 절대로 찬동할 수 없는 면이 많지만 이번의 대중교통체계의 개편만큼은 시행초기의 문제가 많았음에도 불구하고 그 취지와 방향만은 참으로 옳았다고 믿습니다.

오늘날 세계적으로도 그 비교대상조차 찾기 힘들 정도로 과밀화된 서울(한국의 대다수의 도시가 그러하지만)의 교통난은 아무리 유능한 교통전문가가 처방을 내린다 해도 그 해법을 찾기가 어려울 것입니다. 서울의 교통난을 해결하는 길은 가장 원론적이고 상식적인 방법이지만 승용차 이용을 보다 강화되고 합법적인 방법으로 억제토록하게 하고 대중교통은 가능한 한 모든 방법을 동원하여 활성화 시키는 것이라고 생각합니다.

대중교통(지하철 → 버스 → 택시)을 이용하는 것이 승용차를 이용하는 것보다 훨씬 빠르고 편리하고 경제적임이 입증되면 시민들 스스로가 승용차 이용을 억제하고 대중교통수단을 이용하게 될 것이며, 그렇게 되면 대중교통의 흐름이 현재보다 더 빨라지고 이용승객이 많아져 대중교통업체의 수지(收支)가 개선되고 그런 현상은 나아가 대중교통서비스의 질적 향상과 요금의 인하라는 결과로까지 이어질 것입니다.

서울시의 새로운 도로개설, 기존도로의 확장, 교통체계의 개편 등의 최우선 목표는 대중교통의 흐름을 보다 빠르게 하는데 맞추어야 할 것이라고 생각합니다.

아무쪼록 이번에 노출된 문제점이 빠른 시일 내에 개선되고 새로운 체계가 정착되어 시민들이 이용하는데 불편이 없고 긍정적인 평가를 받아 가능한 한 서울시 전 지역으로 확산 보급되기를 기대합니다. 제가 살고 있는 지역(강서, 양천)은 아직 버스전용중앙차로가 없어 이번에 나타난 문제점들을 직접 체험하지는 못했고, 단지 버스의 색상과 노선번호가 바뀐 것만을 보고 접하고 있을 뿐입니다.

서울지도를 들여다보면 동↔서, 남↔북으로 거미줄같이 짜여 진 도로망을 볼 수 있으며 그 어느 곳을 보더라도 시가지화 된 지역에서는 신규도로의 개설이나 기존도로의 확장은 한계에 이른 것을 알 수 있으며, 다만 토지수용이 거의 발생하지 않는 지하철망의 확충은 좀 더 필요할 것입니다. 그런데 서울의 평면 공간 중에서 서울을 남북으로 양분하면서 동, 서로 길게 뻗은 한강은 상당한 대량수송의 잠재력을 갖고 있으면서도 남북 간을 잇는 다리 이외에 동↔서간을 왕래하는 수상교통수단은 개발되어 있지 않습니다.

그래서 저는 지하철과 연계한 한강을 이용한 동↔서축을 왕래하는 교통수단(이글에서는 "수상버스"로 표기하겠음)을 개발해서 서울의 교통난을 조금이라도 개선해보자는 취지에서 이글을 올리오니 검토가 있기를 기대합니다.

시장님의 치적에 힘입어 서울이 정말로 살기 좋고 자랑스러운 세계 속의 도시로 거듭 태어나기를 기대합니다. 감사합니다.

[서울-한강-대중교통]

-지하철과 연계한 한강 수상버스-

1. 한강 여객선을 검토했던 과거 사례

2~3년 전쯤으로 기억되는데 한강에 여객선을 띄워 동서 간을 왕래케 하고 남북양안의 적당한 지점마다 육상을 운행하는 대중교통 수단(버스, 택시)과 연계시켜 한강을 수상교통수단으로 활용하자는 언론보도가 있었다.

그 뒤로 이를 추진한다는 후속 보도나 추진하고 있는 공사가 없는 것으로 보아 그런 사업계획이 구체적으로 수립되거나 추진되지는 않았던 것 같다.

한강에 여객선을 띄워 동서 간을 왕래케 하고 남북양안에 여객선의 접안시설(선착장)을 하는 것은 그리 어려울 것이 아니다. 그러나 육상대중교통 수단(버스, 택시)을 이 선착장까지 연계시키는 공사는 그리 간단치가 않다.

한강의 남북양안에는 지대가 낮은 곳은 제방이 축조되어 있고, 제방안쪽으로는 고속도로의 기능을 갖춘 강변도로가 개설(북안은 복선철도 포함)되어 있어 육상대중교통의 진입로를 강변도로와 평면교차 시키지 않고 입체화하여 여객선 선착장까지 연결시키는 공사는 공사 입지조건이 좋은 몇 곳을 제외하고는 거의 불가능에 가까운 것이 현재의 실정이다. 선착장과 육상연계 되는 곳이 적을 경우 환승효과가 떨어져 이는 대중교통 수단이기보다는 현재도 운행되고 있는 유람선의 범주를 크게 벗어나지를 못할 것이다. 또한 강변 양안의 여러 곳에 선착장을 건설하고 육상교통을 이곳까지 연결시킨다 하더라도 버스→수상버스 환승객이 아닌 단지 버스만을 이용하는 승객은 불필요한 거리를 여러 번 우회(일반도로→선착장→일반도로)해야 되므로 육상버스의 이용이 상당히 불편해진다.

따라서 이 방안은 공사를 하는데 따르는 입지조건의 제약, 악조건을 감수하고 공사를 하더라도 대중교통수단으로서의 활용가치와 경제성이 떨어져 사업을 구체적으로 검토하거나 추진하지 않은 것으로 생각된다.

여기서 제시하는 지하철과 연계한 수상버스는 새로운 버스진입로를 만들기보다는 기왕에 한강위로 건설된 지하철교량에 환승시설(간이역)과 선착장을 만들어 수상버스와 연계시켜 지하철→수상버스→지하철의 환승 System을 만들어 지하철의 혼잡도를 떨어트리고 나아가 지하철의 수송능력을 현재보다 한 단계 끌어 올리자는 취지이다.

이 System은 지하철→수상버스→지하철의 환승을 주축으로 하되 한강의 교량(일반 차량전용)중 중간에 섬이 있어 대중교통(버스, 택시)과 연계가 가능한 한강대교(노들섬)와 양화대교(선유도)는 대중교통(버스, 택시)과도 연계시키고 나아가 한강을 축으로 서울과 접해있는 김포, 일산, 서울강서지역(가양동, 염창동) 및 동북부지역

(경기도 구리시, 덕소, 서울강동구)과도 연계시켜 한강을 단지 서울 한복판을 흐르는 강으로만 활용할 것이 아니라 대중교통의 큰 축으로 활용의 범위를 넓혀 보자는 것이다.

이 System은 신규 도로의 건설이나 지하철 노선의 신설과 같이 새로운 교통수송능력을 확충하는 것이 아니고, 이미 지하철이나 버스에 승차하여 이동하고 있는 승객이 지하철이나 버스로 이동시 장거리를 우회하게 될 경우 한강을 직선으로 운행하는 수상버스를 이용케 하여 이동거리를 단축시켜 총교통수요(1일 교통인구의 누적 이동거리와 누적시간)를 줄여 주는 역할을 하게 하자는 것이다.

이 System의 공사도 많은 예산이 들겠지만 서울에서 이만한 대량수송능력을 갖는 도로의 신규건설은 현실적으로 불가능하고 소요공사비 면에서도 신규도로건설에 비하여는 비교조차 안 되는 적은 예산이면 가능할 것이다.

2. 수상버스와 연계가 가능한 교량

교량명	교량 기능	양안의 역명	비 고
양화대교	일반차량용 교량		1. 중간에 선유도 있음 2. 수상버스의 기지로 적합 3. 버스~수상버스 환승 가능
당산철교 (2호선)	지하철 전용철교	당산 합정	1. 보도육교로 당산역~수상버스 환승가능
하저터널 (5호선)		여의나루 마포	1. 여의나루역~수상버스 환승 가능
한강철교 (1호선)	전철, 국철복합철교	노량진 용산	1. 기존역과 강변이 멀어 직접 환승 곤란 2. 남북 한쪽에 환승역신설 해야 환승가능
한강대교	일반교량		1. 중간에 노들섬 있음 2. 수상버스 기지로 적합 3. 버스-수상버스 환승 가능
동작대교 (4호선)	지하철, 일반교량복합형	동작 이촌	1. 보도육교로 동작역~수상버스 환승가능
동호대교 (3호선)	지하철, 일반교량복합형	옥수 압구정	1. 보도육교로 옥수역~수상버스 환승 가능
청담대교 (7호선)	지하철, 일반교량복합형	청담 뚝섬유원지	1. 뚝섬유원지역~수상버스 환승 가능
잠실철교 (2호선)	지하철, 일반교량복합형	성내 강변	1. 보도육교로 강변역~수상버스 환승 가능
하저터널 (5호선)		광나루 천호	1. 기존역과강변이 멀어 직접 환 승 곤란 2. 한쪽에 역 신설 환승가능
상, 하류 지역	강서구 방화, 가양, 염창동 일산, 김포시, 구리시, 덕소		강변에 수상버스선착장을 건설하고 승객진입로를 만들면 수상버스 이용 가능

3. 지하철 – 수상버스 연계(환승)방법

3.1 기존 지하철역을 이용한 환승

한강 지하철교량의 강변에 접한 역중에서 강변에 가까운 쪽에 강변도로 상부로 보도육교를 설치하고 강변 둔치 앞에 수상버스의 선착장을 건설하여 연계시킨다. 다만 환승거리가 멀면 환승에 시간이 많이 걸려 환승효과가 떨어지므로 선착장은 강변에 있는 둔치(고수부지)를 잘라내어 강물이 제방가까이 까지 차도록 하고 선착장이 강변가까이에 오도록 하여 가급적 환승거리를 짧게 해야 한다. 이때 5호선 구간은 하저터널로 되어 있어 직접연계가 곤란하나 여의도 구간은 여의나루역이 강변과 접해있어 환승이 가능하며 광나루–천호역 사이에는 강변에 역을 신설할 것인지 아니면 연계시키지 않을 것인지 신중한 검토가 있어야 할 것이다.

3.2 교량 중간에 환승역 신설

기존 지하철 교량의 중간지점(한강의 한가운데 지점)에 수상버스와 환승할 수 있는 역을 새로이 만들고 역 밑에 강물위에 띄워진 수상 버스선착장을 만들어 수직으로 환승시킨다.

이때 문제가 되는 것은 하저터널 구간인 5호선과 지하철과 일반도로가 바짝 붙어 건설된 잠실철교의 문제이다. 5호선 구간 중 여의도구간은 여의나루역과 연계시키면 큰 문제가 없으나, 잠실철교와 같이 지하철 교량 옆으로 바짝 붙어 일반교량이 있는 곳은 환승역을 신설하려면 일반교량의 1~2차선을 환승역 플랫폼으로 활용하고 기존 다리 옆이나 상부로 새로운 일반차량 우회로를 건설해야 하는 대규모 토목공사가 필요하다. 이때에도 5호선 광나루~천호역간의 문제는 남는다.

3.3 환승 방법(기존 역 활용 연계 / 철교 중간 역 신설)의 비교

환승방법	장 점	단 점
① 강변 기존 역 ↔ 둔치 앞 선착장간 환승	1. 공사비: ① ≪ ② 2. 공기 짧음	1. 환승거리가 길어 환승조건이 나쁨 2. 수상버스의 곡선운행으로 운행속도 및 안전운행조건 저하 3. 기존 둔치를 절개하는 곳이 많아짐 4. 운행방법에 따라서는 수상버스가 강을 대각으로 횡단 운행해야 됨 5. 타 선박과 교차하는 경우 발생
② 철교중간에 환승역신설 ↔ 수상 선착장 간 환승	1. 환승조건 최적(수직 환승 으로 환승거리, 시간 최소) 2. 직선운행으로 운행조건 (속도, 안전성)좋음 3. 적당한 시설로 전용통행로 확보가 가능(타선박과 교차치 않음) 4. 모든 노선의 지하철과 균등거리 환승 가능 5. 환승역은 최초 승차 역, 최종하차지가 아니므로 매표, 개찰, 집표 시설이 필요 없음	공사비: ① ≪ ②

3.4 환승방법 결정에 고려해야 할 사항

위 표에서 보는 바와 같이 지하철 교량중간에 간이 환승역을 신설하고 수상선착장과 연계시키는 방법은 공사비가 많이 든다는 점을 제외하고는 모든 면에서 기존 강변역 ↔ 둔치 앞 선착장신설 환승방법보다 장점이 많다.

이 글의 필자 자신이 교통전문가도 아니고 더욱이 선박(수상버스)에 대한 지식이 전혀 없는 단지 평범한 전기기술자로서 대중교통수단 이용자의 한사람일 뿐이다. 이 System이 지하철의 확실한 환승효과를 가져와 서울의 교통난 해소에 어느 정도 기여할 것이라는 결론이 내려진다면 이는 서울의 동 ↔ 서를 관통하는 새로운 지하철 1개 노선을 건설하는 것에 견줄 수 있는 사업이 되므로 공사비를 줄이기 위하여 이용에 불편한 시설로 건설하기보다는 어느 정도의 공사비 부담을 감수하더라도 이용에 편리한 완벽한 시설로 건설할 필요가 있다.

비록 비전문가의 단견이지만 환승방법을 지하철교량 중간에 간이 환승역 신설 ↔ 수상선착장 방법으로 결정했을 때 그 공사 설계에 반영해야 한다고 생각하는 몇 가지 조건을 나름대로 제시해 본다.

4. 환승역 공사(설계)에 반영해야 할 요소

4.1 간이 환승역(지하철 교량 중간지점)

지하철~지하철간의 환승과 같이 대규모 환승이 이루어지지는 않을 것이다. 따라서 환승역은 기존 지하철역과 같이 차량 전량(8~10칸)길이로 할 것이 아니라 초기에는 1~2칸 길이로 건설하여 운행을 해 보다가 환승객이 늘어날 경우 환승역을 확장할 수 있는 구조로 건설해야 할 것이다. 지하철에는 환승역에 맞닿아 정차하는 칸의 색상을 달리하고 미리 안내방송을 하면 환승이 조금 불편하기는 해도 큰 문제는 없을 것이다.

4.2 수상 선착장

수상버스는 수위변동에 자동으로 맞춰지므로 선착장도 수위변동에 자동으로 맞춰지도록 수력부양 형으로 하든가 또는 기계적인 방법으로 수위변화에 따라 즉시 플랫폼을 상↔하로 이동시킬 수 있는 구조로 하여 수상버스와 선착장(플랫폼)이 수평이 되게 하여야 신속하고도 안전한 환승이 가능해 진다. 선착장 역시 환승역과 같이 장차 환승객 증가에 대비하여 확장이 가능한 구조로 해야 할 것이다.

4.3 수상버스

우리가 지금까지 보아온 선박(배)과는 전혀 다른 형태의 배로 건조해야 할 것이다. 선착장(플랫폼)과 맞닿는 배의 옆구리 부분은 곡선이 아닌 일직선으로 하여야 하고 출입문은 1개가 아닌 복수로 하여야 신속한 환승과 수상버스의 신속한 입출항(도착→정선→출발)이 가능해 진다. 수상버스 또한 환승객 증가에 대비하여 증량(배의 칸수를 늘임)이 가능한 구조로 설계, 건조되어야 할 것이다.

4.4 수상버스의 정선(접안)

　지하철역에 정차한 열차와 플랫폼 간의 간격은 대략10cm내외이
다. 여기서도 가끔 승객의 발이 빠져 사고가 난다. 수상버스와 선착
장 플랫폼 간의 간격이 너무 넓을 경우 사람이 빠지면 바로 강물로
빠지는 결과가 되고, 간격이 좁을 경우 발만 빠지더라도 물결에 의한
배의 출렁거림 때문에 바로 발목절단사고로 이어질 가능성이 많다.
　따라서 수상버스와 선착장 플랫폼 간에는 간격이 없이 붙어있는
형태가 되어야 하며 수상버스의 정선시간동안은 배의 출렁거림을
방지할 수 있는 특수한 장치가 구비되어야 할 것이다. 수상버스가
정선과 동시에 전자력(전자석)에 의해 수상버스와 플랫폼이 결합되
게 하든가 또는 기계장치에 의해 플랫폼과 수상버스가 밀착결합 되
게 하는 장치가 필요할 것이다.
　연안여객선의 항구에서 보듯이 배가 접안하면 밧줄을 던져 지상
에 설치된 앵커에 배를 고정시키는 방법은 입출항에 시간이 많이 걸
리고 안전한 환승이 곤란하여 이 System에는 적절치 않다.

4.5 수상버스의 배타적 항로 확보

　한강 중앙에 선착장이 위치하는 양화대교(선유도)~당산철교(2호
선)~여의나루역(5호선)~한강철교(1호선)~한강대교(노들섬)~동작
대교(4호선)~동호대교(3호선)~청담대교(7호선)~잠실철교(2호선)
간은 강력한 밧줄에 일렬로 묶인 부표를 3열로 띄워 수상버스의 상,
하행선 항로를 확보하여, 타선박이 교차치 않도록 하고 항로를 일직
선이 되게 하여 수상버스의 신속하고도 안전한 운행이 가능토록 해

야 할 것이다.

또한 이 System을 상, 하류지역(경기도)까지 연장할 경우에도 타 선박이 수상버스의 항로에 접근하거나 횡단하는 일이 없도록 안전 장치를 마련해야 할 것이다.

4.6 수위 안정화 대책

가끔 한강변(주로 성산대교~양화대교 사이)에 나가 보면 수위가 1일 중에도 많이 변화 화는 것을 목격할 수 있다. 확실히는 모르겠으나 아마 인천앞바다의 조수간만의 차이 때문에 일어나는 현상 같다.

위 4.2에서 언급 하였듯이 수상버스와 선착장이 수위에 자동적응이 된다하여도 수위가 반복적(1일 평균 4회 정도)으로 변화하면 안전 확보나 System의 운영에 많은 어려움이 있을 것이다. 따라서 김포대교 밑에 있는 수중보를 더 높이든가 수중보위에 개폐가 가능한 수문을 추가로 설치하여 평상수위를 조수간만에 영향을 받지 않을 만큼 높여주고, 수문개폐와 팔당댐의 방류량을 실시간으로 연동시켜 수위가 항상 일정한 수준이 되도록 유지하는 대책이 수립되어야 System의 안전하고도 원활한 운영이 가능할 것이다.

4.7 수상버스의 운행 정지

어떤 대중교통 System의 채택에 있어 선택을 결정짓는 가장 핵심이 되는 것은 효용성이지만 그 보다 더 우선 고려되어야 할 것이 안전이다.

안전이 확보되지 않은 대책은 선택의 대상이 될 수가 없다. 그렇다고 해서 오늘날 운행되고 있는 모든 교통수단이 100% 안전이 보장되는 것도 아니다. 다만 선택되어 운행되는 교통수단의 불안전한 요소를 인간의 지혜와 자제로써 가능한 한 줄여나가는 길뿐이다. 충분히 예측할 수 있고, 예방할 수 있는 재난은 어느 정도 불편을 감수하더라도 이를 피해가야 한다.

수상버스의 운행을 방해하는 요인으로는 겨울철의 한강 결빙이 있다. 석빙고, 동빙고의 유적이나. 한국전쟁당시(1.4후퇴) 어름판위로 탱크가 도강하였다는 이야기를 듣기는 하였으나 오늘날에 와서는 겨울철에 결빙 때문에 한강에 배가 다닐 수 없는 일은 없을 것이다. 설사 혹한의 겨울이 오더라도 1일 수십~수백 회 운행하는 수상버스의 항로에는 배의 운행을 막을 만한 결빙은 이루어지지 않는다.

다만 여름철의 태풍과 홍수는 사정이 다르다. 이미 예보가 가능한 태풍 통과시간과 폭우로 수위가 올라가 수상버스의 안전운행에 지장이 되는 수위를 지정하여 이 시간 동안에는 수상버스의 운행을 정지하도록 엄격히 관리해야 할 것이다.

수상버스는 원초적인 교통수단이 아니고 지하철이나 노선버스 승객의 이동거리를 단축시켜주는 보조적 교통수단이므로 수상버스가 운행을 정지하였다고 하여 시민들의 이동수단이 완전히 막혀버리는 것은 아니다. 다만 1년에 며칠, 또는 몇 시간 동안 대중교통 이용에 불편함이 있을 뿐이다.

5. 다른 대안은 없는 것일까?

○ 이 글의 핵심은 현재 서울의 교통난은 심각한 수준으로 시민이면 누구나가 느끼는 현실이며, 이는 서울의 도로가 부족하거나 교통시설에 대한 투자가 부족해서 이기보다는 인구밀도가 적정수준을 넘어 비정상적으로 과밀화 되어 있고 승용차 보급이 폭발적으로 늘어나면서 도로도 포화상태가 되어 어떠한 교통수단도 쾌적한 교통과는 거리가 멀어졌다. 사정이 이렇다 보니 시민들 대부분이 대중교통을 이용하기보다는 보다 덜 불편한 승용차이용에 매달리게 되고 이런 현상은 대중교통 수단의 운행속도를 극도로 떨어트리고 이용 승객이 줄어들어 결과적으로 대중교통도 자가용도 다 같이 불편함만 더해가는 악순환의 확대재생산으로 이어지고 있다. 교통문제에 관한한 혁명과도 같은 특단의 조치가 필요한 시점이 되었으며, 이번에 서울시에서 단행한 교통체제 개편이 그 시발점으로 여겨진다.

서울의 교통지도를 세밀히 뜯어보면 이러한 교통난의 숨통을 트여 줄 수 있는 공간으로 천혜의 한강이 가로 놓여 있다. 이글은 한강에 수상버스(여객선)를 띄워 지하철과 연계시켜 지하철의 혼잡도도 떨어트리고 혼잡도가 떨어지는 만큼 지하철의 운송능력을 끌어 올리자는 취지이나, 사실 수상버스가 현재의 지하철만큼 정확한 정시운행과 속도가 따라주게 건조가 가능하고 운행이 가능할지는 의문이다.

수상버스가 지하철보다 현저히 느리고 운행의 정확성도 떨어진다면 이는 지하철연계 교통수단으로서는 적절치 않다. 그래서 수상버스가 앞에서 제시한 조건들을 충족시키게 건조가 불가하다면 다른 방안으로서 수상버스 예상노선에 경전철이나 수상에 설치된 레일

(또는 로프)을 따라 운행할 수 있는 수상전철(배와 전철의 절충형태)을 생각해 보자는 것이다.

사람에 따라서는 경전철을 건설할 바에야 공사조건이 나쁜 강상에 건설하기보다는 지상에 건설하자는 의견이 있을 것이다. 그러나 서울 한복판에서 이만한 수송능력을 갖는 경전철을 거의 직선에 가깝게 건설할 수 있는 공간은 찾기가 힘들며 기존의 지하철과 연계시키는 방법도 그리 간단치가 않다. 또한 사유지수용이 전혀 발생하지 않는 다는 점도 무시할 수 없는 요소이다.

서울 교통지도를 자세히 살펴보면 현재 서울에서 운행되고 있는 지하철 노선 중 6, 8호선을 제외한 1, 2, 3, 4, 5, 7호선이 한강을 통과하고 있으며 모든 노선의 대략 중간지점에서 한강을 통과하고 있다. 6, 8호선도 한번 환승하여 1-2정거장(역)만 지나면 한강을 통과하게 된다.

한강만큼 모든 지하철을 효율적으로 연계시켜 주는 공간은 없다. 또한 환승조건도 주의 깊게 따져보아야 한다.

기존 지하철 환승역은 대부분이 환승을 위하여 상당한 거리를 걸어야 되고 수많은 계단과 에스컬레이터를 타야 한다. 지하철과 수상버스 선착장간은 완전한 ✚자 교차가 가능하여 최소한의 계단만 오르내리면 환승이 가능해지게 건설할 수가 있다. 같은 거리를 가더라도 답답한 지하철을 타는 것보다 시야가 확 트인 수상버스를 타는 것을 어찌 비교할 수 있겠는가?

O 생각의 범위를 넓혀 보자

윗글은 대중교통을 이용하는 시민의 한사람으로서 대중교통을 이용하면서 겪은 불편하였던 경험을 토대로 비록 이 분야에는 비전문가이지만 당면한 서울의 교통난 해소방안에 대한 나름대로의 아이디어를 제시하는 것이다.

수상버스는 서울의 교통수단으로서만 거론 하였지만 생각의 범위를 넓혀 보면 수상버스를 계속 타든가 수상버스에서 여객선에 환승하여 장차 건설이 예정되어 있는 경인운하를 이용하면 인천공항까지도 여행이 가능할 것이다. 비록 현재로서는 허황되고 꿈같은 이야기로 들릴 수도 있으나 장차 남북관계가 개선되거나 통일이 되면 수상버스를 타고 한강하구를 빠져나가 강화도를 들르고, 서해바다를 거슬러 올라가 대동강을 따라 평양중심부에 직접 다다를 수도 있을 것이다.

우리 민족의 저력은 2002년에 꿈을 현실로 바꾸었던 값진 경험을 갖고 있다.

아 –! 평양! 을밀대!

듣기만 하여도 눈시울이 뜨거워지고 가슴이 뛴다. 서울에서 아침 먹고 지하철타고 한강에서 수상버스를 갈아타고 대동강을 거슬러 올라가 수상버스 난간에 기대어 서서 을밀대를 바라보는 감격스런 그런 날은 언제쯤 오려는가? 끝.

서 울 특 별 시

수신자 윤재학 님 서울 양천구 신정동

(경 유)

제 목 한강 수상버스 시스템 관련 민원 회신

1. 우리시 교통행정에 많은 관심을 가져 주시고, 참신한 아이디어를 제시해 주셔서 감사합니다.
2. 윤재학 님이 서울–한강–대중교통을 통해 제시한 민원(제안)은 다음과 같은 것으로 생각됩니다.

– 요 약 –

가. 제안이유

○ 서울의 동서로 길게 뻗은 한강은 상당한 대량수송의 잠재력을 갖고 있으면서도 남북 간을 잇는 다리 이외에 동–서간을 왕래하는 수상교통은 개발되어 있지 않음

○ 지하철과 연계하여 한강을 이용한 동–서축을 왕래하는 교통수단(수상버스로 표기함)을 개발하여 서울의 교통난 개선

– 버스나 지하철 이용승객의 우회, 이동거리를 "한강을 운행하는 수상버스"로 단축시켜 1일 총교통수요 감소효과

– 도로나 지하철 신설과 비교하여 비용대비 효과 아주 큼

나. 기존 여객선 운행과 비교

기존 여객선	수상 버스
○ 한강선착장까지 대중교통수단 연계 ○ 이용방법: 대중교통(주로 버스)→여객선→대중교통	○ 지하철이 지나는 한강 교량에 환승시설(간이역)과 선착장 건설 ○ 이용방법: 지하철 → 수상버스 → 지하철 ○ 한강의 일반교량과도 연계(버스, 택시)

*〈표〉 수상버스와 연계가 가능한 교량(한강교량별 기능 및 이용방법: 생략

다. 지하철↔수상버스 연계(환승)방법 비교(2가지 제안)

한강둔치에 환승역 설치	한강교량(중간)에 환승역 설치
○ 한강둔치에 수상버스 선착장 설치 ○ 기존 지하철역 – 보도육교 – 선 착장 ○ 장점: 공사비용이 적게 듦 ○ 단점: 환승거리가 길고, 선착장에 입항하는 수상 버스의 곡선 운행	○ 지하철이 지나는 한강교량에 환승시설(간이역)을 설치하고, 하부에 선착장 건설 ○ 선착장은 수력부양 형 ○ 장점: 수상버스 직선운행, 전용 통행로 확보 ○ 단점: 공사비 과다

라. 환승역 설계시 반영해야 할 사항

  - 간이 환승역: 지하철교량 상부에 지하철 차량 1-2칸에서 환승
     가능 하도록 플랫폼 설치, 환승차량에 표시를 하
     거나 안내 방송 실시
  - 수상 선착장: 수위변화에 따라 높낮이 조정(수력부양 형 또는
     기계 형)
  - 수상버스(선박): 선박 옆구리 부분이 선착장과 맡 닿도록 직선
     으로 하고 신속한 환승이 가능하도록 출입문
     설계
  - 수상버스 정선: 승객의 안전을 위해 선박과 플랫폼이 밀착되도
     록 전자력이나 기계장치에 의한 결합장치 강구
  - 배타적 노선확보: 운행구간에 3중의 부표를 띠워 통행항로
     확보
  - 안정적인 수위: 한강수위의 안정화를 위해 김포대교 밑의 수중
     보를 높이거나 별도의 개폐수중보를 설치하고
     팔당댐의 방류량과 연계
  - 운행정지: 겨울철 결빙, 여름철의 태풍, 홍수 등 1년에 며칠
     정도

3. 위 민원(제안)을 검토하고 다음과 같이 회신합니다.

가. 긍정적인 사항

○ 한강수운 이용에 대한 새로운 접근으로, 한강교량 중간에 지하
   철 환승역과 선착장을 건설하고, 전용 수상버스(선박)를 운행

하자는 아이디어는 참신함

ㅇ 지하철↔선박 통합 운영방법 뿐만 아니라 한강교량 분석, 선착장, 한강수위 등에 대해서도 많은 연구

나. 문제점

ㅇ 지하철 이용시간 단축, 지하철 혼잡도 개선이라는 효과에 비해 비용 과다소요

- 한강교량 8개(5호선 하저터널 제외) 중간에 환승역 및 선착장 건설시, 예상 이용자수 대비 천문학적인 비용이 소요

- 현재 쾌속선 및 유람선을 활용하지 못할 경우, 신규 건조(설계 및 제작비용소요)

ㅇ 현재 한강교량에 환승역 및 선착장 설치 시 하중으로 인한 교량안전문제 검토 필요

- 교량안전에 문제가 있는 경우, 전반적인 교량 보강 공사 후 설치 가능

ㅇ 교량 상부의 선착장에서 하부의 선착장으로 이동방법 재검토

- 에스컬레이터, 엘리베이터 또는 계단 이용 시 침수 및 안전에 대한 추가적인 검토 필요

ㅇ 지하철 ↔ 선박을 대중교통으로 통합하여 운영할 경우, 안전문제 및 적정 선박 확보비용, 수상버스 수익성(선박 운행비용 대비 수입)확보, 투자재원 확보 등 추가적인 문제발생

ㅇ 선박운행 시간과 지하철 운행시간의 괴리

- 수상버스는 지하철에 비해 운행간격이 길고, 환승대기 시간이 많이 소요되어 이용승객의 실제 운행시간 단축효과 미지수

4. 대안 모색 및 평가

　외국의 수운이용 사례를 참고하여 한강수운을 교통수단으로 활용하자는 제안은 계속 제기되고 있으며, 우리시에서도 경인운하 사업과 연계하여 한강수운을 이용한 화물, 여객을 대상으로 타당성 조사(1998. 6)를 하였습니다.

　이후 새로운 기술의 도입에 따라, 현재의 유람선 운행방식을 개선하여 대중교통 수단으로도 활용가능한지 여부에 대한 다각적인 연구의 필요성이 제기되고 있는데, 현재 유람선 체계를 개편하여 운항로를 연장하여 선유도 공원, 강서지구, 강동지구 등에 추가 선착장을 설치하거나, 새로운 선박도입, 운행방식, 요금체계 등에 대한 전반적인 재검토 필요성도 제기되고 있습니다.

　제기하신 제안내용은 여건이 성숙되면 반영될 수 있도록 장기적으로 검토하겠습니다.

　아울러, 우리 시정 및 교통행정에 관심과 애정을 가져주시고 새로운 접근의 제안을 해주신데 대해 감사드립니다. 끝.

서 울 특 별 시 장

담당자 ○○○ 교통계획과장 ○○○

수신 서울시 교통계획과(000 님) 2004. 10. 8
제목 수상버스 시스템 관련 추가의견 제시

저의 보잘 것 없는 제안에 대하여 성의 있는 검토와 회신을 보내주신 것에 대하여 감사를 드립니다.

1천만 이상의 시민이 살고 있고 4천5백만 국민이 수시로 드나드는 서울의 한강에 수운을 개척해 보자는 제안이 없었을 리가 없으며, 다만 회신내용에서 밝힌 대로 서울시 자체적으로 검토했거나 시민들의 제안이 모두 수상여객선 선착장과 접목하는 교통수단을 버스와 승용차만을 대상으로 한 것이기 때문에 접목시키는 입지확보나 시설건설이 결코 쉽지 않았을 것이고, 소요공사비도 만만치가 않았을 것입니다.

여건이 이렇다 보니 수상여객선을 운행한다 해도 이용가능 지역과 이용대상 주민이 극히 제한적이어서 수상여객선이 투자비에 비하여 대중교통 수단으로서의 활용가치(경제성)에 대한 확신이 서지 않아 지금 까지는 이를 적극 추진하지 않은 것 같습니다.

제가 제안한 내용의 핵심은 투자비에 비하여 효과도 미지수이고, 이용승객도 극히 일부지역에만 국한될 수밖에 없는 버스(승용차)⟹수상여객선⟹버스(승용차) 방법 대신에 이미 한강 위를 통과하고 있고 모든 시민이 다 같이 활용이 가능한 지하철(버스)⟹수상버스⟹지하철(버스)환승 시스템을 도입해 보자는 것입니다.

저의 제안에 곁들여 부언한 지하철과 수상버스 연계방법, 간이

역, 선착장, 수상버스 등의 건설에 관한 내용은 지하철과 수상버스 환승이라는 아이디어를 글로써 정리하여 가는 과정에서 그야말로 비전문가의 아마추어 수준의 견해를 피력한 것이지 그 방법이 절대 적인 것도, 최선의 방안이라고 주장하는 것도 아닙니다. 그런 것들 은 서울시에서 지하철↔수상버스 환승 시스템을 채택하기로 방침을 정하면 전문 연구기관이나 건설업체 등에서 얼마든지 더 좋은 방법 과 아이디어가 제시될 줄로 믿습니다.

귀 시의 검토 의견 중 문제점으로 제시한 내용이 현실과 맞지 않 거나 동의할 수 없는 부분에 대하여 추가로 저의 의견을 제시하오니 검토 바랍니다.

제안에 대한 추가의견 정리

1. 지하철 이용시간 단축, 지하철 혼잡도 개선이라는 효과에 비해 비용과다 소요(한강교량 8개 중간에 환승역 및 선착장 건설시, 예상 이용자수에 비해 천문학적 비용이 소요)

환승역, 선착장 건설비용. 예상이용자 수를 판단할 자료나 지식 이 없어 이를 정면으로 반박 하지는 않겠으나 아래와 같은 조건이면 이 시스템을 시도해 볼만한 기본적인 조건을 갖추었다고 보아야 할 것입니다.

수상버스 1일 예상 이용자 수: 지하철 1개 노선 1일 이용자 수

$$\geqq$$

수상버스 시스템 건설비용: 동일거리 지하철 건설비용

여기서 건설공사비는 필자의 식견으로는 어림짐작하기도 어렵지만 대략 다음과 같은 관계일 것입니다.

① 지하철 환승역 1개소 건설비용 $\gg$ 간이역 공사비용 + 수상선착장 건설비용

잠실철교와 같이 승용차용 교량을 일부 간이역으로 개조하고 그 부분에 승용차용 교량을 별도로 건설해야 하는 조건이 가장 나쁜 곳도 지하철 환승역 공사비용을 초과하여 소요되지는 않을 것입니다

② 지하철 노선 건설비용: 수상버스 노선 건설비용

지하철은 노선건설 비용이 막대하게 소요되는 반면, 수상버스는 한강물이 바로 노선이 되므로 노선건설비용이 전혀 발생치 않음, 설사 부표등을 띄워 수상버스 노선을 확보하고 수위안정화 장치를 하더라도 지하철노선 건설비용에 비하여는 비교할 수조차 없는 미미한 수준일 것입니다.

③ 지하철 차량 건조비용: 수상버스 건조 비용

이 관계는 확실히는 모르겠으나 동일 여객을 실어 나를 수 있는 전동차에 비하여 수상버스(배)건조 비용이 더 들지는 않을 것 같습니다.

④ 지하철 운송비용 : 수상버스 운송비용

시스템 운영에 소요되는 부대비용(인건비 등)을 제외하고 동일한 중량을 동일거리 운반할 때 소요되는 에너지 기준으로 수상 운송이 육상운송에 비하여 적게 소요되는 것이 일반적인 현상입니다.

(정 리)

개략적인 수요조사나 소요공사비 등을 따져 보지도 않고 막연히 천문학적 공사비가 소요된다고 하는 것에 대하여 쉽게 수긍이 가질 않습니다.

2. 현재 한강교량에 환승역 및 선착장 건설시 하중으로 인한 교량 안전문제 검토필요(교량안전에 문제가 있을 경우 전반적인 교량 보강공사 후 설치 가능)

① 간이역

기존 지하철 교량 상부에 위치하게 되는 간이역은 지하철 구간의 역사와 같이 중하중의 콘크리트 구조물로 설치하는 것이 아니고 바닥 면과 계단 등은 철판을 이용하고, 측벽 및 천장재(유리창 포함)는 우수한 경량 건축재가 많이 생산되고 있어 이들을 사용할 경우 중량 증가로 인한 지하철 교량에 큰 부담을 주지 않을 것이며, 간이역을 신설하려면 기존 지하철 교각과는 일정거리가 떨어진 보조교각을 반드시 세워야 할 것이므로 보조교각이 하중 증가분을 부담토록 설계하면 큰 문제는 없을 것 같습니다. 또한 현재는 지하철 차량이 교량위에서는 최고속도로 운행하나, 중간에 간이역이 설치되면 감속 ⇒정차⇒가속 구간이 저절로 형성되어 교량상부에서의 평균 운행속도가 저하되어 오히려 교량의 수명과 안전을 향상시키는 결과가 될 것입니다.

②수상선착장

수상선착장을 수력부양 형으로 하면 기존 교각에 중량의 부담을 크게 증가 시키지는 않으나 선착장이 유속에 밀리는 힘이 교각에 가해져 교량하중과 수직방향의 장력이 가해져 교각안전에 영향을 줄 수도 있을 것입니다. 수상선착장은 선착장만을 거치하기 위한 별도의 교각(상부 간이역의 보조교각과 공통으로 하는 것이 좋을 것 같음)을 일정 간격으로 설치하고 선착장이 물 흐름에 이끌려 발생하는 장력은 이 교각이 부담토록 하고 선착장은 선착장 교각의 축을 위-아래로 수위변화에 다라 오르내리는 형태로 해야 할 것입니다.

3. 교량상부의 간이역에서 하부의 선착장으로 이동방법 재검토 (엘리베이터, 에스컬레이터 또는 계단 이용 시 침수 및 안전에 대한 추가적인 검토 필요)

현재의 지하철역도 에스컬레이터나 엘리베이터로 모든 구간을 오르내리는 것이 아니고 대부분을 승객이 계단을 이용해야 합니다. 간이역~수상선착장간은 어느 환승역보다도 짧은 수직거리만 이동하면 되는데 구태여 엘리베이터나 에스컬레이터를 설치해야 할 이유가 없고, 다만 보행 장애인(휠체어 탑승자)이나 자력보행이 어려운 병약자 분들께서는 대단히 송구스럽지만 안전한 여행을 위하여 수상버스 환승은 하지 않는 게 좋을 것 같습니다. 수상버스는 지하철의 보조 교통수단으로서 수상버스를 환승하지 못한다고 하여 장애인 분들께서 현재의 지하철 이용에 양향을 받지는 않기 때문입니다.

반드시 장애인 환승시설도 갖추어야 한다면 침수가 안 되는 최고 수위 점까지는 엘리베이터를 설치하고 거기서 부터는 완경사 미끄럼계단을 설치하면 전혀 불가능하지는 않을 것입니다. 수위변동에 따른 간이역과 수상선착장간의 계단을 접목시키는 방법은 여러 방법으로 고안할 수 있는 것으로서 큰 문제가 아니기 때문에 여기서는 구체적인 설명은 생략하겠습니다.

4. 지하철~선박을 대중교통으로 통합하여 운행할 경우, 안전문제 및 적정 선박확보 비, 수상버스수익성(선박운행 비용 대비 수입)확보, 투자재원 확보방안 등 추가적인 문제발생

① 투자예산 확보 문제
투자비용 확보는 제가 판단하거나 언급할 성격이 아니기 때문에 생략합니다.

② 수익성, 운영방법
지난 7월1일 대중교통 체계를 개편하면서 지하철~시내버스를 단일요금 체계로 묶었듯이 수상버스도 기존 지하철의 변형된 형태로 생각하고 지하철 요금체계내로 편입하고 운영주체도 지하철과 같이 서울시가 담당을 해야 할 것입니다. 수상버스는 단지 수상버스의 운행에 따른 수지타산을 따지기보다는 수상버스를 운행함으로서 지하철 이용이 보다 편리해지고, 지하철 이용이 편리해지는 만큼 지하철

의 추가 운송능력이 생기고, 추가운송을 하는 만큼 승용차 이용이 줄어들어 결과적으로 대중교통이 활성화 되어 교통난이 완화되고 나아가 에너지 절약이라는 대국적 견지에서 판단을 해야지 수상버스를 독립된 운송 사업으로 보고 수익성을 계산하는 것은 적절한 접근 방법이 아니라고 생각합니다.

　5.　선박 운행시간과 지하철 운행시간의 괴리(수상버스는 지하철에 비해 운행간격이 길고, 환승대기 시간이 많이 소요되어 이용의 실제 운행시간 단축효과 미지수)

　조금은 미안한 표현이지만 이 글을 검토하신 분께서는 연안 항구에서 도서지방을 1일 1회 – 수회 운행하는 연안여객선을 염두에 두고 고정관념에서 이를 검토하신 것 같습니다. 수상버스가 지하철과 연계 환승하는 대중교통 수단으로 기능하려면 당연히 수상버스도 지하철과 같은 간격으로 운행하는 조건으로 검토를 해야지, 운행간격을 넓게 잡으면 그것을 어찌 대중교통이라 하겠습니까? 지하철과 선박의 차이점과 특수성을 감안한다 해도 수상버스의 운행간격을 가급적 지하철 운행 빈도에 가깝도록 맞추어야 할 것이며 또 그렇게 못할 만한 특별한 사유도 없을 것입니다.

　지하철은 노선 구간 중 어느 한 지점이나 어느 전동차가 고장을 일으켜도 그 노선 전체가 고장이 복구될 때까지 일정시간 운행을 멈추어야 하지만, 수상버스는 어느 한대가 고장으로 운행이 중단되어도 후속선박이 고장선박의 승객을 인계받거나 예인할 수도 있고, 후속 선박이 선행선박을 추월하는 것도 가능하며, 선착장의 시설방법에 따라서는 여러 대의 수상버스가 동시에 출발하고 동시에 정선하는 것도 가능할 것입니다. 지하철은 선로라는 고정된 궤도위에서만 이동이 가능하나 수상버스는 물위는 모두 활동공간이 되어 지하철보다는 활동공간에 제약을 받지 않는다는 것입니다. 구태여 이런 복잡한 운행방법을 택하지 않더라도 수상버스의 운행간격을 지하철에 비하여 현저히 넓게 잡아야 할 이유는 없을 것 같습니다. 다만 하나 필자 자신도 가장 염려하는 바는 수상버스가 배라는 선입감 때문에 갖게 되는 막연한 불안입니다.

수상버스는 도서지방을 왕래하는 여객선과 같이 험난한 파도와 부딪힐 경우도 거의 없고, 망망대해를 단독으로 운행하는 것도 아니고, 승객을 실은 상태에서 급격한 방향전환을 해야 할 일도 없을 것이다. 도심 한복판의 수위의 변화가 거의 없는 강을 다른 수상버스와 앞서거니 뒤서거니 연이어 운행하는 형국이어서 만약에 무슨 사고가 나더라도 안전하게 구조할 만한 시간적 여유는 있으리라고 생각됩니다. 또한 시스템의 운영과 배를 건조할 때 가장 심혈을 기울여야 할 부분이 안전일 것입니다.

6. 기타(유람선 및 쾌속선 운행제약 활용방법)

① 한강에 유람선이 운행하는 것을 알겠으나 쾌속선은 어떤 것을 말하는 것인지 모르겠습니다. 혹시 수상스키 등 레저 활동에 사용되는 모터보트라면 이는 당연히 수상버스 운행에 지장이 된다면 운행을 제한해야 된다고 봅니다. 유람선 또한 수상버스가 효과적인 대중교통 수단으로 평가되어 이 시스템 채택에 유람선이 장애가 된다면

유람선 또한 운행을 정지시키고라도 수상버스를 운행해야 된다고 봅니다. 이는 한강을 일부 시민의 레저 활동과 사기업의 영리사업 공간에서 모든 시민의 품으로 돌려주는 일이기 때문입니다.

② 한강은 폭이 대략 800~1,000m 정도 이므로 수상버스가 운행을 하여도 강 한가운데 100~200m의 공간만 확보하면 되므로 양편으로 300~400m의 공간이 남아 유람선이나 쾌속선이 운행공간의 제약을 받기는 하여도 운행을 하는데 큰 문제는 없을 것입니다.

③ 유람선을 수상버스로 활용하는 것은 적절치 않다고 봅니다. 수상버스는 이 시스템의 용도와 기능에 맞도록 고유의 설계에 의해 건조되어야 할 것입니다.

7. 시스템의 타당성 조사

지하철~수상버스의 환승시스템의 아이디어가 황당하다거나 전혀 고려할 가치조차 없는 것이라면 모를까, 현실화 하는데 어려움은 있지만 한번 검토해 볼만한 가치가 있다면 적어도 다음 3가지의 판단자료를 갖고 검토를 하는 것이 옳은 접근방법이라고 생각합니다.

① 수상버스
한국이 세계최대의 조선능력이 있는 국가로 알고 있습니다.

관련 연구기관이나 조선업계에 지하철과 환승하는데 적합한 기능을 갖춘 선박의 건조가 가능한지? 또 그런 선박이 건조되었을 때 그

제원(속도, 승선인원, 정 발차 소요시간, 개략적인 건조비용 등)은
어느 정도인지의 자료

② 간이역, 수상선착장

지하철 교량 건설 참여업체나 연구기관 등으로부터 이런 시설물
의 설계, 시공가능성과 개략적인 공사비에 관한 자료

③ 예상 이용객

현재 지하철은 100%, 시내버스도 지난 7월1일 부터는 거의 100%
가깝게 모는 자료가 전산으로 집계되고 있을 것입니다. 지하철과 시
내버스의 1일 교통인구와 승객 1인당 승차지점과 하차지점이 전산
으로 집계되고 있으므로 이 자료를 분석하여 정확한 예상이용객 수
를 산출하여야 투자의 적정여부가 가려질 것입니다. 즉, 그 자료를
분석하여 다음의 조건에 해당하는 승객은 예상 이용객으로 보면 될
것입니다.

현재의 지하철(버스) – 지하철(버스)로 이동시 소요시간

$$\geqq$$

지하철(버스) – 수상버스 – 지하철(버스)이동시 소요시간

위자료는 현 지하철 승객의 단순한 교통시간 단축만을 가지고 판
단하는 것이지만 아래와 같은 추가 이용객도 고려되어야 할 것입
니다.

o 수상버스라는 호기심과 지하철에 비하여 수상버스가 승차감이
　좋다는 점(답답한 지하철 공간보다 탁 트인 시야)에 이끌려 수

상버스를 환승하는 승객
o 지하철 이용 시 장거리를 우회하여 승용차를 이용하였으나 수
상버스 환승으로 지하철 이용이 편리해져 승용차 대신 지하철
을 이용하게 되는 승객
o 수상버스를 지하철이 닿지 않는 한강 상, 하류 지역까지 확대
운행할 경우 승용차대신 수상버스-지하철환승을 택하는 승객

〈총정리〉

　필자 지신도 이 제안을 하면서 이 시스템이 실용화가 가능할지,
실용화할 만한 가치가 있는지는 판단이 쉽지 않습니다. 따라서 다음
과 같이 순차적으로 추진하여 보면 어떨까 하는 의견을 제시합니다.

　현재 한강의 하류지역인 경기도 김포, 일산, 서울강서지역과 상
류지역(잠실철교-팔당댐 간)은 일부 지하철이나 수도권 전철과 강
변도로 등이 개설되어 있으나 출퇴근 시간대에는 교통정체와 장거
리 우회로 인하여 많은 불편을 겪고 있으며, 이 지역 주민들 중 상당
수가 서울로 출퇴근을 하는 사실상의 서울시 교통인구입니다.

　또 이와 반대 경우의 사람들도 많습니다. 이런 지역 거점에 강변
선착장을 건설하고 강 하류 지역은 수상여객선을 2호선 당산역과 5
호선 여의나루역에 연계시키고, 강 상류지역은 2호선 강변역과 7호
선 뚝섬유원지역 또는 옥수역과 연계 시키면 이곳 주민 중 상당수를
지하철 교통인구로 흡수하지 않을까 하는 생각입니다.

　수상여객선도 별도로 건조할 것이 아니라 출퇴근 시간대에는 운
행을 하지 않는 기존의 한강유람선을 활용하여 출퇴근 시간대에만

수회 왕복 운행 시키면 교통난도 덜고 수상버스 운행의 효용성에 대한 결론도 자동적으로 얻어지리라 믿습니다.

이렇게 일정기간 운행을 해 보다가 효과가 입증되면 다음 단계로 유람선이 아닌 본격적인 여객선으로 대치시키고 그 다음 단계로 수상버스시스템을 건설하자는 것입니다. 강변에 선착장 몇 군데 건설하는 비용은 대중교통난 완화라는 큰 틀에서 보면 부담스러운 투자가 아니며, 설사 출퇴근용 수상여객선운행이 실익이 없어 이의 운행을 폐지하더라도 선착장은 다른 용도로 얼마든지 활용할 수가 있을 것입니다. −끝−

(참고) 이 제안서는 내가 처음으로 펴낸 에세이집(망둥이 물구나무서다.)에 제안서 전문만 실었다. 단행본으로서 적당한 쪽수(두께)가 초과되어 서울시의 답변서와 답변서를 받고나서 추가의견을 보낸 것은 언급만 하고 싶지는 못했었다.

<〈 그 뒤의 얘기 〉</h2>

앞의 "첫째 장: 전기자동차 실용화에 대비한 전력사업자로서의 대응"을 국민권익위원회에 재심사 건의(진정)를 하고 나니 이것도 다시 한 번 재 제안을 해보자는 욕심이 생겼다.

이 제안은 국민권익위원회를 거치지 않고 바로 국토해양부(구 건설교통부)로 재 제안을 하였더니 국민권익위원회의 국민신문고 코너로 접수가 되고 며칠 지나 서울시로 제안내용이 이첩되어 국민권익위원회(국민신문고)와 서울시가 공유하는 제안이 되었다.

아마 국토해양부에서 검토를 하여보니 서울시에서 처리해야 될 사안이라고 판단하고 그렇게 한 것 같았다.

나로서는 서울시로부터는 2004년도에 사실상 한 번 퇴짜를 맞은 제안이기에 서울시로 재 제안을 한다는 것은 영 내키지를 않아 국가 교통문제를 다루는 국토해양부로 재 제안을 하였던 것이다.

국토해양부에 재 제안을 할 때 앞에 이런 재 제안을 하는 사유를 달았다.

이 제안은 현 이명박 대통령께서 서울시장으로 계실 때 서울시에 한 번 제안을 했었고, 그러고 나서 서울시로부터 제 제안에 대한 긍정과 부정이 뒤섞인 답변을 한 번 받았고, 그 답변서에 대한 저의 재 답변서를 보내고 나서 끝난 사안입니다.

제가 국토해양부에 이 제안서를 다시 보내는 것은 다음과 같은 이유에서 입니다.

출퇴근 시간대에 지하철(특히 2호선)을 타 보면 인간이 인내할 수 있는 한계를 실감케 합니다. 20~30년 전에 비하여 지하철이 몰라보게 확충되었음에도 사정은 이렇습니다. 그렇다고 서울시내에 지금 지하철 노선의 2~3배에 이르는 지하철을 다시 건설할 수 있습니까? 아마도 예산, 여건 등으로 불가능할 것입니다.

제가 제안서를 제출하고 나서 한참 뒤에 한강에 대중교통 역할과 레저를 결합한 수상택시가 띄워진 것 같습니다. 그 택시가 지금은 어찌 되었는지는 말하지 않겠습니다.

그리고 오늘도 한강에 나가보면 곳곳에 수많은 수상위락시설과 상업시설들이 떠 있고 또 그와 비슷한 숫자가 건조되고 있습니다. 이렇게 수상위락시설을 확충하다 보면 서울 강변양안은 위락시설로 꽉 들어찰 것 같습니다.

왜 조금만 눈을 돌리면 수상교통을 개발할 수 있는 천혜의 한강을 오로지 시민들이 먹고 마시는 놀이터로만 여기는지 모르겠습니다.

그리고 설사 서울의 교통난이 큰 문제가 없다 해도 지금 지구가 처한 현실이나 한국의 에너지 사정이 단 한사람 출퇴근을 하기 위하여 수많은 승용차를 굴려도 될 만한 사정입니까?

해답은 대중교통입니다.

먼저 대중교통을 탈만한 여건이 되게 만들어 놓고 나서, 시민들에게 승용차를 운행치 말고 대중교통이용을 하도록 권유하고, 그 다음으로는 여러 가지로 승용차 운행이 불리하도록 제도를 바꾸어 가는 것입니다.

어저껜가 국민권익위원장께서 장차관이 지하철 버스를 타고 출퇴근을 하게 되면 저절로 청렴한 국가가 된다고 말씀하셨다는 글을 읽었습니다. 100% 공감입니다. 그렇지만 그런 세월은 영원히 오지 않을 것이기 때문에 이 제안서를 다시 한 번 올리는 것입니다.

제 제안 내용의 100%를 그대로 실행을 바라지도 않고 그대로 할 수도 없을 것입니다. 큰 방향을 그렇게 잡아가자는 것입니다.(신청 일시: 2010. 1. 24. 09:04:38)

(뒤의 신청일시는 자동으로 기록된 것임.)

이렇게 2010. 1. 24에 재 제안을 하고 나서 얼마 뒤에 국민신문고에 들어가서 어떻게 처리가 되어가고 있나 진행상황을 확인을 하여 보다 서울시로 이관된 것을 알 수 있었다.

제안이 접수가 되면 제안번호가 지정이 되고 언제든지 그 번호를 찾아 들어가면 진행상황이 나타난다.

진행상황은 이렇게 나타난다.

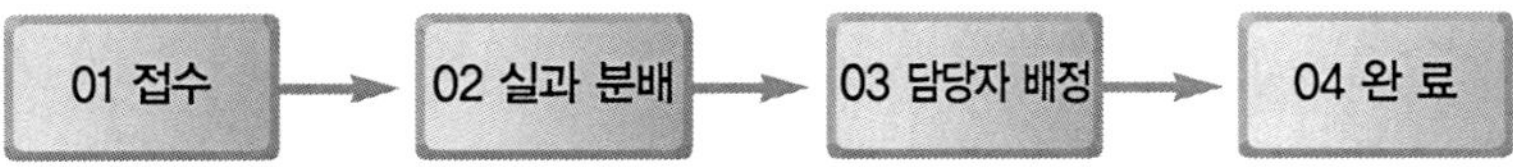

〈01 접수〉를 거쳐 2~3일이 지나서 〈02 실과 분배〉가 되고 또 2~3이 지나자 〈03 담당자 배정〉까지 진행되고 그 자리에서 한 10여일정도 머물러 있다가 다시 〈02 실과 분배〉로 거슬러(Back)올라가 있었다.

다른 칸은 흰색 바탕에 검정색 글씨로 나타나는데 현재 머물러 있는 곳의 네모 칸 안은 배경색상이 청색으로 되어 깜박대고 있어 그 단계에 머물러 있음을 알 수 있다.

그래서 나름대로 이렇게 편리하게 두 가지로 해석을 해 보았다.

맨 처음에 제안을 했을 때와 마찬가지로 "서울시 교통문제에 관심을 가져 주어서 감사하다. 여건이 되는대로 장기적으로 검토 반영하겠다."라고 일사천리로 판에 밖은 답변서를 보내고 종결지으려고 하다가 배정을 받은 담당자가 찬찬히 살펴보니 그게 아니고 심도 있게 검토를 해볼 만한 사안이라고 판단되어 상급자에게 보고하여 담당부서를 재조정하고 있든지, 아니면 귀찮은 것이 접수되어 이부서, 저부서간에 서로 떠넘기려는 소위 핑퐁게임을 하고 있든지 둘 중에 하나일 것이라고 생각을 하였다.

하여튼 간 기다려 보는 수밖에!

그런데 국민신문고에서 스스로 정한 처리기한(2월 26일)이 지났음을 물론 2개월간이나 기다려도 〈02 실과분배〉에서 깜박대기만 하고 요지부동이었다.

혹시 담당자가 제안서를 받아놓고 까마득히 잊고 있는 것은 아닌가 하여 3월 24일 아래와 같이 제안처리의 재확인(독촉)을 요청하였다. 이 확인요청 또한 제안과는 별도의 민원신청번호가 부여되고 독립된 1건의 민원으로 집계가 된다.

이 확인을 요청한 민원접수번호는 1AA-1003-059517이고 접수일시는 2010. 3. 24. 19:08:09로 기록되었다. 아주 꼼꼼하고 세밀하게 관리하는 것 같았지만 나중에는 제안과 민원의 긴 접수번호가 서로 뒤엉키거나 혼동을 가져와 처리내용을 확인하기가 여간 어려운 게 아니다.

나의 민원내용 수정제안 처리내용 확인요청

　민원인은 2010. 01.24.09:04:38에 "지하철과 연계한 한강 수상버스 운행"이라는 제안을 국민신문고(국토해양부)로 제안한 바 있습니다. 그 제안은 국토해양부에서 서울시로 아래와 같이 이관되었습니다.

　1. 처리기관: 서울시 한강사업본부 총무부 총무과
　2. 제안접수번호: 2AB-1--1-005758
　3. 접수일시: 2010. 01. 28. 10:44:07
　4. 처리예정일시: 2010. 2. 26. 23:59:59

　제안을 하고 나서 확인해보니 위와 같이 (01 접수)가 되었고, 다시 2~3일이 지나 확인해 보니 (02 실과분배)단계에 가 있었고, 다시 5일 정도 지나 확인해 보니 (03 담당자 배정)단계까지 진행되어 있었습니다.

　그리고 나서 약 1주일 뒤에 확인해 보니 다시 (02 실과분배)로 거슬러 올라가(back) 있었습니다. 그래서 처음에는 서울시(한강사업본부)에서 심도 있게 검토하느라고 그리하였으려니 생각하고 있었는데, 처리기한이 경과되었음은 물론 2개월이 가까워 오도록 계속 (02 실과분배)상태에서 머물러 있습니다.

　물론 처리기한의 부연설명에 타 기관의 의견을 들어야 할 사안은 늦어지기도 한다는 단서가 달려있기는 하나 제안일(1월24일)로부터 2개월이 지나도록 단지 접수해서 그 제안을 처리해야할 부서에 제안서를 넘긴 상태(02실과분배)로 계속 방치되어 있다는 것은 이해할 수가 없습니다. 접수, 처리 등의 시한을 분, 초 단위까지 기록 관리하면서 이렇게 늦어지는 이유를 납득할 수가 없습니다.

사안이 복잡하여 불가피하게 시일이 오래 걸린다면 중간에 제안인이나 민원인에게 중간 회신이라도 해 주어야 하는 것이 아닌가요? 혹시 담당부서에서 제안서를 받아놓고 담당자가 까마득히 잊고 있는 것은 아닌지 모르겠습니다.

확인을 부탁드리옵니다.

3월 24일에 위와 같이 제안처리의 확인(독촉)을 요청하였더니 1주일 뒤인 3월 31일에 아래와 같이 국민신문고(서울시)에서 답변이 왔다.

처리결과(답변내용) 2010.03.31 00:00:00

윤재학 님 안녕하십니까?

우선 윤재학 님께서 제안하신 사항에 대한 처리가 늦어 먼저 송구스럽다는 말씀을 드리며, 바쁘신 가운데서도 좋은 의견을 주신데 대해 깊이 감사드립니다.

윤재학 님께서 서울시정에 애정 어린 관심을 가지고 지하철과 연계한 한강 수상버스 도입을 제안해 주셨습니다. 이와 함께 수상버스 운항에 필요한 수상선착장 설치, 지하철과 수상버스 환승, 간이 지하철역 설치 방안, 그리고 한강 상·하류지역인 강동 및 경기도 하남시, 김포시 및 고양시 등으로의 수상버스 운항 확대, 기존 유람선을 활용한 시험사업 시행 등 구체적인 방안을 제시해 주셨습니다.

최근 녹색성장, 녹색교통에 관한 국민적 관심이 높아지고 있는 이 때에 시의 적절한 의견이라고 생각이 듭니다.

우리시에서는 한강르네상스 프로젝트의 일환으로 한강에 새로운 수상대중교통 수단을 도입하는 방안을 강구해 오고 있습니다. 수상버스를 도입하여 서울의 출·퇴근 시간대 혼잡한 도로교통 기능을 분담하고 쾌적하고 친환경적인 교통 환경을 마련하여 한강의 이용을 극대화해 나갈 예정입니다. 친환경 교통수단인 수상버스는 향후 대중교통 단절지역, 출·퇴근 교통정체 지역 등에서 새로운 교통 대안으로 중요한 역할을 할 것으로 기대하고 있습니다.

중앙정부에서 추진 중인 경인아라뱃길 사업과 연계하여 한강 및 경인아라뱃길 수변지역인 인천에서 잠실까지 이용특성을 고려한 노선개발 등 수상버스시스템 구축 방안을 수립 중에 있으며, 여기에는 여의도역, 이촌역, 동작역, 뚝섬역, 잠실역 등 기존 지하철역과 수상버스 정류소를 연결하는 방안을 포함하고 있습니다.

수상버스 도입은 국내에서 최초로 시도되므로 신중한 접근이 필요하다고 봅니다. 따라서 우선 시범운항을 추진하여 경제적 타당성, 이용효과 등을 검증한 후 점진적으로 확대해 나갈 계획입니다.

시범운항은 최소의 선박(2대 정도)을 도입하여 주중에는 잠실, 여의도 등 출퇴근 거점을 연결하고 주말에는 서울 숲, 한강공원 등 주요 관광거점을 연결하는 등 다양한 운영방법을 통해 효과 등을 검증해 나갈 예정입니다. 또한 수상버스 운항에 필요한 선착장 등 주요 시설은 기존 선착장과 유선장을 적극 활용하여 추가설치를 최소화하고, 선착장 인근의 지하철역과 한강교량상 버스승차장 연계는 물론 대중교통 환승요금 도입 등을 통하여 시민고객의 이용 편리성을 증대코자 합니다.

　앞으로 면밀한 검토를 통해 구체적인 사업계획을 수립할 예정이며, 시범운항과 경인아라뱃길을 포함한 한강의 경기권역으로의 확대 운영도 충분히 검토해 나갈 것입니다.

　이 과정에서 윤재학께서 주신 의견을 최대한 참고토록 하겠으며, 전문가 자문 등을 통해 더욱 발전시켜 나가겠습니다.

　시정에 대해 좋은 의견을 주신 윤재학 님께 다시 한 번 감사의 말씀을 드리며, 향후에도 시정 발전을 위하여 더 많은 조언과 의견을 주시기 바랍니다.

　윤재학 님의 가정에 건강과 행운이 늘 함께 하시길 기원합니다.
끝.

위 서울시의 답변을 깊은 생각 없이 그냥 읽어보면 내가 국토해양부를 거쳐 서울시로 재 제안했던 "지하철과 연계한 한강수상버스운행"에 대한 답변이 될 수도 있다.

하지만 위 답변은 엄밀하게 따져서 내가 '재 제안' 을 했던 것에 대한 답변이 아니라 서울시의 처리가 늦어 처리를 독촉한 '민원' 에 대한 답변이다.

이 책의 원고를 출판사에 넘기는 2010년 6월 5일까지도 국민신문고에 들어가 '나의 이용내역' → '나의 제안' 에 이름과 주민등록번호를 입력시키고 '지하철과 연계한 한강수상버스 운행' 의 제안처리 상태를 확인해 보면 여전히 (02 실과분배)에서 깜박거리며 깊은 잠을 자고 있다.

'국민신문고' 라는 아주 좋은 제도가 있고, '민원' 이나 '제안' 의 처리절차와 방법을 촘촘히 빈 데가 없이 세밀하게 마련하여 놓은 것 같지만 어딘지 모르게 허점이 있고, 운영상의 문제점도 많은 것 같다.

그 문제점이 국민신문고를 총괄하고 관리하는 국민권익위원회라는 기구와 제도상의 문제점인지, 아니면 현재 그 직에 있는 사람들의 문제점인지 나로서는 판단이 서지를 않는다. 혹시 마음은 콩밭에 가 있거나, 큰 뜻만 꿈꾸는 사람들에게 그 사람들과는 전혀 연관이 없는 국가의 요직을 남의 물건 집어주듯이 맡겨서 그런 것은 아닌지 모르겠다.

아마 특별한 계기(민원인인 필자가 이의를 제기하지 않는 한)가 없는 한 이 제안은 〈02 실과분배〉에서 영면을 할 것 같다.

서울시에 "한강 수상버스"를 처음 제안(2004. 9. 3)하고나서 한참 뒤에 서울시에서 내 제안을 힐끗한 것인지 아니면 서울시의 독자적인 발상이었는지는 몰라도 강변 곳곳에 조그만 철제수상선착장을 설치하고 대중교통의 역할을 하게 한다고 모터보트와 비슷한 "수상택시"를 운행하고 있다.

그것에 투입된 예산과, 지금 수상택시가 서울시 대중교통의 몇 %를 담당하고 있는지 궁금하다. 아니, 대중교통의 분담비율(%)을 떠나 1년에 수상택시를 대중교통 수단으로 이용한 승객이 몇 명이었는지를 좀 밝혔으면 한다.

분명한 것은 수상버스가 되었던 수상택시가 되었던 그것을 이미 운행하고 있는 일반대중교통(지하철, 버스)과 연계시켜야 대중교통으로서의 기능을 하지, 강변둔치에 수상교통으로 환승키 위한 별도의 주차장을 만들고 거기까지 승용차나 버스를 타고 들어와서 수상교통을 환승케 한다면 시간, 요금, 교통난 완화, 에너지절약이라는 측면에서 보아 오히려 부정적으로 작용할 것이다.

오히려 수상교통으로 환승키 위한 강변양안 육상교통(승용차, 버스)의 운행을 유발시켜 시간, 요금, 교통난, 에너지절약에 역기능으로 작용을 할 것 같다.

유람선선착장이나 각종 수상위락시설도 가급적 강변에 접한 지하철역이나 버스정거장 부근에 조성하고 지하철이나 버스를 타고와 조금 걸어서 위락시설을 이용하도록 하면 될 터인데 대중교통 접근이 안 되는 곳에 유람선선착장이나 위락시설을 조성하고 그 부근에 진입도로와 드넓은 주차장을 만들어 놓고 승용차를 타고 와서 그런 시설을 이용하도록 되어 있다.

물론 노약자나 장애인 등을 배려한 일정규모의 주차장은 있어야 하겠지만, 나머지 공간은 콘크리트를 걷어내고 풀과 나무가 자라도록 하여 원래 그 둔치의 주인이었던 강과 자연에 되돌려 주어야 한다.

서울시에서는 시민들에게 대중교통 이용을 지속적으로 홍보하고 있으면서도 실제에 있어서는 승용차 운행을 촉발시키는 시책을 펴고 있다.

이것은 "녹색교통"이 아닌 "회색교통"이다.

강변둔치에 널려있는 수많은 드넓은 주차장들은 꼭 필요한 것인가?

이 땅을 고향으로 태어나 삶을 살다간 뭇 – 생명의 고향이자 어머니이셨던 한강, 낙동강, 금강, 영산강!

반드시 어머니의 건강을 회복시켜 드리고,

반드시 어머니와 고향으로서의 **존엄을** 지켜드리겠습니다.

조금만 참고 기다리십시오!

서울 서부고속터미널

이 장 역시 대중교통 이용자이면 누구나 한 번쯤은 생각해볼 수 있는 것을 정리하여 당시의 건설교통부(현 국토해양부)에 제안했던 내용이다.

처음에는 이것을 서울시에 제안을 해야 할지, 도로공사에 제안을 해야 할지, 아니면 건설교통부에 해야 할지를 망설이다가 건설교통부로 제안을 하였었다.

[서부 고속터미널 건설 제안]

서울 서부지역 고속터미널 건설

2005. 12. 31

서울시 양천구 신정동 윤 재 학

안녕하십니까?

저는 서울시 양천구 신정동에 사는 58세 되는 시민입니다.

저는 8세 무렵 고향인 충청남도 당진군에서 서울로 올라와 18년간을 성동구 (왕십리, 행당동)에서 살았고 그 이후 30여년을 강서구, 양천구 등 서울 서부 지역에서 살아오고 있습니다.

고향이 충청도 북부지역이다 보니 친척들이 충남 천안, 아산, 당진, 예산 지역과 경기도 안성. 평택 등지에 흩어져 살아 자주 이곳들을 왕래하고 있으며, 특히 3년 전부터는 경기도 안성지역을 1개월에 3~4회 정도 왕래하고 있습니다. 스스로 운전을 할 줄 몰라 주로 고속버스를 이용하고 있으며, 가끔 특별한 일이 있을 경우에는 아내가 운전하여 주는 승용차를 이용할 때도 있습니다.

고속버스를 자주 이용하면서 느낀 점은 지난 70~80년대 고속도로와 고속버스가 처음 도입되었을 때보다 고속버스가 다른 교통수단에 밀려 많이 위축된 것 같았으며, 특히 서울과 지방간을 운행하는 고속터미널이 서울의 경우 동부지역에 편재하여 있어 서울 서부지역(경기도 김포, 강화, 고양시 등도 포함)주민들이 고속버스를 이용하는 데 많은 불편이 있고, 이로 인하여 서울서부지역 주민들은 근거리 여행일 경우 고속버스를 이용하기보다는 승용차를 주로 이용하게 되며, 이는 승용차운행 요인의 유발, 도로의 상습적인 정체, 에너지 낭비를 가져와 대중교통의 활성화라는 국가교통시책에도 역기능으로 작용하는 결과를 가져오게 할 것이라고 생각됩니다.

따라서 서해안고속도로도 개통되었고 서울서부지역에서 출발하더라도 어떤 고속도로와도 연계가 되므로 이제는 서울 서부지역에서 출발하는 고속터미널을 건설 운영하는 것이 합리적이고 경제적인 국가 교통시스템이 아니겠는가 하는 생각에서 서울 서부지역 고속터미널의 설치를 건의하오니 검토 있으시기를 바랍니다.

이 건을 서울시 또는 도로공사에 건의할까도 생각해 보았지만 사업구간이 경기도와 서울시에 걸쳐있고 국가하천인 안양천을 중심으로 이루어져야 할 사업일 것 같아 건설교통부에 직접 건의하는 것이며, 아울러 2004. 9. 3 한강에 선박을 운행케 하고 지하철과 연계시켜 보자는 "수상버스"의 도입을 건의한 서울시와 주고받은 서신내용도 함께 우송하오니 국가교통업무 주무부서인 귀부의 검토가 있기를 기대합니다.

2005. 12. 31
양천구 신정동 윤재학 올림

[서부 고속터미널 건설 제안]

1. 서울의 고속터미널 현황

강남고속터미널, 남부(양재동)고속터미널, 동부고속터미널(강변터미널)등 3곳 모두 서울 동부지역에 치우쳐 있다. 이는 고속도로가 처음에 경부(호남포함), 영동, 중부 순으로 개통되어 고속터미널도 필연적으로 고속도로에 접근하기 쉬운 곳에 건설하다 보니 불가피한 현상이었다.

하지만 서해안 고속도로가 개통되었고 서울외곽순환고속도로, 제2경인고속도로, 평택~안성간고속도로 등이 개통되어 서울 서부지역에서 출발하더라도 모든 고속도로와 연계가 된다.

서울서부고속터미널이 있을 경우 이곳 주민들이 고속버스를 이용하기 위하여 구태여 강남고속터미널 등으로 가야할 이유가 없는 것이다. 특히 서울서부지역 주민들 중 서해안고속도로에 접한 충남 당진, 서산, 태안, 대천, 전북서해안지역으로 여행하는 사람들이 서울 서쪽에서 동쪽으로 강남고속터미널까지 가서 고속버스를 타고 다

시 제2경인고속도로나 평택~안성 간 고속도로를 동에서 서로 횡단
하면서 왕래한다는 것은 상당한 모순이며, 교통의 낭비에 지나지 않
는다.

2. 고속버스의 현황

고속전철이 개통되면서 고속버스는 고속전철에 시간경쟁에서 밀
리고, 대도시권 전철 망이 확장됨에 따라 요금경쟁에서는 전철에 밀
리게 되고, 승용차보급이 늘어나면서 교통의 편리성에서는 승용차
에 밀리게 되어 고속버스는 점점 위축되어가는 것 같다. 그렇다고
해서 고속버스가 폐기되어야할 교통수단은 아닌 것이다.

서울을 포함한 대도시 시내교통의 3대축이 지하철-버스-택시이
듯이 도시와 지방간을 왕래하는 교통의 축은 철도-고속버스-승용
차인 것이다.

고속전철과 전철이 고정된 궤도라는 철길을 따라 건설된 철도역
사간을 이어주는 교통수단인 반면, 고속버스는 교통수요자의 최근
거점(고속터미널)에서 목적지인 지방도시의 최근거점 까지 연결시
켜 주는 교통수단으로 활로를 모색하면 고속전철이나 전철과 더불
어 상생할 수 있는 여지는 얼마든지 있다.

고속버스가 활성화되는 만큼 승용차 이용이 줄어들고 이는 결과
적으로 상습적인 도로정체의 완화와 에너지 절약으로 이어질 것
이다.

3. 고속터미널의 현황

위 3개 고속터미널은 건설당시는 시가지화 되지 않은 변두리지역에 위치하였으나 서울이 팽창하면서 고속터미널 주변이 번화가 상권이나 아파트단지 내에 위치하게 되어 주변 환경과도 조화를 이루지 못하고 있으며, 터미널이 비좁더라도 더 이상 확장할 수 있는 여유가 없다. 고속터미널을 이용하여 본 시민이라면 고속터미널이 상당히 비좁고 복잡하다는 것을 느꼈을 것이다.

또한 출퇴근 시간대가 아닌 한낮에 출발하는 고속버스를 보면 승차율이 50%에도 미치지 못하고 있으며, 심할 경우 5명 내외의 승객만 태운 채 운행하는 것을 종종 목격할 수 있다.

고속터미널의 입지선정이 합리적이지 못했으며 고속버스의 운행방법도 개선할 여지가 있는 것이다.

4. 서울 서부고속터미널의 입지조건

경부고속도로 기점이 서울요금소가 아닌 한남대교남단이 사실상의 경부고속도로 출발점이다. 마찬가지로 서해안고속도로도 서서울요금소가 아닌 성산대교남단이 사실상 서해안 고속도로의 출발점이다.

하지만 서부간선도로(안양천 동측 제방 길: 금천고가교)를 달려본이라면 성산대교~일직분기점까지의 극심한 교통정체를 경험하지 않은 사람이 드물 것이다. 이렇게 정체가 극심한 서부간선도로의 소통대책을 세우지 않고 서울서부고속터미널을 건설해봐야 고속버스의 운행자체도 의문이며 시민들이 고속버스 이용을 외면하게 될 것이다.

따라서 서울서부고속터미널을 건설하려면 서부간선도로의 소통대책이 수립되고 나서 시민들이 대중교통(지하철, 버스, 택시)을 이용하여 가장 접근하기 좋은 곳에 터미널을 건설해야 할 것이다.

5. 국책사업과 민원

국가경영에 반드시 필요한 국책사업도 해당지역 주민의 이해관계와 맞물려 추진자체가 불가능하거나 사업추진이 기약 없이 지연되어 사업의 효과도 떨어트리고, 국가예산만 낭비하는 것은 이제 일상화 되다시피 했다. 국책사업을 계획함에 있어 민원유발 요소를 가급적 피해가는 것이 현명한 정책수립인 것이다.

6. 서부고속터미널 입지와 서해안고속도로와의 접목

① 제2 서부간선도로(고속도로)의 건설

얼핏 들은 이야기로는 서부간선도로의 극심한 정체난을 해결하기 위해 금천고가교를 2층 고가도로로 개축한다는 말을 들었다. 확정된 사업인지는 확실히는 모르겠으나 이는 현명한 대책이라고 보지 않는다.

금천고가고 옆으로는 고가교에 바짝 붙어 산업지역, 주거지역이 형성되어 있어 이를 2층고가교로 개설할 경우 주변지역 주민이 겪을 피해는 쉽게 예상할 수 있고, 극심한 민원으로 사업추진 자체가 불가능할 것으로 여겨진다.

여기서 필자는 서해안고속도로 일직분기점~성산대교남단 간에 안양천 중심을 따라 제2서부간선도로(편도2차선내외)를 개설하여 고속버스와 일직분기점에서 공항로나 성산대교로 직접 진입하는 승용차만 이용할 수 있는 고속도로의 건설을 제의한다.

이렇게 하면 성산대교 남단부터 사실상 정체 없이 서해안고속도로 진입이 가능하며 현재의 서부간선도로도 자연스럽게 교통량이 분산되어 정체난이 완화될 것이고, 경부고속도로의 서울~천안간의 교통량이 분산되어 경부고속도로 서울~서안성 IC 간의 만성적인 정체현상도 많이 개선될 것이다.

② 서부고속터미널 입지

안양천이 한강과 합수되는 공항로의 양화교 남측(인공폭포 건너편)은 안양천 둔치가 넓게 형성되어 있고, 그 옆으로는 지하철9호선 역사를 건설 중이어서 이곳 둔치 중 일정면적을 복개하여 고속터미널로 활용한다.

지하철 9호선은 서울 강남을 동에서 서까지 거의 직선에 가깝게 연결시켜 주어 시민들이 고속버스를 이용하기에 아주 좋은 조건을 갖추고 있다.

③ 제2 서부간선도로

　안양천에는 하천을 동 − 서로 횡단하는 수많은 다리가 건설되어 있다. 따라서 제2서부간선도로를 기존의 다리 밑으로 고속버스가 통과할 수 있는 높이를 띠워 지상(둔치)에 건설하면 공사비나 공사기간은 적게 들어가겠지만 여름장마철 한강수위가 상승하였을 때는 도로가 침수되어 차량통행이 불가능할 것이다.
　따라서 제2서부간선도로는 공사비가 많이 들더라도 불가피하게 기존교량의 상부를 통과하는 고가교로 건설해야할 것이다.

④ 고속터미널의 운영시스템

　양화교 앞 안양천 둔치위의 고속터미널에서 출발(하차)하여 오목교위에 중간 간이 승하차장을 건설하여 지하철5호선과 연계시키고, 다시 지하철1호선 구일역 위에 간이 승하차장을 건설하여 지하철1호선과 연계시킨다.
　이러한 시스템으로 운영을 하면 서부고속터미널은 지하철 1, 5, 9호선과 접목이 되고 공항로, 오목로, 경인국도(버스, 택시)와 접목이 되어 어떤 고속터미널 보다도 다수의 시민들이 접근하기 쉽고 배후도시(김포, 강화, 고양, 범인천권)도 고속버스 이용 가능권에 들어오게 된다.
　앞에서 언급한 것처럼 고속버스가 5명 내외의 승객을 싣고 운행하는 경우는 없을 것이다. 두 군데 간이승하차장에 정차를 함으로서 5분정도의 운행시간이 증가할 것이지만 고속버스의 운행시간은 고속도로의 정체여부에 따라 결정되지 중간에 2번의 정차는 큰 영향을 미치지 않는다.

⑤ 서부고속터미널을 양화교 옆 안양천둔치에 건설할 경우 지형의 특성상 위3개의 고속터미널과 같이 주변지역이 개발되어 번화가 상권이나 집단주거주역에 둘러싸일 염려도 없고, 장차 터미널을 확장할 수 있는 여유가 있고, 설계에 묘를 살리면 주변경관이나 하천과 어울리는 가장 쾌적하고 미려한 고속터미널로 건설할 수가 있을 것이다.

7. 토지수용, 민원

국책사업추진의 큰 장애요인중 하나가 토지수용에 따르는 과도한 보상요구이다. 제2서부간선도로는 국가하천인 안양천에 건설되므로 사유지수용이 거의 발생치 않는다. 이는 사업의 경제성을 한 단계 높여 줄 것이다.

도로도 하천 폭이 150~200미터인 강 중심에 2~4차선 고가도로로 놓이게 되어 주변 주민들이 민원을 제기할 이유나 명분이 없다.

다만 양화교 옆의 고속터미널은 약간의 민원의 소지는 있으나, 이 지역은 안양천 – 공항로 – 목동열병합발전소 – 야산으로 둘러싸인 도심내의 섬과 같은 지역으로서 고속터미널이 들어설 경우 주변상권의 번성으로 환영했으면 했지 반대할 이유가 없다.

8. 자연환경보전 측면에서의 접근

필자 자신도 이 제안을 하면서 가장 고심하는 부분이다.

40년간 2층으로 복개하였던 청계천도 뜯어내고 하천으로 되돌려 놓는 판에 안양천을 복개한다니 무슨 정신 나간 소리냐는 핀잔을 들어도 할 말은 없다. 하지만 필요한 국책사업은 추진해야 하고, 이에 답을 하기 위해 보충설명을 덧붙인다.

① 우리 국토의 현실

외국여행을 많이 다녀오신 분들(필자는 외국여행 경험이 전혀 없음)이 호주 뉴질랜드 캐나다 미국 등 인구에 비하여 국토는 드넓고 자연환경이 잘 보존된 예를 들어 우리국토의 극한개발을 탓하기도 하나 우리국민에게 주어진 국토의 여건은 그들과는 같지 않다는 것을 염두에 두어야 한다.

설사 우리나라 국민소득이 구미선진국을 능가한다 하여도 우리는 그들이 누리는 땅 넓이의 여유로움은 누릴 수가 없다. 외국에서는 여가생활이나 일상적으로 즐기는 스포츠로 여기는 골프가 국내에서는 따가운 눈총을 받는 이유 중 상상부분이 거기에 있다.

그런 소모적인 입씨름을 하기보다는 자연환경도 최대한 보존하고 우리의 삶도 쾌적하게 꾸밀 수 있는 방안을 찾는데 지혜를 모아야 할 것이다.

② 청계천과 안양천의 차이

청계천은 흐름방향이 서 → 동간이고 하천 폭이 50미터 미만이며 하천변에 바짝 붙어 시가지가 조밀하게 형성되어 있다. 그런 하천을

2층으로 복개하여 도로로 활용하다 보니 하천은 이름과 걸맞지 않게 하수관로로 전락하였고, 북측 변은 고가도로에 막혀 겨울철에는 24시간 햇볕이 들지 않는 일조권의 사각지대가 되었으며, 차량의 소음과 매연은 주변지역을 사람이 살기에는 매우 부적합한 공간으로 변모시켰다.

이런 것을 그나마 사람이 살 수 있는 공간으로 되돌리기 위한 사업이 청계천 복원이었지만 복원된 청계천은 예전의 청계천은 아니며, 물을 인위적으로 흐르게 하는 인공조형물에 지나지 않지만 그것은 어쩔 수 없는 불가피한 것이며 이를 추진한 사람을 탓할 수는 없다.

반면에 안양천은 강폭이 150~200미터 정도로 청계천에 비하여 3~4배 정도 강폭이 넓고 강의 흐름방향도 남 → 북 방향이며 하천 제방에 바짝 붙어 시가지가 조밀하게 형성되지는 않았다.

하천 중앙에 폭10~15미터 정도의 고가도로를 건설하여도 강폭이 고가교로 막히는 부분은 강폭의 5~10% 정도이므로 이를 복개로 볼 수는 없는 것이고, 기존의 하천을 횡단하는 다리위로 높은 고가교로 건설되므로 하천바닥의 어느 부분도 오전 오후에 햇볕을 받을 수 있는 시간이 충분하여 식물이나 수중생물의 서식에 큰 영향을 주지는 않을 것이다.

단, 고가교는 하천의 중심을 따라 건설할 것인지, 또는 둔치의 한쪽 편을 따라 건설할 것인지, 아니면 이쪽저쪽 둔치 간을 건너뛰면서 하천의 굴곡에 관계없이 직선에 가깝게 건설할 것인지는 신중하고 충분한 검토가 있어야 할 것이다.

③ 안양천 되살리기

지난 80~90년대까지만 해도 안양천은 먹물이 흐르는 죽은 하천의 대명사였다. 하지만 지금은 많이 달라졌다. 물빛도 많이 맑아 졌고 물고기는 눈에 띄지 않지만 철새도 많이 날아와 자맥질을 하고 있다.

그렇다고 해서 안양천이 완전히 되살아난 청정하천은 아니다. 안양천에 제2서부간선도로를 건설하는 사업과 안양천을 청정하천으로 되살리는 사업을 병행추진하면 지역주민이나 시민들로부터 찬사를 받는 초유의 국책사업이 될 수도 있다.

9. 종합정리

① 제안배경

이 제안은 필자 자신이 서울 강서지역에 살고 있기 때문에 강서지역을 강남이나 강동지역과 같은 산술적인 형평의 요구에서 하는 것은 아니다. 다만 서부지역에 살기 때문에 이런 제안을 하는 착상을 얻었을 수는 있다. 일천만 이상의 시민이 살고 있는 세계적인 대도시이고 전국 어느 지방이나 고속도로 생활권화 된 오늘날 강서 권에도 터미널을 하나 건설하는 것이 합리적인 국가교통시스템의 구축이라는 생각에서 제안을 하는 것이다.

② 통일시대의 대비

통일은 한민족전체의 숙원이고 지고의 가치이다.

언젠가는 반드시 통일을 이루어야 하고 또 될 것이다. 통일시대에 서울 강남에서 고속버스를 타고 북한의 개성 → 평양 → 신의주에 이를 수 있는 최적의 고속도로와 터미널이 될 것이다.

부산이나 목포에서 출발한 승객도 환승 없이 복잡한 서울 중심부를 관통하지 않고 북한지역에 다다를 수 있는 가장 편리한 터미널이 될 것이다.

③ 정리

서울 서부 권(영등포, 구로, 금천, 양천, 강서, 마포, 서대문, 은평구)등과 경인 권(고양시, 김포시. 강화군, 범인천권) 시민들의 고속버스 이용의 편리를 위하여 서울 서부 권에 고속터미널의 건설은 필요하다고 본다.

이 제안에서 제시한 안양천위의 제2서부간선도로나 인공폭포 앞을 고속터미널 부지로 거론한 것은 자료의 획득이나 접근도 용이치 않은 상태에서 필자자신이 차를 타고 다니면서 보고 경험한 것과, 국책사업추진에 반드시 따르는 민원, 토지수용, 환경보전 등 사업추진에 장애가 되는 요소를 피해가고 다수의 시민들이 가장 접근하기 쉽고 고속버스 운송회사의 적정경영여건도 고려하여 하나의 방안으로 제시한 것뿐이다.

보다 나은 방법과 적지가 있다면 그렇게 하면 되는 것이다.

국가 건설교통의 중추적인 역할을 하고 있는 귀부의 심도 있는 검토가 있기를 기대합니다. 끝.

"우리 국토 아름답게 우리 교통 편리하게"

건 설 교 통 부

수신자 OOO 귀하

(경유)

제 목 민원회신

　1. 귀하께서 우리부에 제출하신 민원에 대한 회신입니다.

　2. 먼저, 수도권 서부지역 주민들의 교통편의 제고를 위해 터미널 및 고속도로 건설 등과 관련하여 심도 있게 검토하신 의견을 제출하여 주신 점에 대해 감사드립니다.

　3. 귀하께서 제안하신 바와 같이 안양천 둔치에 터미널 등이 건설될 경우 교통 분산, 역세권 개발은 물론 수도권 서부지역 주민들의 터미널 이용 편의성제고 등에 도움이 될 것으로 사료되나, 터미널은 이러한 편의성만 고려하여 건설하기 곤란한 점이 있음을 이해하여 주시기 바랍니다.

　4. 따라서 귀하께서 제안하신 사항은 서울시의 도시계획 및 실현 가능성 등을 종합적, 장기적 관점에서 검토해 나갈 예정임을 알려드리며, 교통문제 해소를 위해 좋은 방안을 제출해 주신 점에 대해 다시 한 번 감사드립니다. 끝.

수신자: 건설교통부장관 전결 01/09　사무관 대우 OOO 행정사무관 OOO

협조자: 시행 대중 교통팀 − 102(2006. 01. 09) 접수

우 427 − 712 경기 과천시 관문로 88(중앙동 1번지) http://www.moct.go.kr

전화 02−2110−8183−5 전송 02−504

제안을 하고 나서 얼마 뒤에 앞의 공문과 같은 회신을 받았다.

나는 분명히 "제안"이라고 하여 제안서를 제출했는데 건설교통부의 답신은 "민원회신"으로 왔다.

여기서 "민원"과 "제안"의 개념을 확실히 하고자 인터넷을 검색해 보았더니 아래와 같이 나와 있었다. 다만 "제안"은 내가 찾고자 하는 객관적 해설(위키백과)이 없어 국어사전 검색 내용을 인용하였다.

위키백과 — 우리 모두의 백과사전.

민원(民願)은 국민이 행정기관에 어떠한 것을 신청하는 것이다.

이때의 국민을 민원인이라 하고, 신청하는 내용을 민원사항이라 하며, 행정기관이 이를 처리하기 위해 하는 업무를 민원사무라고 한다. 행정기관이 민원사무를 처리하고 그 결과를 민원인에게 제공하는 것을 민원서비스라 하고, 이러한 전체 과정을 민원행정이라 한다. 즉, 민원행정은 국민이 행정기관에 특정한 행위를 요구하는 것에 행정기관이 대응하는 활동에 관한 행정이다.

제안 [법률][21)]

공무원의 창의적인 의견이나 고안을 받아들여 행정 운영의 개선을 꾀하는 제도.

주석

[21)] [법률]이라는 꼬리표가 붙은 것은 법률용어라는 뜻인 것 같다.

나는 민원과 제안을 현실적 의미에서 이런 뜻으로 해석했다.

민원은 민원인이나, 그가 속한 집단, 또는 한정된 수의 민원인들이 그들의 편익을 위해 행정기관에 이러이러한 것을 해주십시오!, 또는 이러이러한 것을 이렇게 바꾸어 주십시오! 하는 일종의 진정 비슷한 것으로 생각했고, 제안도 크게 보면 민원의 일부이겠지만 어느 특정인이나 특정집단의 편익만을 위한 것이 아니고 제안에 제시된 고안이나 사업의 추진, 제도를 바꿈으로서 제안 인을 포함한 서울시민 전체, 또는 국민 전체가 수혜자가 되는 그런 내용쯤으로 이해하고 제안이라 했던 것이다.

그런데 건설교통부에서는 이를 민원으로 바꿔 회신을 보내왔다.

내 제안의 근본취지는 서울서부지역 주민들의 고속버스이용 편리를 도모하고자 하는 좁은 의미만은 아니며, 1천만이 넘는 서울이라는 대도시에 도시 동편에만 고속터미널이 편중되어 있어 서울서부지역 주민들이 고속버스 이용에 불편이 있음은 물론 그로 인하여 국가전체로 볼 때 낭비적인 교통수요가 발생되고, 에너지가 낭비되고 있고, 고속도로의 소통(정체)에도 영향을 미치므로 서울과 지방간을 연결하는 고속버스 터미널을 서울 전역으로 균형 있게 분산시켜 합리적인 교통System 으로 바꾸어 보자는 것이었다.

또한 그런 주장만을 편 것이 아니라 그 System을 바꾸는 방법까지 구체적으로 적시하였다.

이것을 서울 서부지역 주민의 고속버스이용 편익향상만을 위한 것으로 좁게 해석하고 민원으로 분류한 것은 잘 납득이 되지 않는다.

앞에서 열거하였던 "평화의 댐" "치산치수" "한강 수상버스" 등은 제안은 하기는 하였지만 우리의 능력과 의지만으로는 해결할 수 없는 북한과의 관계가 있고, 그 범위가 너무나 크고, 현실성을 확신할 수 없어 조금은 막연한 제안이었지만 이 제안은 그 내용과 대상과 방법이 극히 단순명료하다.

국가나 지방자치단체의 법령, 조례, 규정 등은 국민다중의 편익을 위하여 존재하는 것이고 그것이 여건이나 상황, 시대의 변화에 따라 이에 장애가 된다면 당연히 개정을 하는 것이 타당할 것이다.

이 제안을 실행에 옮김으로서 주민의 편익이 증진된다는 것은 인정하면서도 이것을 실행하지 못하는 "곤란한 점"이 있다고 하였는데 그 "곤란한 점"이 국가의 기밀이 아닌 이상 민원에게 그것을 밝히는 것이 투명한 행정일 것이다.

막연히 "때가 되면 검토 반영 하겠다."는 것은 책임 있고 설득력 있는 답변이 되지 못한다.

적당한 시점에서 위의 "전기자동차" 와 "한강수상버스"처럼 국민신문고에 재 제안을 해볼 것이다.

내 제안이 받아들여져 서울 서부고속터미널을 건설한다면 제안자로서 내가 바라는 바는 딱 하나다.

그 터미널의 이름을 **통일 고속터미널**"로 이름을 짓는 것뿐이다.

(참고) 이 제안을 하고나서 얼마 뒤에 안양천변에서 자전거를 타다보니 국철 1호선 '석수 역'도 안양천제방에 바짝 붙어 있어 중간 간이승하차장의 좋은 조건을 갖추고 있었다.

하늘로 날아간 제안

　다른 기관이나 직장들도 마찬가지이겠지만 한전에서는 직원들의 참신한 아이디어를 모으는 "제안"이라는 아주 좋은 제도가 있다. 주제나 시기에 제한이 없고 누구나 어느 때나 회사업무의 개선이나 발전방안에 대한 기발한 아이디어가 있으면 사안에 얽매이지 않고 자유롭게 참여할 수가 있다.

　겉으로 보아서 그렇다는 얘기이고 '논문'이나 '제안'을 심사평가하고 채택하는 과정은 그 논문이나 제안의 창의성, 참신성, 경제적인 효과에 반드시 비례하지 않는 경우도 더러 있고 겉으로 들어나지는 않았지만 은밀하고도 복잡한 그 무엇이 또 존재했다.

　지금은 어떤지 모르겠지만 내가 근무할 당시는 그랬었다. 논문을 제출하고 나서 얼마 안 있으면 응모자에게 어디어디서 논문을 심사하고 있다는 전화연락이 슬며시 오는가 하면, 말단사업장에 근무하는 직원이 제안을 한 것이 불채택 되었는데 얼마 지나보면 문구만 조금 바뀌어 본사에 근무하거나 힘 있는 직원의 제안으로 둔갑되어

버젓이 채택되어 제안채택의 과실을 다른 사람이 따 먹는 경우도 더러 있었다.

훌륭한 제도는 갖고 있으되 운용에 문제점이 있었던 것이다. 사정이 그러하다보니 재직직원 중에도 새로운 공법, 기계기구의 개발 등과 같은 상품가치가 높을 것으로 판단되는 확실한 아이디어가 있으면 아예 회사의 제안제도를 외면하고 직접 특허나 실용신안, 신기술 인증과 같은 회사 밖의 문을 두드리는 예도 많았다.

첫째 장의 "전기자동차"관련 논문은 회사를 그만두기 1년 전에 공모에 응모하였던 것으로 당시 회사에서는 별 주목을 받지는 못했지만 내 나름대로는 언젠가는 이 논문에서 제시하였던 방안의 극히 일부분이라도 햇빛을 볼 날이 꼭 올 것이라고 생각하였고, 여러 가지 돌아가는 형편으로 보아 불원간 자의건 타의건 회사를 떠나야 한다는 것을 예감하고 있었기 때문에 관련서류 원본일체를 소중히 간직하여 두었었다.

그 논문을 제출하고 나서 심사결과 통지서를 받아보고는 "그러면 어디 네가 한 번 전기자동차를 만들어 봐라!"고 하는 면박을 받은 것과 같은 기분이 들었었다. 그 심사결과 통지서공문을 회람하면서 한 사무실에 같이 근무했던 후배과장이 들려준 "이게 윤 과장 님(필자)보고 전기자동차를 만들어 오라! 는 얘기 아닙니까? 이래서 한전에서는 애써 논문공모에 응모할 필요도 없고 제안도 쓸 만한 것은 회사에 제출하면 안 돼요! 막 바로 특허신청을 하던지 해야지요."하던 얘기는 지금도 귓가에 생생하다.

상당히 강직하고, 간판도 나와는 비교할 수도 없이 화려했고, 실력도 있었고, 회사업무에 아주 적극적인 사람이었다.

이 글을 쓰면서 오래간만에 그 후배생각이 나서 한전 홈에 들어가서 검색을 해 봤더니 저 지방 어디에서 아직도 그냥 과장으로 머물러 있었다. 그 당시에도 과장이 된지 5년을 넘겼었고 정년이 가까워 올 것이니 30년 가까이 과장직위에 머물러 있다 회사를 떠나야 할 것 같았다.

에이- 18!

하지만 그 훨씬 전에 내가 한전에 제출했던 많은 제안들은 회사를 그만 둔다는 것은 꿈도 꾸지 않았던 때였으므로 "전기자동차"와 같이 서류를 잘 챙겨놓지를 못했다.

그냥 내 기억 속에만 제안의 윤곽이나마 희미하게 남아 있을 뿐이다. 한전은 특별한 서류가 아닌 이상 일정기간이 지나면 폐기하거나 5년이 넘으면 "이관"이라는 것을 하여 서류보관소에 매장을 하니 그것을 퇴직직원인 내가 20~30년이 넘었을 당시 서류를 다시 찾아낼 방법은 없다.

단, 한전에서 1주일 간격으로 발행하는 "사보"에는 제안심사결과가 실렸던 것으로 생각되고 사보는 영구보존이므로 사보를 뒤져보면 그 당시 그런 제안을 했었다는 제안제목과, 제안자, 심사결과(채택, 불채택) 정도는 확인이 가능하리라고 생각되는데 기억이 맞는지 자신할 수는 없다.

그래서 내가 제안했던 것 중 가장 기억에 남는 2편의 제안만을 내 기억을 더듬어 여기에 엉성하게나마 재구성해 본다. 이 2건은 1985 ~1990년 사이에 한 제안인 것 같다.

제안도 임자를 잘 만나야 하는데 나와 같은 시원찮은 임자를 만나 빛을 보지 못했던 것이다.

아- 하늘로 날아간 불쌍한 나의 제안들이여!

[하늘로 날아간 제안]

기존 수력발전소를 이용한 양수발전

전기와 관련이 없는 길을 걸어온 독자들도 "양수발전소"란 말은 많이 들어봤거나 간혹 견학을 한 독자들도 꽤 있을 것이고, 이 책의 앞에서도 여러 번 거론되었고 간략한 설명을 곁들이기도 하여 양수발전에 대한 개략적인 개념이나 양수발전의 역할과 그 필요성은 대충은 이해가 되었으리라고 본다.

당시는 국내 최초인 청평 양수발전소는 준공이 되어 운전을 하였을 때였고 그 다음인지 또는 그 다음인지 다른 양수발전소 건설을 앞둔 시점이었던 것 같다.

양수발전소의 입지조건으로는 우선 상당한 저수량을 갖고 있는 하부 저수지(댐)와 바로 그 옆에 야산보다는 훨씬 높은 높이를 갖는 (높을수록 유리함: 청평 양수발전소 낙차는 480m정도임)산이 있어야 하고 산 정상부근에는 적당한 수량(수백 만 톤)을 저수할 수 있는 상부저수지(산 정상부근에 건설하는 인공호수)를 축조할 수 있는 조건을 두루 갖추고 있어야 한다.

그런데 문제는 하부 댐의 물과 접하는 산자락 부분에 위치하게 되는 양수발전소와 상부저수지를 축조하려는 산 정상 부근들이 대부분 자연 상태가 잘 보존된 곳이어서 보호종인 동식물 등이 서식하고 있고, 절대로 보존해야할 문화재(사찰 등)가 있는 경우도 있고, 대부분이 사유지이다 보니 그런 곳에 양수발전소를 건설하려고 하면 환경단체 등의 "자연환경을 훼손시키지 말라!"는 강력한 반발에 부딪히게 되고 문화재보호와 사유지 수용도 넘어야 하는 장애가 되고 또 그런 문제가 없다 해도 양수발전소의 좋은 입지조건을 갖춘 곳이 그렇게 많지가 않은 것이다.

양수발전소와 상부저수지 이외에도 시설물간을 유기적으로 연결하는 도로, 공사추진부지, 부속건물, 변전설비, 연계송전선로 등이 반드시 필요하고 산 속은 파내고 발전기를 비롯한 각종 기계장치들로 채워야 하니 자연환경의 파괴는 피할 수가 없다.

그래서 새로 건설하려는 양수발전소의 추진에 반대하는 여론이 들끓었고 그 사실이 언론에 자주 보도되었던 시점인 것 같다.

이런 문제를 피해가고 막대한 공사비를 투입하여 새로운 양수발전소를 건설하기보다는 한강수계(水系)에 다단계로 건설되어 있는 기존 수력발전소에 적당한 수량을 저장할 수 있는 하부저수지(또는 조정지)를 축조하여 본래의 수력발전소 기능과 함께 양수발전소의 기능을 갖는 복합 수력발전소로 개조해 보자는 제안을 하였던 것이다.

여기서 하부저수지는 새로 조성하는 것이 아니고 기존 하부 댐의 물이 그 상류의 상부 댐 바로 밑에까지 역류하여 차오도록 하천을 준설 하던가 평 구배를 갖는 철관을 하천 중앙에 매설하고 댐 바로 밑에는 일정수량을 저수할 수 있는 공간을 만들면 되는 것이다.

이렇게 하는 이유는 수력발전 댐들은 갈수기 발전을 하지 않는 시간에는 댐 밑에서 그 하류 댐의 물이 차있는 곳까지 일정구간이 건천(乾川)으로 강바닥이 드러나 있기 때문이다.

그 제안을 할 당시 제안서를 제출하기에 앞서 감수 겸 제3자의 객관적인 의견을 들어 보고자 한전 동료직원들에게 읽혀봤을 때와, 뒤에 다른 친구들과 이 얘기를 나누다 보면 가장 많이 받는 질문이 "그러면 강물이 흐르지는 않고 상부 댐과 하부 댐 간만을 오르락내리락 거리며 뺑뺑이돌이만 하지 않겠느냐?"하는 질문이었다.

얼핏 생각하면 그럴 것 같지만 이것은 하천의 평상시 유량을 유지시켜주는 본래의 수력발전은 그대로 하고 추가로 하부저수지의 물을 양수한 만큼 추가발전을 하든가 그럴 여건이 안 된다면 양수발전 전용의 새로운 발전기를 추가로 설치하면 해결이 되는 것이다.

대부분의 수력발전소는 한 여름 풍수기를 제외하고는 유량이 부족하여 설치된 발전기의 최대용량대로 발전을 하지 못하며, 발전시간도 기저부하(원자력+기력)발전소의 불시정지와 같은 비상시나 한낮의 peak시간에만 짧은 시간동안 발전을 하므로 기존 발전기만 갖고도 심야에는 양수, 낮 Peak시간대에는 추가발전을 할 여력은 충분하다.

모든 전기기기의 공통적인 특성이지만 발전소가 대형화되어 발전용량이 커지면 커질수록 발전소의 종합효율은 높아진다. 수력발전도 마찬가지로 수력발전용량을 결정짓는 유량(톤/초)과 낙차(m)가 크면 클수록 발전 효율도 높아지기 마련이다. 수력발전소의 종합효율은 발전기효율, 수차효율, 낙차효율(겉보기 낙차와 유효낙차의 차이)의 합성효율로 나타난다.

발전기 효율(역으로 생각하면 손실)은 전기의 고유특성상, 수차효율은 기계의 특성상, 낙차의 손실(효율)은 수력발전소구조상 불가피하게 나타나는 현상이다. 그런데 수력발전소건설에 있어 유량은 자연적인 비에 의존하므로 인위적으로 증감이 안 되는 고정적인 상수에 가깝지만 낙차가 높은 입지를 선정하면 낙차효율은 상당히 끌어올릴 수가 있는 것이다.

즉, 수력발전구조의 특성상 1m정도의 낙차손실이 기본적으로 발생한다고 가정하면 낙차가 10m인 발전소에서는 낙차효율이 90%가 되고, 낙차가 100m라면 낙차효율은 99%가 되고, 낙차가 500m라면 낙차효율은 99.8%까지 치솟는 것이다. 다시 한 번 설명하자면 손실낙차의 값은 거의 고정적이어서 상수에 가깝지만 총 낙차는 건설입지선정과 댐 높이 결정에 따라 변화하는 변수이므로 가급적 낙차를 높이 얻을 수 있는 곳을 물색하는 것이다

그래서 양수발전소는 되도록 낙차를 높게 얻을 수 있는 곳을 물색하게 되고 낙차가 늘어나는 것에 정비례하여 발전용량도 늘어나는 것이다.

"낙차효율"이라는 용어는 전기공학에서는 별로 사용하지 않는 용어이지만 전기와 관련이 없는 일반 독자들의 이해를 쉽게 하기 위해 끌어다 붙인 임시변통 용어이다.

그런데 기존 수력발전소는 낙차가 낮고(한강수계 발전소들의 낙차는 대개 50m 미만이고 홍수 시에는 댐 상부와 하부의 수위가 비슷해져 낙차가 거의 발생치 않는 경우도 있음) 양수발전은 전혀 고려하지 않고 순수한 수력발전소로만 건설하였기 때문에 양수발전 기능을 부가하게 되면 부가된 양수발전효율이 극도로 저하되는 것은 피할 수가 없게 된다.

이 방안의 장점은 양수발전소 건설의 반대라는 장애를 피해갈 수가 있고, 발전과 송변전시설 등 막대한 공사비가 들어가는 공사를 거의 하지 않고 기존수력발전시설을 공용할 수가 있으며, 공사기간

이 짧다는 점이다. 단점으로는 양수발전효율이 극도로 떨어진다는 점이다.

앞의 첫째 장〈표4〉에서 살펴보았지만 심야전력 판매단가는 종합판매단가의 35.6~56.0%이고 그 중 심야부하의 대부분을 차지하고 있는 산업용전력의 심야단가는 종합판매단가의 39.8~44.0%수준이다. 이 통계수치를 다시 한 번 주의 깊게 분석해보면 종합판매단가는 발전원가 이하의 심야전력판매분 까지를 포함한 총 평균단가이므로 심야전력의 판매단가를 가장 높은 낮의 중 부하(重負荷)시간대 전력판매단가 평균치와 비교한다면 30%에도 훨씬 미달할 것이다.

이런 여러 가지 여건과 요인을 두루 감안한다면 기존수력발전소에 양수발전기능을 부가하였을 때 그 부가된 양수발전부분의 효율이 50% 내외만 되어도 경제성은 있다고 판단되며, 그 이유는 양수발전은 전력요금 단가가 가장 높은 중부하시간대에만 발전하여 판매를 하기 때문이다.

다만 한전에 근무했었어도 발전과는 전혀 관련이 없는 배전사업소(도시에 있는 한전의 지사나 지점)에서만 근무를 하여 제안당시나 현재나 이 방안이 현실성이 있는 방안이냐 하는 물음에는 자신 있는 답변을 할 수 없음을 고백한다.

교과서에 있는 대로 해석하면 수차에 모터나 엔진을 달아 반대방향으로 돌려주면 펌프가 되고, 발전소에 설치된 발전기(동기발전기)는 거꾸로 전기를 공급하여주면 모터가 되어 돌아가도록 되어있다.

떨어지는 물의 힘으로 수차를 돌리고 수차가 발전기를 돌려 발전을 하는 것이 수력발전이고, 반대로 전기로 모터를 돌리고 모터가 수차를 돌려 물이 낮은 곳에서 높은 곳으로 거꾸로 올라가게 양수하는 기계가 펌프다.

하나의 기계 설비를 가지고 이 두 가지 원리를 밤과 낮으로 바꾸어가며 교대로 응용한 것이 양수발전이다.

한강수계에는 최 하류에 서울과 경기도민의 우물인 팔당댐이 있고 오른편으로 남한강 줄기를 타고 거슬러 올라가면 충주조정지 댐이 있고 그 상류에 충주댐이 있으며 충주 댐 상류를 한참 더 거슬러 올라가면 건설하려다 자연보호 여론에 밀려 태어나보지도 못하고 죽은 영월 댐(동강 댐)의 영혼이 자리 잡고 있다.

다시 팔당댐에서 왼편으로 북한강을 거슬러 올라가면 청평댐이 있고, 그 상류에 춘천을 호반도시로 만들어 주는 의암 댐이 있고, 그 상류에는 춘천 댐이 있고, 또 그 상류에는 화천댐이 있으며 화천댐 상류에 허수아비 댐으로 하는 일 없이 놀고 있는 평화의 댐이 있고 휴전선 넘어 금강산 자락에 북한의 임남댐이 있고, 그 상류로도 몇 갈래로 나누어지는 지류에 4개의 댐이 더 있는 것으로 알려졌다.

다시 의암 댐에서 오른쪽으로 북한강 줄기와 갈라져 뻗어나간 소양강에 우리나라에서 최대 규모를 자랑하는 소양 댐이 자리하고 있다.

이런 댐들에 다단계로 모든 댐들에 이런 시설을 하자는 것이 아니고 세밀하게 실사를 하여 이런 조건에 들어맞고 경제성이 있는 몇 곳에 이런 시설을 해보자는 것이 그 당시 제안의 핵심이었던 것 같다.

또한 이것은 한강수계뿐 아니라 다른 수계 댐인 대청, 합천, 안동, 임하 댐들의 하부에도 일정 저수능력을 갖는 하부저수지를 축조한다면 이런 곳에도 시도해 볼만한 조건은 되며 이들 댐 대부분이 조정지 댐을 갖고 있다.

2008년도에 국내 전력사업자가 생산한 총 전력 422,355Gwh 중 수력은 5,563Gwh 로 전체발전량의 1.32% 수준이다.

일반인들이 보기에는 전국 곳곳에 수력발전소가 많은 것 같지만 전체발전량 중에서 수력이 차지하는 비중은 2%도 안 되는 아주 미미한 양이다.

하지만 수력은 그 어떤 발전소보다도 급격한 부하변동에 즉응하는 능력(전력용어로는 부하추종성이라 함)이 뛰어나 전기의 품질[22]을 평가하는 3대요소의 하나인 주파수를 일정하게 유지시켜주는 전력계통의 첨병이나 안테나와 같은 아주 중요한 역할을 담당하고 있다.

같은 용량과 같은 발전량이라면 원자력이나 화력발전소 열 개 하고도 안 바꿀게 수력발전소다.

참고(제안서에는 없던 내용임)로 한국의 전기품질은 세계 최상위권이다. 50~60세 이상인 독자들은 기억하고 있을 것이다. 대도시라 해도 시가지 번화가에만 전기가 들어왔고, 격일제 송전이나 특선과 일반선이 구별되어 있었고 일반선은 날이 어두워져서 밤이 되어야만 전기가 들어오던 것이 1964. 4. 1을 기해 365일 24시간 무제한 송전이 이루어졌다.

무제한 송전이 이루어졌다 해도 농어촌산간벽지까지 전기가 들어가기까지에는 한참 더 세월이 흘러야했고, 이슬비라도 내리거나 살랑바람이라도 불면 하루에도 수십 번씩 전기가 들락날락거렸고 주파수는 일반인들이 느끼기에는 거리가 있지만 전압은 저전압(低電壓)현상으로 흑백 TV는 화면 위아래 양 옆구리에 시커먼 테를 두르고 나왔고 형광등은 일찍 켜놓지 않고 날이 어두워져서 켜면 깜박대기만 하고 밤새도록 점등이 안 되었었다.

밤늦게까지 공부하는 학생이 있거나 밤에 가사 일을 많이 하는 집은 어디나갔다가도 일찍 들어와 훤한 대낮부터 형광등을 켜놓고 다시 나가서 일을 봐야 했다. 그 시절은 전기가 들어만 오면 다행이었지 전기의 품질이라는 개념자체가 존재하지 않던 시절이었다.

그러던 것이 1970년대를 거치면서 전국이 전화(電化)가 되었고 전기의 품질이라는 개념이 도입되었으며 지속적인 품질관리를 해서 86아시안게임과 88올림픽을 치루면서 전기품질이 세계 최상위권으로 발돋움하게 되었다.

아마 요즈음에는 저전압현상이나 불시정전 때문에 불편을 겪는 일이 거의 없을 것이다. 아무리 좋고 편리한 전기이지만 길거리 전기박스(지상변압기, 개폐기)의 얼굴에 씌어있듯 **"전기는 국산이지만 에너지는 수입"**이다.

원자력을 빼고는 짧게는 수억 년에서 수십억 년 땅과 물이 태양에너지를 받아 만들어진 에너지가 축적된 화석에너지를 태워서 그 에너지의 1/3 정도가 전기에너지로 바뀌는, 에너지의 진액에너지가 전기이다. 아끼고 또 아껴 써야 하는 것이 전기이다.

주석

> ***22) 전기 품질평가의 3대 요소**
> ① 정전시간(이상적인 것은 무 정전)
> ② 정격전압 유지율(%)
> ③ 정격주파수 유지율(%)

[하늘로 날아간 제안]

　전기는 수돗물과 더불어 대표적인 공공재이다. 전기와 수돗물이 없는 현대의 생활은 상상할 수도 없다. 그래서 2009년 말 현재까지는 준 국영기업인 한전이 배타적으로 독점 공급을 하고 있고 가격은 정부의 강력한 통제를 받고 있다.

　앞으로 어떻게 될지는 모르겠지만 부분적으로 민영화가 추진된다 해도 이 틀을 크게 벗어나기는 힘들 것이라고 본다. 한전의 전력요금 체계는 원가연동제의 성격을 띠고는 있지만 그 부분은 아주 미미하고, 전력요금 단가를 결정짓는 핵심 요소는 전력의 사용용도(주택용, 일반용, 교육용, 산업용, 농사용, 가로등)이다. 즉, 똑같은 전력량을 사용하였어도 사용용도에 따라 요금이 제각각인 것이다.

　농사용 등과 같은 생산원가 이하의 요금이 있는가 하면 일반용과 같이 단일요금이 있고, 가정용 요금과 같이 누진율이 적용되어 많이 사용할수록 사용량에 비례하여 요금단가가 비싸지는 요금도 있다. 산업용전력의 시간대별 차등요금단가나 모든 용도에 공통으로 적용되는 심야전기요금제도는 이것과는 성격이 다르다 하겠다.

수용가에 전기를 공급하여 주는 전압은 저압인220(380)v, 특고압 배전전압인 22,900v, 송전전압인 154,000v, 345,000v, 765,000v 등이 있다.

현재는 상향조정되었다는 얘기를 들었는데 제안을 할 당시 전기 공급규정은 단위 공장이나 단위건물(가정이나 업무용 빌딩)당 계약 전력합계가 100kw미만이면 저압인220v, 100kw를 초과하여 10,000kw 미만은 22,900v, 10,000kw를 초과하는 대규모 수용은 154,000v급 이상으로 수전 받도록 되어 있었다.

수용가가 22,900v나 154,000v 이상으로 전력을 수전 받으려면 자체 수전실(변전설비)을 갖추어야 한다. 수전설비를 갖추려면 그 건물은 지하나 옥상 등의 일정면적을 그 건물로 보아서는 전혀 수익 성에 보탬이 안 되는 전기실로 할애를 해야 되고, 많은 초기시설투 자비가 들어가고, 운전 유지보수비가 지속적으로 들어가야 하고, 기 술 인력을 채용(일정규모 이하는 위탁관리도 가능)해야 되고, 수전 받는 전압을 한 번 변압(22,900v를 220v, 154,000v는 22,900v나 6,600v로 1차 변압을 하고 다시 실사용전압인 220v로 낮추기 위해 2차 변압을 해야 됨)을 할 때마다 3~5%의 전력손실이 발생하는데 이 비용 모두를 수용가가 감수해야 되는 것이다.

그런데 전력요금체계가 원가연동요소는 아주 미미하고 사용용도 별로만 다르게 단가를 적용하다보니 그 어떤 경우에도 상위 전압으 로 전력을 수전 하게 되면 하위전압으로 수전을 받는 것과 비교하여 수용가로서는 불이익이 계속 누적되는 것이다.

요금체계가 합리적이지 않아 이런 현상이 발생하는 것이다. 국가 시책에 따라 사용용도별로 차등요금을 적용하는 것은 어쩔 수 없다 해도 그와 더불어 원가연동 요소도 대폭 반영해야 하는 것이다.

22,900v로 수전을 받아야 하는 수용가가 220v로 수전을 받게 되면 전압변성(22,900v → 220v)에 따르는 시설투자비, 운전 유지보수비, 인건비, 전력손실분 등을 전력공급자인 한전이 다 부담하게 되고 이는 전체 전력생산원가에 반영되어 결과적으로 그 비용을 전체전력수요자가 공동으로 부담을 하는 것이 되는 것이다.

원가연동요소가 합리적으로 반영된 요금체계라면 특정수용가가 상위 전압으로 수전을 하면 하위 전압으로 수전을 받는 것보다 초기 시설투자비는 많이 들어가지만 세월이 감에 따라 요금단가 차이에서 발생하는 차액으로 적정시점(수전설비의 내용연수는 대략 20년 정도이므로 10~15년 정도)에 가서는 초기 투자비와 이후에 발생하는 비용이 회수되고 그 이후에는 이익이 시현되는 구조로 되어야 하는 것이다.

적어도 사용용도(업무용, 산업용 등)가 같고 규모나 전력사용량이 비슷한 경우에 하위전압으로 수전을 받는 것보다 상위전압으로 수전을 받는 것이 장기적(10~15년)으로는 이익이 시현될 수 있는 정도의 원가연동요소가 요금체계에 반영되어야 하는데 현재의 요금체계는 그 반대로 되어있다.

사정이 이렇다 보니 수용가들은 어떻게 하든 하위 전압으로 수전을 받으려 각종 편법을 동원하고, 그게 10,000kw를 초과하여 154,000v 이상으로 수전을 받아야 하는 초대형빌딩들은 온갖 불법에 가까운 편법을 동원하고 한전으로서는 거역하기 힘든 배경까지 끌어들여 유무형의 압력을 가하여 끝내는 22,900v 수전을 관철시켰었고, 그 내막이 전력계통 종사자들 사이에서는 공공연한 비밀 아닌 비밀로 입에 오르내렸었다.

여기에 그 빌딩들의 이름을 밝히면 독자들 누구라도 다 알 수 있는 그런 초대형 빌딩들이다. 물론 이것은 내가 경험했던 전기와만 관련된 경우이고 우리 사회에 이와 비슷한 사례는 사회 각 분야에 수도 없이 숨어 있을 것이다.

다만, 기술발전에 따라 동일한 전압으로 대용량전력을 공급할 수 있는 방법과 기자재가 속속 개발되고 있으므로 현재 한전의 공급전압(220v, 22,900v, 154,000v)으로 공급할 수 있는 한계계약전력은 대폭 상향조정이 필요하고, 하위전압이나 상위전압으로 수전을 할 수 있는 경계에 위치하는 하는 수용가들은 경제성을 따져 하위전압으로 수전을 받을 것인지, 아니면 상위전압으로 수전을 받을 것인지는 수용가가 선택적으로 결정을 할 수 있도록 전기 공급규정에 융통성을 부여하여야 할 것이다.

전기 공급규정은 전력수용가를 억제하고 강제하기 위한 규정이 아니라 국가전체 에너지이용 효율을 높이기 위한 규정이 되어야 하는 것이다.

154,000v로 수전 받아야 하는 대형빌딩 몇 개에 22,900v로 전력을 공급해주자면 한전으로서는 그 인근에 반드시 154,000v급 이상의 변전소를 건설해야 된다. 대도시시내 한 복판에 변전소를 짓는다는 것은 부지가 확보되었다 해도 얼마나 힘든 일인지는 독자들도 다 알고 있을 것이다. 대형빌딩들이 감수해야 될 사회적인 변전소 건설 반대 여론이나 비난까지도 한전이 대신 떠 맞는 결과가 되는 것이다.

그래서 강력한 원가연동제 요금제도(수전 받는 전압에 역 비례하는 단가체계)로의 전환을 제안하게 되었던 것이다.

이런 불합리한 전력요금 제도는 비단 이런 데에만 그치지 않고 국민들에게 왜곡된 에너지 소비구조를 정착시켜 전력사업이 안정기에 들어선 이후로는 처음으로 지난겨울(2009~2010년)에 겪었던 바와 같이 초유의 겨울철 전력예비율에 비상이 걸리는 현상까지 빚어졌던 것이다.

국가 전체로 볼 때 여름철의 냉방은 극소수의 특수한 경우(가스냉방)를 빼놓고는 전기냉방방법뿐이 없으므로 여름철에 냉방부하가 발생하여 전력수요가 폭증하는 것은 어쩔 수 없다 해도 겨울철 순수한 난방은 전기보다는 가스나 유류를 사용하는 것이 합리적이다. 그런데 소비자 입장에서 보면 위험하고 불편한 유류나 가스보다 안전하고 편리한 전력 난방이 더 경제적인데 누가 가스나 유류난방을 하겠나? 가스나 유류를 제쳐놓고 전기로 난방을 하는 소비자를 탓할 수가 없는 것이다.

다 같은 가격으로 수입을 하지만 유류나 가스에는 고율의 세금이 덧붙여져 소비자에게 판매가 되지만 전력생산에 들어가는 핵연료, 석탄, 유류나 가스에는 세금이 따라붙지 않고 또 전력요금에도 그런 목적의 세금이 부과되지 않으니 이런 현상이 빚어지는 것이다.

발전소에서 핵연료, 석탄, 유류, 가스를 연소시켜 화력발전을 하게 되면 전력으로 생산되는 것은 그 에너지가 갖고 있는 잠재열량의 고작 35% 수준이다. 65%는 대부분이 굴뚝으로 빠져나가 하늘로 날아가는 것이다.

또한 투입된 열에너지 가운데 겨우 35% 정도만 전기에너지로 바뀌어 발전소→송전선→ 변전소→ 배전선→ 수요자에게까지 산을 넘고 강을 건너 먼 거리를 택배 되어오는 동안 생산된 전력의 4~5% 정도가 택배손실(송배전손실)로 새어나가 버리는 것이다.(2008

년 송배전 종합손실률: 4.01%)

에너지의 거의 100%를 수입에 의존하는 국가에서 겨울철에 전기 난방을 한다는 것은 상당한 모순이고, 에너지 가격구조를 이렇게 해놓고 국민들에게 전기난방의 자제를 호소하는 것은 엄청난 자가당착이다.

왜곡된 에너지요금 체계가 이런 현상을 빚어낸 것이다. 하나의 불합리한 제도는 또 다른 불합리한 현상을 여러 가지로 곳곳에 파생시키는 것이다.

사회적 약자나 소외계층, 여건이 열악한 산업(농업 등), 국제경쟁에서 뒤지는 산업에 대한 정책적지원이나 국가적 배려에는 이의를 제기하기가 난처하나 그렇다고 침묵만 하는 것도 옳은 방법은 아니라고 생각되며 합리적인 대안을 제시해야 하는 것이다.

이런 것들은 산업구조의 합리적인 개편과 조정, 세제, 금융, 복지제도의 확충이나 사회안전망을 통한 근본적인 대책으로 접근을 해야지 손쉬운 공공재의 가격조절로 달성하려는 것은 옳지도 않고 되지도 않는 방법이다.

한전자체로는 이미 굳어진 전력요금체계를 단기간 내에 뜯어 고칠 수는 없겠지만 원가연동요소를 강력하게 반영하는 형태로의 전환을 모색해야 되겠고, 국가적으로는 에너지의 합리적인 사용체계를 갖추기 위한 근본적인 성찰이 필요하다고 본다.

〈덧붙이는 얘기〉

　기억이 확실하지는 않지만 당시 한전의 제안제도는 위와 같이 서술식으로 기술하는 것이 아니고 현재 상황 → 문제점 → 개선대책 → 효과 순으로 회사에서 지정해준 일정한 형식에 맞춰 작성을 해야 되고 1. 가. ⑴. ⑺하는 공문서 형식으로 토막을 쳐서 단문 형태로 간결하게 작성을 하도록 되어 있었던 것 같다.
　그렇게 작성해야만 똑같은 제안이라도 높은 평점을 받는다. 또한 그 제안서를 읽고 심사할 사람들도 제안자와 같은 전력사업종사자들이어서 제안의 핵심과 의도를 바로 이해할 사람들이니 앞뒤 배경이나 정황의 설명이 과감히 생략된 짧은 글이었다.
　하지만 전제적인 내용은 위의 내용을 역설한 제안이었다.

산문 한 편

이 밖에도 서울시나 지방자치단체에 간단한 제안을 한 것이 몇 건 있기는 하나 내용도 단순하고 여기에 실을 만한 것이 못된다. 앞의 논문이나 제안들은 좀 딱딱한 글이었다.

끝으로 누구나 부담 없이 읽을 수 있는 산문 한편을 실어 책을 마무리 짓고자 한다.

전철 안의 소요산 단풍

2007. 11. 4

친구들과 어울려 동두천 근교 소요산으로 등산을 갔다.

소요산!

나에게는 조금은 아린 추억이 있는 산이다.

온 나라가 가난으로 찌들었던 1950년대 서울변두리 왕십리(정확하게는 마장동)에 있는 동명초등학교에서 봄가을로 가는 단골 소풍지가 동구릉 서오릉 등 왕릉과 삼각산 도봉산 수락산 아차산 등 근교에 자리한 산들이었다.

서울 강남 쪽에도 관악산 청계산과 같이 빼어난 산들이 많이 있었지만 오늘날 한강대교로 불리는 한강인도교만 달랑 하나 있었고, 영등포역 주변에만 시가지가 조금 형성되어 있었던 그 시절 관악산이나 청계산은 한강건너로 바라만 보는 산이었지 쉽게 가 볼 수 있는 산이 아니었다.

물론 강북 쪽의 가까운 산들도 오늘날과 같이 도로망과 대중교통이 흔치 않았던 시절이라 어린 학생들이 단체로 가는 소풍은 꼭 버스를 대절해야만 갈 수가 있었다.

몇 학년 때인지 기억이 나지는 않지만 그해 가을 소풍은 좀 멀리 잡아 소요산으로 결정되었다. 조금은 먼 곳으로 가니 거리에 비례해서 소풍경비가 늘어날 수밖에 없었다.

어머니와 몇날며칠 끌탕을 하며 가슴앓이를 하다가 그해 가을 소풍은 포기를 했었다. 그때 소풍 못가는 내심정이 맨살 찢어진 것 같이 아프고 쓰렸었는데 이제와 생각해보니 그때 어린 아들 소풍 못

보내는 어머니 심정은 째진 상처에 고춧가루와 소금을 뿌리고 비벼
대는 아픔이셨을 것이다.

아― 어머니!

그 뒤로 세월이 흐름에 따라 소요산은 내 기억에서 희미하게 지워
졌었는데 수도권 전철이 소요산까지 연장되면서 까마득히 잊혔던
추억이 꿈틀대며 되살아났다.

친구들과 어울려 매주 일요일 서울근교 대중교통이 닿는 산들을
골라 등산을 가니 웬만한 산들은 수십 번씩 가보았고, 전철길 따라
소요산도 우리들 등산 목적지 목록에 자연히 추가가 되었고 그날 소
요산으로 가기로 의견들이 모아졌던 것이다.

다른 친구들에게야 매주 가는 그렇고 그런 등산이었겠지만 나는
가슴속에 50년간 쳐 두었던 신비의 장막을 걷어내는 가슴 설레는
등산이었고, 50년 묵고 가라앉은 앙금을 털어내는 각별한 의미가
담겨진 산행이었다.

나는 초등학교 가을소풍을 50년이 넘어 이제야 가고 있는 것이며,
꼭 가을소풍을 가는 초등학생의 들뜬 기분 그대로였다. 하지만 기대
가 크면 실망도 크고, 소문난 잔치에 젓가락 끌어당기는 접시웃기
별로 없다 듯이 조금은 실망스러웠다.

우선 너무나 많은 인파가 몰려 이건 등산이라기보다 차라리 출퇴
근시간대의 시내버스나 전철 안과 같았고, 꼭대기까지 오르는데 수
십 번은 가다 서다를 반복하며 앞사람 등에 멘 배낭을 내 가슴으로
밀고, 뒷사람 가슴에 내 잔등이에 멘 배낭 떠밀려 가는 아주 짜증나
고 답답한 산행이었다.

단풍이 절정기였고 서울 인근의 산들 중에는 소요산 단풍이 으뜸
으로 소문나 있으니 서울근교 산을 오르던 주말산행 팀들이 새로 개

통된 전철에 의지하여 대부분 소요산으로 발길을 돌렸던 것이다.

산의 자태도 금강산이나 설악산을 쏙 빼닮은 삼각산 도봉산 수락산 관악산 등에 익숙해진 눈에 썩 차지를 않았고, 단풍은 이미 절정기를 지났기도 하였거니와 내장산 등과 같이 내로라하는 단풍의 화려함을 뽐내는 산들과는 비교가 되지를 않았다.

쌀밥과 매끄러운 반찬에 길들여진 입에 절구통에다 겉껍데기 만 짓이겨 벗겨낸 거친 보리밥에 약 오른 풋고추 깡 된장 찍어 입속에 우겨넣고 으적 으적 씹어서 목구멍으로 억지로 밀어 넘기는 그런 기분이었다.

그나마 하산 길 산 밑에 있는 원효대사와 요석공주의 전설과도 같은 사랑이야기가 깃들어 있는 조그만 사찰과 바위굴이 그런대로 위안을 해 주었다.

조금은 실망스러웠고 허탈했던 산행을 마치고 서울로 돌아오는 전철 안.

소요산역이 전철이 출발하는 시점(종점)이련만 전철 안은 이미 발디딜 틈이 없을 정도로 등산객들로 채워져 있었고 간신히 비집고 들어가 경로석 앞에 서서가는 자리를 잡았다.

아! 그런데 이게 웬일인가?

그 비좁은 전철 안 경로석에 금강산 설악산보다도 더 아름다운 비경이, 내장산 단풍보다도 더 곱고 은은한 정경이 펼쳐져 있었던 것이다.

젊으셨을 때 힘깨나 자랑하셨을 것 같은 건장한 체격의 80줄로 보이는 할아버지와 아담한 체격에 호호백발 곱디곱게 늙으신 할머님 노부부가 자리를 잡고 앉으셨고, 그 옆자리에는 50대 후반쯤 되었을 화사한 빨간 등산복의 아주머니가 앉아 있었다.

그런데 그 80줄로 보이는 호호백발 곱디고우신 할머님 손에 두툼한 책 한권이 들려 있었고 아주 평화로운 모습으로 잔잔한 미소를 띠며 그 책을 천천히 읽고 계셨던 것이다.

80대 노부부에게 등산은 무리였을 것이고 소요산 단풍구경을 왔다 돌아가시는 것이었을 것이다. 복장도 등산복 차림이 아닌 그런 간편한 나들이 복장이었다.

전철 시내버스 수십 년 타고 다녔고 차안에서 읽을거리 읽는 사람 수도 없이 보아왔지만 대개가 젊은이들이 공짜로 나누어주는 신문을 읽거나 간혹 책을 읽는다 해도 만화책이나 무협소설, 그도 아니면 돈방석위에 올라앉는 비밀을 가르쳐준다는 "무슨 테-크" 라는 제목의 책이거나 직장에서 앞뒤사람 다 따돌리고 쏜살같이 출세하는 비결을 가르쳐 주는, 읽으면서 머릿속에서 빠각빠각 톱니바퀴 돌아가는 소리가 나게 하거나 뇌세포에 경련이 일어나게 하는 책들뿐이었는데!

아! 80줄 호호백발할머님께서 저런 책을 읽고 계시다니! 어쩌면 사람이 저리 곱고도 아름답게 늙어갈 수가 있는 것인가? 저 연세에 어떻게 저렇도록 몸가짐이 깔끔하고 표정이 저리도 밝고 평화로우실 수가 있을까?

차안에서 남이 책 읽으면 고개를 밑으로 꼬아 책 제목을 훔쳐보거나 그게 아니면 어깨너머로 몇 줄 흘겨 읽고 내가 읽어본 책인가 아닌가를 헤아려 보는 나쁜 버릇이 있는데 그 할머님께는 도저히 그렇게 할 수가 없었다.

예쁜 꽃무늬 종이로 책을 싸서 책 제목은 아예 볼 수도 없었고 나는 서 있고 반대방향으로 앉아서 읽고 계시니 책 내용도 훔쳐서 읽을 수가 없었다.

무슨 말인가를 할머님께 건네고 싶은 마음이 간절했지만 감히 그 잔잔하고도 아름다운 그림을 깨트릴 배짱과 염치가 없었다. 책의 두께나 글자의 크기나 글줄의 나열된 모습으로 보아 무슨 고전이거나 사려 깊은 작가의 문학작품임이 분명해 보였다.

그때 할머님 옆자리의 빨간 등산복 아주머니가 말문을 틔워 주었다.

"할머님 글씨가 잘 보이세요?"

"할머님께서 그런 두꺼운 책을 읽고 계시니 대단하시네요."

할머님께서 잠시 책읽기를 멈추고 그 빨간 등산복의 아주머니에게 눈웃음을 지어보이시며 고개를 몇 번 끄덕이셨다.

이때다 싶어 나도 용기를 얻어 할머님께 몇 마디를 던졌다.

"할머님께서 그런 책을 읽고 계시니 참으로 아름다우시네요."

"소요산 단풍보다도 훨씬 더 아름다우신 것 같아요!"

할머님께서 이번에는 내게로 눈길을 돌리고 예의 그 은은하고 잔잔한 미소를 띠어 보이시며 천천히 고개를 끄덕이며 감사하다는 인사를 하셨다.

어디 빨간 등산복 아주머니와 나뿐이었겠는가? 그 할머님 책 읽는 모습을 바라보는 모든 이의 가슴에 신선하고도 상큼한 충격과 잔잔한 물결이 일렁였을 것이다.

미끄러져 가는 전철 차창 밖으로는 가을걷이가 끝난 지 한참 지난 늦가을 쓸쓸한 들판에 땅거미가 천천히 드리우기 시작하고 있었다.

전철 안이 만원이라 콩나물시루 같았고 뒷사람이 계속해서 내 등을 밀어대고 있었지만 나는 짐 올려놓는 가로지른 쇠막대기에 양팔을 짚고 버티고 서서 엉덩이를 뺄 수 있는데 까지 뒤로 빼어 할머님께서 책 읽으시는데 불편함이 없도록 조그만 공간이라도 마련해 드리려고 애를 썼다.

　전철은 이미 의정부를 지나 서울경계로 접어들고 있었고 차창 밖은 완전히 어둠이 내려깔렸다. 우리 일행은 등산 끝나고 갖는 뒤풀이를 하기 위해 창동역에서 내리기로 이미 약속이 되어 있었고 창동역이 가까워 오고 있었다. 어디까지 가시는지는 모르겠으나 할머님과 헤어지는 것이 못내 아쉬웠다. 등산을 마친 몸으로 배낭을 메고 서 있자니 다리도 아팠고 엉거주춤하게 엉덩이 빼어 뒷사람을 떠밀고 있자니 힘도 들었지만 할머님께서 책 편히 읽으시도록 자리를 지켜드리는 것이 그 시간 내게 주어진 사명 같았고 그 모습을 바라보는 것이 그렇게 아름답고 즐거울 수가 없었다.

　차가 창동역에 들어서자 할머님과 아쉬운 작별 인사를 하고 헤어져야만 했다. 생각 같아서는 친구들과의 약속을 저버리고 할머님 노부부가 내리시는 그 역까지 자리지킴을 해 드리고도 싶었다.

　“할머님, 오래오래 건강하시고 좋은 책 많이 읽으세요.”

　할머님께서도 눈웃음을 얹어 잘 가라고 인사를 하셨다.

　전철에서 내렸어도 발걸음이 떨어지지를 않았다. 다시 미끄러져 가는 전철을 바라보니 할머님께서 고개를 뒤로 돌리고 천천히 손을 흔들고 계셨다. 나도 전철이 역사를 다 빠져나가도록 할머님이 보이건 안 보이건 손을 흔들어 이생에서는 다시 못 만날 작별을 했다.

　전등 불빛이 밤안개에 부서져 반짝이는 전철이 빠져나간 철길 위로 책 읽기를 무척이나 좋아하셨던 재작년에 돌아가신 어머니의 모습과 할머님의 모습이 겹쳐서 떠오른다.

　전철 뒤꽁무니를 바라보며 다시 한 번 입속으로 되뇐다.

　“할머님 오래오래 건강하시고 좋은 책 많이많이 읽으세요!”

　“야– 너 뭣하고 있는 거야?”

인파에 부대끼다 전철에서 늦게야 내린 친구 녀석이 빨리 가자고 어깨를 철-썩 때린다. 구름 위 선계(仙界)를 넘나들다 확- 꿈이 깨어 아귀다툼 현실세계로 돌아온다.

아-! 하늘의 배려이련가?

그때 어린자식 소풍 못 보내 쓰라리셨던 어머님 영혼의 보살피심인가?

50년 기다림 끝의 아쉽고 허탈함을 이렇게 아름답고 상큼하게 달래주시다니!

곱디고우신 그 할머님 오늘도 어느 삭막한 전철 안 뭇사람들에게 잔잔한 호수와도 같은 아름다움과 신선한 충격을 선사하고 계실 것이다.

그리고 그 모든 이에게 말없는 가르침을 주고 계실 것이다.

"인생은 이렇게 늙어가야 한다!"고.

2007. 11. 15

딱딱하고 재미없는 책 읽어주신 것만으로도 감사를 드립니다. 아이디어가 있으신 분들은 주저치 말고 제안을 하십시오. 그 아이디어가 기발하거나 속된말로 기똥차지 않으면 어떻습니까? 제안을 한 곳으로부터 배척을 받던, 남한테 평가를 못 받던 그런 것은 걱정할 필요가 없습니다. 그 걱정은 제안을 받은 곳이나 평가하는 사람들이 고민해야 할 몫입니다.

앞의 '국민신문고'에서 '민원'이나 '제안' 처리를 하는 것을 보고 실망을 하셨다면 더욱이 '제안'이나 '민원'을 적극적으로 해야 합니다. 그래서 그런 기관들의 잘못된 타성을 바로잡아가야 합니다.

지구상에 존재하는 그 어떤 선진국도 처음부터 모든 것이 합리적으로 운영되어 시작부터 선진국으로 출발한 나라는 없을 것입니다. 수많은 시행착오와 불합리한 제도와 관행을 하나하나 합리적으로 수습해 나가다 보니 오늘의 선진국을 이룬 것일 것입니다.

생각이나 아이디어를 짜내는 것은 배움이나 지식이 꼭 필요한 것이 아니고 누구나 할 수 있는 것입니다. 배움과 지식이 필요한 골치 아픈 그런 고난도의 연구나 개발은 시쳇말로 가방끈이 긴 학자들에게 맡겨 놓으면 됩니다.

오늘날 인간이 사는 방식이 원시시대보다 절대로 낫다고 생각하지는 않지만, 인간이 저 밀림의 침팬지나 원숭이와 같은 삶으로 시작해서 오늘날 이런 삶을 살게 된 것은 다 그런 생각이나 아이디어가 쌓이고 다듬어져 이루어진 것입니다. 그 원시인들에게 무슨 배움이나 지식이 있었겠습니까?

인간의 삶을 다시 원시시대로 되돌려 놓을 수도 없고, 그렇게 되기를 바라지 않는다면 생각과 아이디어는 꼭 필요한 것입니다.

하나의 생각이나 아이디어가 인간생활에 보탬이 되도록 다듬어진 그 뒷면에는 수천, 수만 번의 실패와 좌절이 있었기 때문에 가능한 것이었습니다.

아무리 좋은 생각이나 아이디어가 있다 해도 혼자 머릿속에만 간직하고 있다면 그것은 한낱 쓸데없는 공상에 불과합니다.

하나의 쇳덩어리를 가지고 어떤 이는 총이나 칼을 생각하고, 어떤 이는 삽이나 호미를 생각합니다.

당신의 생각을 삽이나 호미를 만드는 데로 모아보십시오.

당신의 생각이, 당신의 아이디어가 대한민국을, 세상을 바꿀 수 있습니다.